btb

In den dichten Wäldern des Apennins lebt eine Ökokommune von Aussteigern, deren Mitglieder sich selbst »Elben« nennen. Fernab von der Zivilisation haben sie sich in verlassenen Dörfern niedergelassen, leben einfach und ohne Strom vom Tauschhandel und gewähren jedem, der um Obdach bittet, Einlass. Forstinspektor Marco Gherardini, beobachtet das Treiben mit Interesse. Eines Tages hallen zwei Schüsse durch den Wald, und am Fuße eines abschüssigen Geländes wird ein Toter gefunden. Es ist ein Elbe. Gherardini beginnt zu ermitteln – in seinem dritten und bisher spannendsten Fall.

Francesco Guccini, Jahrgang 1940, zählt zu den bedeutendsten italienischen Liedermachern. Sein Freund Loriano Macchiavelli ist einer der erfolgreichsten Autoren Italiens. Beide leben im rauen Apennin, wo auch die Krimiserie um Forstinspektor Marco Gherardini spielt. Mit ihren Kriminalromanen belegen sie in Italien regelmäßig die ersten Plätze der Bestsellerliste.

Guccini/Macchiavelli bei btb
Schlechte Saison. Kriminalroman
Trübe Aussichten. Kriminalroman
Die Spur der Wölfe. Kriminalroman

Francesco Guccini/
Loriano Macchiavelli

Die Spur der Wölfe

Kriminalroman

Aus dem Italienischen
von Christiane von Bechtolsheim

btb

Die italienische Originalausgabe erschien 2017
unter dem Titel »Tempo da elfi« von
Francesco Guccini & Loriano Macchiavelli
bei Giunti, Florenz – Mailand.

Dieses Buch ist auch als E-Book erhältlich.

Verlagsgruppe Random House FSC® N001967

1. Auflage
Deutsche Erstveröffentlichung Juli 2020

Covergestaltung: semper smile, München
Covermotiv: © Shutterstock / begemot_30
Satz: Uhl + Massopust, Aalen
Druck und Einband: GGP Media GmbH, Pößneck
SL · Herstellung: sc
Printed in Germany
ISBN 978-3-442-71773-6

www.btb-verlag.de
www.facebook.com/btbverlag

Figuren ...

Marco Gherardini, genannt Bussard, 32, zurzeit Forstinspektor. Wer weiß wie lange noch?

Paolino aus Campetti, groß und sehr stämmig, kräftige Hände, rundliches Gesicht, selten rasiert, grau melierte, üppige Haarpracht, 65

Cornetta, seine Kaschmirziege

der *Streicher*, ein toter Vagabund, 23, blond, Jeansweste und -hose und handgefertigte Sandalen mit geflochtenen Lederriemen; ist bald nur noch als »Streicher« bekannt, als wäre das sein Name

Pietra, ein deutscher Elbe, wohnt in Campetti

Crepuscolo, Pietras Frau und

Narwain, was aufgehende Sonne bedeutet, ihr gemeinsamer Sohn

Giacomo, alteingesessener Elbe, Mitte 50, das Kinn unter einem langen grauen Vollbart versteckt, die langen Haare zum Nackenschwanz gebunden, lebhafte, intelligente Augen in einem lederfarben gebräunten Gesicht. Kleidet sich indisch: bestickte Mütze, reich verziertes, weites Hemd und Pluderhosen. Lebt in Borgo, einem kleinen Dorf bei Campetti. Trägt ähnliche Sandalen wie Streicher

Elena, 20-jährige Elbin, lebt in Stabbi und badet gerne nackt in den kalten Bergwasserfällen zusammen mit

Helga aus Deutschland, Elbin, 19

Joseph Müller, etwas undurchsichtiger Deutschitaliener. Lebt ebenfalls in Stabbi

Nicola Benelli, Elbe, lebt in Stabbi und richtet für sich und seine Freundin Helga ein verfallenes Haus her

Elvio und Sottobosco, Elben aus Stabbi

Verdiana, Elbin aus Stabbi

Valentino Ferlin, 26, ehemaliger Polizeischüler, jetzt Beamter der Forstpolizei

Benito, eigentlich Quintiliano Giusti, Wirt der Trattoria-Bar »Bei Benito«

Eugenio Baratti, leitender Forstdirektor und Chef des Provinzkommandos der Forstpolizei

Gaggioli, ein Stabsgefreiter vom alten Schlag

Stefano Barnaba, junger Maresciallo der örtlichen Carabinieri, aus dem Salento

Michela Frassinori, Staatsanwältin, mit dem Fall Streicher befasst

Clemente Farinon, 63, Polizeihauptmeister der Forstpolizei und Onkel von Ferlin

Guidotti Guido Novello, um die 30, jüngster Spross des Hauses Guidotti, das Guido Novello Guidi begründet hat, Hauptmann der Ghibellinen und Statthalter von König Manfred der Toskana. Sein Bruder war Guido Guerra Guidi, ein berühmter Hauptmann der Guelfen

Gigi, der Totengräber von Casedisopra

Adùmas, kennt und liebt die Berge und den Wald, die ihn nicht nur ernähren, weswegen er alles tut, um zu bewahren, was von seinem Lebensraum noch erhalten ist; dichter grauer Vollbart

Amdi, Kellner bei Benito, aus Marokko eingewandert, vielleicht ohne Aufenthaltserlaubnis

Andrea Antinori, Amtsarzt

Nedo, Sohn von Valeria, hat mit Schrot auf sein erstes Wildschwein geschossen

Peppe aus Casa Tornelli, wohnt in der alten Ziegelei; er ist mit bloßen Händen auf ein Wildschwein losgegangen, und wenn er einem eine knallt, kriegt man von der Wand gleich die nächste gewatscht

Adele, Benitos alte Zugehfrau und Köchin

der *Professor*, nach einem langen Lehrerdasein in Pension; will den Rest seines Lebens in Casedisopra verbringen

Berto, Bauer auf dem Hof neben Vinacce, wo Adùmas wohnt; bessert seine Rente mit dem Traktor auf

Florissa, eine junge Frau, die lange bei den Elben gelebt hat. Sie wurde schwanger, von wem, ist nicht bekannt; nach der Geburt verließ sie die Gruppe und richtete sich in Purgatorio ein, einem verlassenen Hof. Sie lebt mit ihrer Tochter allein, bestellt ihren Garten, sammelt Waldfrüchte, hält ein paar Ziegen und macht Käse

Fiorellino, die kleine Tochter von Florissa, vier Jahre alt

Biondorasta, ein Elbe mit blonden Rastalocken

Armonia und

Bosco, alle drei aus Ca' del Bicchio, von jenseits des Flusses

Solitario, 17, seit ein paar Monaten Elbe, blond und fast krankhaft blass, Freund von Streicher. Er heißt Guido wie Fra Angelico aus Cortona und kommt ebenfalls von dort

Giovanni Balboni und sein Maschinengewehr, Partisan, hat als Zwanzigjähriger während einer Vergeltungsmaßnahme der Deutschen viele seiner Freunde gerettet

die *Fhüllers*, die erste Familie, die sich in Ca' del Bicchio niedergelassen hat, und die letzte, die noch mit dem Horn zum Essen bläst. Zu ihr gehören:

Barthold, Österreicher, ein Schrank von einem Mann, wirre, lange braune Haare, ebenso der Bart

Colomba, seine Lebensgefährtin, Schwedin, blond, Zopf bis fast zum Gürtel, trägt ein geblümtes Baumwollkleid

Sole und *Delfina*, ihre beiden Kinder, zehn und acht Jahre alt. Sie sprechen drei Sprachen, Italienisch, Deutsch und Schwedisch, und werden im Leben gut zurechtkommen

Giuseppe Goldoni, Polizeimeister

Nerina, 72, Inhaberin eines Tabakladens, hält sich kerzengerade und qualmt mehr als ihre Kundschaft

Roberta, Nichte der Tabakhändlerin, um die 18–20, dunkler Teint und schwarze Haare, zierlich, wirkt aber resolut und wenig furchtsam

Geurt, Holländer, Freund von Armonia

... UND ORTE:

Campetti, eine Ansammlung von vier oder fünf alten Häusern; hier wohnen Pietras Elbenfamilie und Paolino

Borgo, kleines Elbendorf, nicht weit von Campetti; dort leben drei Familien und Giacomo

der Steilhang am ebenen Waldrand, unterhalb dessen Paolino eine Überraschung findet

Casedisopra, das Dorf von Bussard, Adùmas und den anderen Einheimischen

das Revier der Forstpolizei

die Bar und Trattoria von Benito an der Piazza, ehemalige Osteria der zwei Pilger, der Treffpunkt schlechthin im Dorf

die Carabinieri-Kaserne

Collina di Casedisopra, ein unberührter Ortsteil im Wald, weit entfernt vom Dorf; hier soll am neunundzwanzigsten August das Rainbow-Festival stattfinden

Valle, die Gesamtheit der Elbendörfer

Pastorale, eines der Elbendörfer

Stabbi, ebenfalls ein Elbendorf, in dem unter anderem Elena, Helga und Joseph wohnen

Ca' Storta, ein abgelegenes Bauernhaus mit dicken Mauern und so schief, als hätte ein Riese ihm eine Ohrfeige verpasst

Ca' del Bicchio, ein Dorf jenseits des Flusses, an der Gemeindegrenze von Casedisopra, weit entfernt auch von der nächsten Straße, bis zur Besiedelung durch die Elben viele Jahre lang unbewohnt

Vinacce, ein Mehrfamilienhaus, in dem Adùmas wohnt, etwas außerhalb von Casedisopra

Alpe, eine unbewohnte Hochebene oberhalb von Pastorale, wo es weder Menschen noch Tiere gibt, sondern nur noch Gestrüpp, das nicht mal für Ziegen taugt

Monte delle Vecchia, 1200 m ü. NHN

Monte del Paradiso, hat seinen Namen von den Gesteinsschichten, die wie eine gewaltige natürliche Treppe zum Himmel führen. Eben hin zum Paradies

Purgatorio, verlassener Bergbauernhof am Monte del Paradiso. Hier lebt Florissa mit Fiorellino, ihrer vierjährigen Tochter; der Hof liegt wenig unterhalb der Treppe, und im Wald wachsen Pilze und Wildfrüchte wie Blaubeeren, Erdbeeren und Himbeeren

der *Picco Alto* des Monte della Vecchia im Westen des Dorfes ist im Sommer der erste Berg, auf den die aufgehende Sonne scheint. Im Winter ist es der

Picco Basso

der *Wald von Catullo*, in den die Leute von Casedisopra zum Holzmachen gehen, denn der Eigentümer ist verstorben

die *Buca del Fosso*, eine natürliche Aushöhlung an der Böschung zu einem Bachbett, fast eine Höhle. Es passt ein Mensch hinein.

Borghetto dei Ricchi, hier wohnen Ärzte und Pflegepersonal des Krankenhauses unten an der Hauptstraße

1

Unterwegs zu Ziegen und Wölfen

Kein Mensch wusste, wie Paolo zu diesem verniedlichenden Paolino gekommen war, was nach einem dünnen, schmächtigen Mann klang. Dabei war Paolino ein Schrank von einem Mann, groß und stark, mit kräftigen Händen, die von jahrelanger manueller Arbeit aller Art zeugten, einem runden, selten rasierten Gesicht und einer graumelierten, für seine fünfundsechzig Jahre ziemlich üppigen Mähne. Das war Paolino, so kannte man ihn, er hieß einfach Paolino.

Beziehungsweise Paolino aus Campetti, womit klar war, in welchem Ort er lebte, einem Dörfchen von vier, fünf Häusern, darunter seines. Früher waren die Häuser alle bewohnt gewesen, von armen Leuten, die in den Bergen ein mühseliges, entbehrungsreiches Leben fristeten, sie ernährten sich von Esskastanien und den Kartoffeln von ebenjenen *campetti* – kleinen Äckern –, die sie auf einer ebenen Fläche unweit der Häuser bestellten und nach denen der kleine Ort benannt war. Später hatten sich die Bewohner zum Arbeiten in alle Winde zerstreut, zuerst als Köhler zur Saisonarbeit in Sardinien und dann ins Ausland, wo man jede Arbeit annahm, wann immer sich die Gelegenheit ergab. Kaum jemand war zurückgekommen. Die Leute waren gestorben oder in der Fremde geblieben.

Auch Paolino war fort gewesen, er hatte sich in Belgien, Frankreich und Deutschland als Bergmann oder als Hilfsarbeiter verdingt, Hauptsache, er wurde satt. Aber er, mittlerweile alt geworden, war zurückgekehrt, mit einer schmalen

Rente und einer Versicherung (er sagte *Ensurans*) wegen eines kleinen Arbeitsunfalls in Frankreich.

Er war nach Campetti zurückgekommen, so wie Matrosen immer in den Hafen zurückkehren, in dem sie in See gestochen sind. Geheiratet hatte er nie. Gut möglich, dass er Frauen begegnet war, aber dann hatte es sich meist um käufliche Liebe gehandelt. Am Anfang hatte er mit einer älteren Schwester zusammengewohnt, die dann starb, jetzt war er allein, er hatte zwei, drei Hühner, einen Gemüsegarten (was ein Garten in neunhundert Meter Höhe eben abwarf, Salat, Kartoffeln, ein paar Köpfe Weißkohl) und eine kleine Kaschmirziege, die ein bisschen Milch gab, und wenn er Milch übrig hatte, gab es Käse.

Das Geld aus der Rente und der Versicherung reichte ihm für ein wenig Wein und Tabak, für Zigarettenpapier, Zündhölzer, Kaffee, Zucker, Salz und Brot; er bekam alles unten in dem kleinen Laden an der Hauptstraße, die sich den Fluss entlangschlängelte und von der Toskana in die Emilia führte. Paolino brauchte nicht viel, er war ein einfacher Mann. So einfach, wie man es sich in der Geschichte mit dem Pfarrer erzählte. Er hatte im Auftrag des Pfarrers als Hilfsmaurer am Kindergarten gearbeitet, und als er den vereinbarten Lohn ausbezahlt bekam, sagte der Pfarrer: »Da hast du dein Geld, Paolino, aber pass auf, dass du es nicht verlierst.«

»Verlieren!«, rief Paolino. »Ja Himmel, A…« Er fluchte, dass der arme Pfarrer ganz blass wurde. »Ich und verlieren?! Das wäre ja noch schöner!«

So war Paolino. Einfacher Mann, einfaches Leben, einfache, bescheidene Mahlzeiten, ein kleiner Gemüsegarten, ein paar Hühner, eine tibetische Kaschmirziege.

Tja, die Ziege. Morgens ließ er sie aus dem Verschlag, in dem sie nachts eingesperrt war, und dann durfte sie ringsum überall grasen. Die Ziege (sie hieß Cornetta) entfernte sich nie weit, und hin und wieder hörte Paolino draußen ein leises Meckern. Doch an diesem Tag war es still gewesen, das war ihm aber nicht aufgefallen.

Als sie am Abend nicht nach Hause kam, fing Paolino an, sich Sorgen zu machen. »Cornetta, o-o-o-oooo!«, rief er überall herum, aber das Tier ließ sich nicht blicken.

Ihm kam der Gedanke, dass vielleicht die Elben, wie sich die Aussteiger nannten, sie sich geholt haben könnten. Dann verwarf er diese Möglichkeit gleich wieder. Sie waren ruhige, freundliche Zeitgenossen. Auch wenn er sie manchmal seltsam fand.

Er hatte ein gutes Verhältnis zu ihnen, sie halfen einander auch ab und an.

Er beschloss, sie zu fragen.

Als Erstes ging er zu den Elben, die das Dach eines verlassenen Hauses reparierten, nicht weit von seinem eigenen. Eine dreiköpfige Familie. Die junge Frau wurde Crepuscolo gerufen, Abenddämmerung. Als sie ihm ihren Namen genannt hatte, fand Paolino aus Campetti, dass das ein seltsamer Name war.

Ihr Lebensgefährte wurde Pietra genannt, Stein. Das war schon besser. Es klang wie Pietro. Die beiden hatten einen Sohn, den er, Paolino, Klein-Elbe nannte, weil er den Namen vergessen hatte, den die Eltern ihm mehrmals vorgesagt hatten: Narwain. Das hieß aufgehende Sonne, hatte Crepuscolo erklärt.

»He, Pietro, hast du meine Cornetta gesehen?«

Pietra legte den Deckenbalken ab, den er aufs Dach getragen hatte, und sah hinunter. »Paolino, mein Name Pietra, ich hab schon gesagt, aber du hast nicht verstanden. Pietra, nicht Pietro«, erklärte er in holprigem Italienisch und schob einen kurzen Satz auf Deutsch hinterher, der – so viel hatte Paolino aus Campetti als Gastarbeiter in Deutschland gelernt – bedeutete, dass er Cornetta nicht gesehen hatte.

»Sie ist heute nicht nach Haus gekommen«, sagte er traurig im Gehen.

Pietra nahm seine Arbeit wieder auf. Crepuscolo, die Italienerin war, tröstete ihn: »Sie wird schon wiederkommen!«, rief sie hinter ihm her. Sie grinste. »Außer sie hat ihren Cornetto gefunden!«

Es gab in der ganzen Gegend sonst keine Ziegen, weder weibliche noch männliche.

Paolino fragte weiter herum.

Er erreichte Borgo. Dort wohnten außer Giacomo noch drei Familien. Ein paar Mädchen saßen im Kreis und flochten kleine Weidenkörbchen. Die wollten sie im Dorf den Urlaubern anbieten und den Leuten, die bis August kommen würden, wenn das Rainbow-Festival stattfand.

»Habt ihr meine Cornetta gesehen?«

»Nein, Paolino«, sagte eines der Mädchen. »Sie wollte wohl in Freiheit leben.«

Ein anderes sagte: »Vielleicht hatte sie auch keine Lust mehr, bei dir zu wohnen.«

»Lass sie doch ihr Leben leben, Paolino«, sagte wieder ein anderes.

Die hatten keine Ahnung. Er konnte Cornetta doch nicht die ganze Nacht draußen lassen. Jetzt, wo es sogar Wölfe gab.

Er beschloss, selber weiterzusuchen.

Ziegen sind doch komische Viecher, dachte er bei sich, und er meinte komisch im Sinn von frech, lästig, seltsam. *Weiß der Himmel, wo sie steckt. Hoffentlich hat sie kein Wolf gerissen. Aber jetzt wird es dunkel, ich geh morgen noch mal los.*

Auf dem Heimweg ging er bei Giacomo vorbei, einem Elben, der bei ihm in der Nähe wohnte, einer der ersten, die sich in der Gegend niedergelassen hatten.

Er saß mit geschlossenen Augen auf den Stufen zu seiner Haustür, wo er vor zehn Minuten noch die letzten Sonnenstrahlen genossen hatte, und rauchte.

»Hast du Cornetta hier irgendwo gesehen?«, fragte Paolino, ohne näherzutreten. Die Antwort konnte er sich ja denken.

Giacomo öffnete die Augen und nahm die Zigarette aus dem Mund. »Wenn sie nicht gekommen ist, während ich geschlafen habe …«

»Du hättest sie meckern gehört. Das macht sie immer, wenn sie jemanden sieht. Sie ist heute nicht heimgekommen.«

»Dann hoffen wir mal, dass sie nicht wie die armen Damhirsche geendet hat. Ich habe ihre zerfleischten Kadaver gefunden. Oder wie der Esel von Florestano.«

»Was war mit dem?«, fragte Paolino und trat näher.

»Weißt du das nicht? Florestano hat wie du überall nach seinem Esel gefragt, jemand sagte, es hätte ihn jemand gestohlen, jemand anderes behauptete Stein und Bein, er hätte einen der hiesigen Elben gesehen, den er aber mit den Elben aus einer anderen Gegend verwechselte … Andere meinten, er hätte sich zum Sterben zurückgezogen. Jemand hat sogar behauptet, er hätte seine Knochen gefunden. Die Wölfe hätten ihn gefressen«, sagte Giacomo und lachte schallend.

Paolino ließ Giacomo sitzen und setzte seinen Weg fort, von den Elben war ja doch nichts über Cornetta in Erfahrung zu bringen. Er glaubte fest, dass sie ihn nicht ernst nahmen und dass Cornetta ihnen egal war. Sie begriffen nicht, worum es ging.

Er dagegen nahm die Leute ernst.

Zwei Gewehrschüsse waren zu hören, mit ohrenbetäubendem Knall.

Auf einen Schlag durchbrachen sie die Stille des Tales an diesem heißen Sommerabend, kurz vor der Dämmerung.

Zwei Schüsse, *peng peng*, und augenblicklich dehnte sich das Echo aus und verklang anschließend nach und nach in der Ferne.

Es war wie ein Riss, ein gewaltsamer Bruch, der aber nur ein paar Sekunden dauerte. Dann hoben die gewohnten Geräusche wieder an, eine Hornisse brummte, ein Vogel zwitscherte, Wasser plätscherte in einem Bach im Frieden der Berge ringsum.

Die Schüsse hörte auch Forstinspektor Marco Gherardini.

Man hatte ihn über einen Wolf informiert, der seinen Durst an einem der Bäche stillte, die das Tal durchquerten. Gherardini hielt sich in der Nähe einer kleinen Wasserstelle auf, die sich auf einem Plateau gebildet hatte und den Tieren als ideale Tränke diente.

Er inspizierte gerade die zahlreichen Spuren in dem Matsch rings um die Stelle, als die beiden Gewehrschüsse knallten.

Besorgt hob er den Kopf.

Wer schießt denn um diese Jahreszeit?

Und warum?

Er schüttelte den Kopf. Früher oder später würde er es erfahren.

2

Das Festival rückt näher

Im Dorf wurde gefeiert. Nicht aus einem speziellen Anlass wie beim Patronatsfest oder beim Jahrmarkt oder bei einem der vielen Dorffeste: Salami-, Schinken-, Crêpes-, Crescentina-Brot-Fest und so weiter und so fort. Dieses neuartige Fest hatte es in der Gegend noch nie gegeben. Die Elben nennen es Rainbow, Regenbogen-Festival. Gefeiert wird es jedes Jahr den ganzen August über, und der jeweilige Ort wird nach bestimmten Kriterien ausgewählt. Allen voran: Das Verhältnis zwischen den dortigen Elben und den Einheimischen muss gut sein.

In Casedisopra gab es da keine Probleme, das Verhältnis war gut. Die weiteren Bedingungen, nämlich ein Ort in möglichst intakter Natur, weit weg von Straßen, erreichbar nur über Fußwege, trockenes Feuerholz und ausreichend Wasser, hatten sie in Collina di Casedisopra vorgefunden, einer Lichtung im Wald und eine knappe Wegstunde von der nächsten Fahrstraße entfernt. Die Elbengemeinde des Apennins zwischen Emilia und Toskana, ein halbes Dutzend kleiner Siedlungen, hatte den Ort für das diesjährige Rainbow-Festival vorgeschlagen, und bereits Mitte Juli kamen die Ersten aus ganz Europa, in Gruppen oder einzeln. Collina di Casedisopra belebte sich zusehends, je näher der neunundzwanzigste August und damit der Vollmond zum Ende des Treffens rückte.

Morgens kamen die ersten Ankömmlinge von Collina herunter, um sich mit Casedisopra und seinen Bewohnern vertraut zu machen, und das Dorf befand sich mittlerweile im Zustand eines Dauerjahrmarkts. Wer noch keinen Platz zum Schlafen hatte, fragte herum. Es tat auch ein Treppenverschlag. Oder ein Heuboden. Sie waren mit allem zufrieden und hatten dabei, was sie zum Leben brauchten, Schlafsack und eine eigene Schale und Besteck.

In diese umtriebige Atmosphäre kurz vor Beginn des Festivals mit den Leuten in diesen seltsamen, knallbunten und oft abgerissenen Klamotten, die so wenig zum Dorf passten, platzte nun abgehetzt Paolino aus Campetti. Er fühlte sich fehl am Platz. Er hielt inne, um Atem zu schöpfen und einen Weg zum Revier der Forstpolizei zu suchen, der nicht so überlaufen war wie die Landstraße, die quer durchs Dorf verlief. Aber es gab keinen. Die Fremden hatten sich überall breitgemacht. Also versuchte er, unauffällig weiterzugehen, was schwierig war für einen so großen, kräftigen Mann, unrasiert seit mindestens einer Woche und mit dieser Haarmatte, die wahrscheinlich seit Monaten keinen Friseur gesehen hatte. So schnell er konnte, aber ohne zu rennen, um nicht aufzufallen, lief er zum Revier, und als Valentino Ferlin, sechsundzwanzig Jahre alt und kürzlich vom Polizeischüler zum Polizeimeister aufgerückt, ihm öffnete, schlüpfte er hinein, froh, ein bekanntes Gesicht zu sehen.

Verschwitzt und keuchend stand er da. »Was ist passiert, Paolino?«, fragte Ferlin.

»Was sind denn das für Leute überall?«

»Das sind doch nur Elben, das müsstest du doch wissen, du wohnst doch bei denen.«

»Das sind nicht die aus Campetti. Ich kenne keinen einzigen.«

»Sie sind von woanders. Aus Deutschland, Frankreich …«

Paolino fiel ihm ins Wort: »Ich muss mit Bussard reden.«

»Der Inspektor ist nicht da. Du kannst es mir sagen, ich gebe es weiter, sobald er kommt.«

Paolino überlegte kurz und schüttelte dann den Kopf. »Nein, ich muss es ihm selber sagen. Außerdem muss ich mit ihm hin, wie soll er ihn sonst finden.«

»Wen soll er finden, Paolino?«

»Den Toten. Weißt du, Cornetta hatte sich verlaufen, und wo ich sie gefunden habe …«

»Den Toten? Und wer ist Cornetta?«

»Siehst du? Du hast keine Ahnung. Ich brauche Bussard.«

Auch wenn Paolino sich nicht klar ausgedrückt hatte, war es immerhin klar, dass es sich um eine ernste und daher dringliche Angelegenheit handelte.

»Schon gut, ich hab's zwar nicht verstanden, aber wir sollten wohl besser den Inspektor suchen. Er ist im Dorf.« Er setzte seine Dienstmütze auf, öffnete die Tür und sagte, während er Paolino vorließ: »Komm mit.«

Forstinspektor Marco Gherardini, für Paolino wie für die meisten Dorfbewohner freundschaftlich Bussard, hatte frühmorgens das Revier verlassen, um sich die jungen Leute mal näher anzuschauen.

Ihm gefiel die Art, wie die Elben mit den Wäldern und den Bergen umgingen. Es war auch seine Art: die Achtung vor der Natur. Aus diesem Grund und auch wegen anderer Dinge, die ihm am Herzen lagen, hatte er Forstpolizist werden wollen, und er war mit achtundzwanzig Jahren vielleicht der jüngste Inspektor überhaupt gewesen. Jetzt war er zweiunddreißig, und vor vier Jahren hatte Dottor Eugenio Baratti, leitender Forstdirektor und Chef des Provinzkommandos, ihn als Leiter der Forstinspektion von Casedisopra eingesetzt. Marco Gherardini war hier geboren, und das war ein schönes Geschenk gewesen.

Vor drei jungen Frauen in bunten Gewändern, die ein paar Matten auf dem Straßenpflaster ausgelegt hatten, war er stehen geblieben, um zu sehen, was sie wohl machen würden. Gleich hatten sich ein paar genauso neugierige Kinder um sie geschart.

Dann war er in Richtung Piazza weitergeschlendert, um wie jeden Tag nach dem Mittagessen einen Espresso zu trinken. Als er Ferlin von fern »Inspektor!« rufen hörte, blieb er stehen. Ferlin winkte, er solle warten, und der Inspektor begriff, dass etwas nicht stimmte. Nicht so sehr weil der Polizeimeister besorgt wirkte, sondern weil er Paolino aus Campetti im Schlepptau hatte. Seit wann kam der denn runter ins Dorf, ohne dass es die Rente abzuholen gab? Und warum sah er noch zerknitterter aus als sonst?

In der Tür der Trattoria-Bar lehnte Benito, der Wirt. Er hatte den Inspektor kommen sehen und wartete jetzt auf ihn.

Der große glatzköpfige Kerl trug wie immer ein kragenloses Hemd und eine Schürze, beides in Weiß. Er war im Winter wie im Sommer so angezogen, als wäre es seine Uniform.

Warum Benito Bologna verlassen hatte und nach Casedisopra gezogen war, wusste niemand so recht. Die Welt war doch groß, und es hatte viel Gerede gegeben. Darunter manche böse Zunge. Jedenfalls hatte er, als er in Casedisopra erschien, den Kaufvertrag für die Osteria nebst allem Drum und Dran in der Tasche und im Sinn einen radikalen Umbau seines neu erworbenen Eigentums gehabt, um es für die Touristensaison entsprechend aufgepeppt präsentieren zu können.

Sofort machte er sich an die Arbeit, und ein paar Tage später stand auf dem Schild, einem uralten wettergegerbten Holzbrett mit der Inschrift *Osteria der zwei Pilger*, nun eingebrannt: *Bei Benito*. Dasselbe Brett, bloß dunkelgrün lackiert.

Eigentlich hieß der Wirt Quintiliano Giusti. Der Name auf dem Schild rührte von Benitos außerordentlicher Ähnlichkeit mit dem leidig berühmten Benito der jüngsten Geschichte des Landes, und das Schild legte die Vermutung nahe, dass die Ähnlichkeit dem Wirt nicht missfiel. Eine Frage des Geschmacks.

Unter *Bei Benito* hatte er auf dasselbe Brett noch *Trattoria-Bar* geschrieben. Das war der ganze Umbau, den der neue Wirt sich leisten konnte. So blieb neben der Tür ein ebenfalls hölzernes altes Schild an der Wand hängen, auf das ein unbekannter naiver Künstler einen lachenden Koch gemalt hatte, der die Spezialitäten des Hauses anpries: *Handgemachte Tagliatelle* und *In der Saison: Pilze, Trüffel und Wildbret.*

Wie die vielen anderen Lokale in den Bergen war *Bei Benito* ein Treffpunkt für alle möglichen Menschen, eine Insel, auf der unterschiedliche Völker, Kulturen und Religionen zumindest auf den ersten Blick friedlich miteinander lebten. Vor allem traditionsbewusste Alteingesessene waren dort anzutreffen, aber auch Migranten von sonst wo, geflüchtet vor einem Krieg oder auf Arbeitssuche, Menschen aus Süditalien – besonders Maurer –, Amdi, der vielleicht marokkanische Kellner, und die von den Einheimischen als Flachlandindianer betitelten Stadtflüchtlinge der hohen Mieten wegen. Im Sommer kamen auch Urlauber.

Die Trattoria-Bar konnte als seltenes Beispiel multikultureller Integration bezeichnet werden. Zumindest in dieser Zeit und an diesem Ort.

Benito beobachtete die drei, die erregt miteinander sprachen. Vor allem Paolino, was ihn nicht erstaunte.

»War doch klar, mein Lieber, dass die blöden Elben irgendwann Scherereien machen«, murmelte er, kehrte mit seinen felsenfesten Überzeugungen, die dem üblichen »Mein

Lieber« folgten, in sein Lokal zurück, wobei er bedauerte, dass ihm die Einnahme für mindestens dreimal Espresso durch die Lappen ging, und fasste seine Zukunftsaussichten so zusammen: »Und bis dieses Affentheater mit dem *Renbo* vorbei ist, bauen sie bestimmt noch eine Menge Mist.«

In der Zwischenzeit berichtete Paolino, noch bevor sie das Revier erreichten, dem Inspektor, was er erlebt hatte.

»Cornetta ist gestern Abend nämlich nicht nach Hause gekommen, Bussard …«

»Wer ist denn Cornetta?«

»Meine Kaschmirziege. Die hab ich schon seit Jahren.«

»Aha. Deine Cornetta ist …«

Seine Cornetta war nicht wie jeden Abend nach Hause gekommen, und er hatte sich auf die Suche nach ihr gemacht. Und hatte sie nicht gefunden. Am nächsten Morgen war er noch mal losgezogen und hatte sie den ganzen Tag gesucht. Ohne Erfolg. Am dritten Tag …

»Also heute früh. Da hab ich nach dem Frühstück wie immer eine Zigarette geraucht …«

… hatte er sie gefunden, später, als die Sonne schon hoch stand. Er war am Waldrand auf einem ebenen Stück Weg an der Kante stehen geblieben, wo ein schroffer, steiler Hang zu einem flächigen Grund hin abfiel. Als er sich den Schweiß abwischte, vernahm er ein Meckern von unten. Er spähte hinunter und entdeckte die Ziege, die vergebens versuchte, den steilen Abhang hinaufzuklettern. Das Tier hinkte deutlich.

»Cornetta, Cornetta!«, rief er, und sie antwortete mit einem verzweifelten Meckern. »Blödes Viech«, sagte Paolino bei sich. »Ausgerechnet da musstest du runter, wie soll ich dich denn da rausholen? Verletzt hast du dich auch noch. Was musst du auch in der Weltgeschichte herumklettern!«

Paolino klammerte sich an vorstehendem Gestrüpp fest und kam tatsächlich heil unten an.

»So, jetzt hab ich dich. Was ich dir zuliebe nicht alles mache, du kannst mich mal! Jetzt müssen wir hier irgendwie wieder rauf.« Paolino hielt inne. Etwas roch komisch, anders als das Moos und die Grasbüschel, die er plattgedrückt hatte, es roch nach ... »Hier liegt irgendwo ein totes Tier.«

Er hatte sich umgesehen, da lag etwas, halb von Laub bedeckt, der Kopf seitlich in der Erde. Aber es war kein Tierkadaver. Es war ein Mensch.

»Liebe Cornetta«, hatte er mit lauter Stimme gesagt, die Ziege gepackt und wie der gute Hirte auf seine Schulter geladen. »Schnell weg hier. Das müssen wir Bussard erzählen.«

Als Paolino fertig berichtet hatte, sah er den Inspektor an. »Wahnsinn, oder?«

»Ja, aber was hab ich damit zu tun? Du musst zum Maresciallo«, sagte er und versuchte Paolino zu überzeugen. »Das fällt in seine Zuständigkeit, also musst du bei ihm Anzeige erstatten, verstehst du? Keine Sorge, er macht das genauso gut. Er ist in Ordnung, du kannst ihm vertrauen. Das gehört zu seinem Bereich«, erklärte er, aber Paolino blieb skeptisch.

»Du bist wie er, alle sagen, dass du sogar mehr bist. Ich bin zu dir gegangen, ich hab meine Pflicht erfüllt, und jetzt geh ich nach Hause.«

Inzwischen waren sie bei den Carabinieri angelangt, Ferlin hatte schon geklingelt, Paolino wartete und verbarg nicht seine Ungeduld.

»Inspektor Gherardini«, salutierte Stabsgefreiter Gaggioli hierarchiegemäß. Er gehörte der Vorgängergeneration an und legte Wert auf Umgangsformen.

»Ist Maresciallo Barnaba da?«

»Bedaure, Inspektor. Der Maresciallo ist außer Haus. Er

nimmt an einem Fortbildungskurs teil und kommt erst in vierzehn Tagen wieder. Kann ich Ihnen weiterhelfen?«

Paolino hörte sich schweigend an, was Inspektor Gherardini dem Stabsgefreiten erzählte, ohne den Bericht zu bestätigen oder ihm zu widersprechen. Erst als Bussard fragte: »War das richtig so?«, nickte er unmerklich.

»Leider übersteigt die Lage meine dienstlichen Befugnisse, deshalb müssten Sie den Fall übernehmen, Inspektor. Wenn Sie wollen, kann ich Sie bei den Ermittlungen unterstützen, fotografieren, Notizen erstellen …«

»Das ist nicht nötig, Gaggioli«, beruhigte ihn Bussard. »Ich habe ja den tüchtigen Ferlin, er ist Spezialist für Fotos und Computer. Er hilft mir, dann ist das bald aufgeklärt. Nach dem, was Paolino erzählt hat, dürfte es ein Unfall gewesen sein, ich kenne die Gegend ja selber. Ich werde Sie auf dem Laufenden halten, Stabsgefreiter. Der Maresciallo soll ruhig seine Fortbildung machen.« Er wollte schon gehen. »Apropos, was ist das eigentlich für eine Fortbildung?«

»Inspektor, Sie wissen ja, dass die Forstpolizei zum Ende des Jahres mit den Carabinieri zusammengelegt wird, und die Verantwortlichen in den Kasernen, die das neue Personal übernehmen, wurden für die Fortbildung zu einer Weiterqualifikation abgestellt, die im Carabinieri-Corps nicht für unbedingt notwendig erachtet wurde …« Und weiter ging es mit den Unterschieden zwischen Carabinieri und Forstpolizei.

Der Inspektor fiel ihm ins Wort. »Meine besten Wünsche an den Maresciallo, wenn Sie ihn hören.«

Niemand sprach auf dem Rückweg zum Forstrevier. Erst als alle drei später im Geländewagen der Forstpolizei saßen, fragte Ferlin: »Heißt das, Maresciallo wird unser Chef?«

»Ich weiß es nicht, Ferlin. Ich weiß es nicht und will es auch nicht wissen.«

3

Ein namenloser Toter

Bevor er aus dem Wagen stieg, hängte Ferlin sich einen kleinen Rucksack um, und dann machten sich die beiden, er und Gherardini, zusammen mit Paolino auf den Weg. Paolino führte sie an die Kante des Abhangs, auf dessen Grund er seine kostbare Cornetta wiedergefunden und leider auch eine böse Überraschung gemacht hatte. Er deutete hinunter und sagte: »Da unten liegt er.« Alles Weitere wollte er Marco Gherardini und Ferlin überlassen.

»Du musst jetzt hier warten, Paolino. Wir gehen runter, schauen uns das mal an und kommen anschließend wieder rauf. Und vielleicht haben wir dann ein paar Fragen an dich.«

»Was für Fragen denn, Bussard?« In seiner Stimme schwang leichte Besorgnis mit.

»Ich habe ›vielleicht‹ gesagt.«

»Ich hab dir alles erzählt!«

»Jetzt schau ich mir das erst mal an, vielleicht gibt es dann noch was zu klären.«

»Mensch, Bussard! Da ist wenig zu klären. Ich hab da unten die meckernde Cornetta und eine Leiche gefunden und gehe jetzt nach Hause; Cornetta ist verletzt, und ich muss meine Tiere füttern. Ich bin sowieso spät dran«, erklärte Paolino und machte sich unverzüglich auf den Weg nach Campetti.

»Zehn Minuten, Paolino!«, rief der Inspektor hinter ihm her. »Kennst du den Toten? Hast du eine Ahnung, wer das sein könnte?«

»Ich kenne ihn nicht. Ich habe ihn heute Morgen zum ersten Mal gesehen, zudem tot, und ich will ihn nie mehr sehen«, erwiderte er, ohne stehen zu bleiben.

»Soll ich ihn aufhalten?«, fragte Ferlin.

»Das schaffst du gar nicht. Wenn er sich was in den Kopf gesetzt hat ...«

»Ich kann es versuchen.«

»Lass ihn. Er haut nicht ab. Ich werde ihm einen Besuch abstatten, wenn ich weiß, was ich ihn fragen will. Er muss ja auch seine Aussage unterschreiben. Lass ihn«, sagte der Inspektor und setzte nach einem Blick den Abhang hinunter hinzu: »Wir gehen jetzt runter, gib Acht, wo du hintrittst, Ferlin.«

»Muss ich mit?«

Bussard, der die ersten Schritte abwärts gemacht hatte, blieb stehen und musterte den jungen Beamten. »Genau genommen müsstest ja du runter, Notizen und Fotos machen und dann wieder raufklettern und mir berichten. Sollte ich es dann für notwendig erachten, würde ich auch runtergehen. Zusammen mit dir. Klar?« Der junge Mann nickte langsam und widerstrebend. »Gut, dann mal los, Ferlin.«

Der Beamte trat in die Fußstapfen seines Chefs. In dem Fall nicht im übertragenen Sinn, sondern indem er versuchte, die Füße da hinzusetzen, wo Gherardini sie hingesetzt hatte, und sich dabei an den Ästen und dem Gestrüpp festhielt, das schon der Inspektor für brauchbar gehalten hatte. Ein paarmal wäre er fast ausgerutscht, aber er beschwerte sich nicht. Das tat er nicht mehr, seit er Polizist war.

Bussard brummte vor sich hin: »Trau dich, Ferlin, in ein paar Monaten fährst du Streife und fängst Straßenrowdys ab.«

Der andere grummelte zurück: »Das werden wir noch sehen. Das letzte Wort ist noch nicht gesprochen.«

Am Fuß des Abhangs wartete Marco Gherardini auf Ferlin. Gherardini deutete auf eine Stelle. »Bitte schön.«

Ferlin sah hin und wandte sich sofort wieder ab.

Der Tote lag am Fuß des Abhangs und sah aus wie eine Vogelscheuche, die ein Windstoß heruntergefegt hatte.

»Und, was machst du?«, fragte der Inspektor, der sich nicht vom Fleck rührte.

»Ich?« Ferlin sah seinen Chef erschrocken an. »Ich weiß nicht … ich würde den Krankenwagen rufen …«

»Der braucht keinen Krankenwagen mehr, Ferlin. Aber keine Sorge, ich rede nicht von der Leiche. Was machst du, wenn die sich die Forstpolizei einverleiben?« Marco Gherardini versuchte, den jungen Mann von der makabren Situation abzulenken.

Ferlin überlegte, schon etwas entspannter, und fragte dann: »Hat Farinon mit dir darüber geredet? Weißt du, was er vorhat?«

Polizeihauptmeister Clemente Farinon aus Erto war der Onkel von Ferlin. Dreiundsechzig Jahre alt, über dreißig davon bei der Forstpolizei, davon wiederum siebzehn in Casedisopra. Den ganzen Bezirk kannte er wie seine Westentasche. Er hatte Valentino Ferlin, den Sohn seiner Schwester, direkt nach dem Lehrgang am Ausbildungszentrum in Cittaducale nach Casedisopra geholt. Seine Schwester hatte ihn darum gebeten. Sie und Clemente wussten beide, dass man ein Auge auf den Jungen haben sollte.

»Du musst ihm helfen«, hatte sie ihn gebeten.

»Dein Sohn hat Flausen im Kopf.«

»Er ist dein Neffe«, hatte sie insistiert. »Und wer hat mit zwanzig keine Flausen im Kopf.«

»Ich. Ich hatte nie Flausen.«

»Das waren andere Zeiten, Clemente. Er ändert sich bestimmt, er wird ein guter Junge«, hatte sie gesagt, und Farinon hatte ihn zu sich genommen und passte auf ihn auf. In der Erwartung, dass er ein guter Junge würde. Was nicht bedeutete, dass er auch ein guter Forstpolizist wurde.

Um ihm einen Schubs zumindest hin zum guten Jungen zu geben, hatte Marco Gherardini zum Auftakt von Ferlins beruflicher Laufbahn dafür gesorgt, dass er sich die Finger verbrannte. Und zwar indem er ihm mit einem kleinen Stromschlag leichte Verletzungen an den Händen zufügte, nachdem aus einer Aufzucht der Forstpolizei mehrfach Süßwasserkrebse gestohlen worden waren. Die Verbrennungen hatten sich als heilsam erwiesen, die Angelegenheit war damit erledigt gewesen.

»Warum, habt ihr etwa noch nicht über eure Zukunft nachgedacht?«, fragte Bussard. »Du bist jung, du musst dich entscheiden. Farinon geht vielleicht auch in Pension …«

»Ich hatte gehofft, dass du mit ihm sprichst. Ich weiß nie, wann der richtige Moment ist, mit ihm zu reden, aber er wird bestimmt das machen, was du machst.«

»Komm, trau dich!«

»Na gut, ich spreche mit ihm. Gleich nachher auf dem Revier.«

»Trau dich jetzt, meine ich. Trau dich, wir schauen mal, was dem armen Kerl da passiert ist«, sagte Bussard und setzte sich in Bewegung.

Ferlin tat ebenfalls ein paar Schritte, den Blick fest auf die Leiche gerichtet. Dann verharrte er, krümmte sich und übergab sich. Kein Wunder, er hatte noch nie eine Leiche in einem solchen Zustand gesehen.

»Der arme Kerl da« sah schlimm aus. Sehr schlimm.

Der Tote lag auf dem Rücken, halb von Laub und Erde bedeckt. Ein Teil des Gesichts lag frei, eine blonde Haarmasse, kaum mehr. Er trug eine Jeansweste direkt auf der Haut und zerschlissene Jeans und an den Füßen geflochtene Ledersandalen, die selbstgemacht aussahen, über groben grünen Baumwollsocken, möglicherweise aus Militärbeständen.

»Er muss oben auf dem Weg ausgerutscht und dann abgestürzt sein«, sagte Gherardini laut, auch um Ferlin zu informieren. »Hier unten sind Steine und Erdreich, das ist mit ihm heruntergekommen.« Er gab dem Polizeimeister einen Klaps auf die Schulter.

»Jetzt reiß dich zusammen und schau ihn dir an.« Er wartete, bis Ferlin so weit war. »Fällt dir nichts Merkwürdiges auf?«

Ferlin sah noch mal hin. »Da ist alles merkwürdig«, sagte er. »Dass ein junger Mann auf so schreckliche Weise zu Tode kommt, ist doch sehr merkwürdig ...«

»Das Blut«, sagte der Inspektor. Er trat zu der Leiche und deutete auf die Stelle. »Der Körper liegt hier, einen halben Meter von dem Blut entfernt.«

»Wurde er ... wurde er fortgeschleift?«

»Ja, wahrscheinlich von einem Tier. Allerdings war er da schon eine Weile tot, und es ist kein Blut mehr ausgetreten.«

Auf dem Boden ringsum, der in dieser feuchten Umgebung weich war, entdeckte Gherardini Spuren von Schwarzwild. Und Wolfsspuren. Von nur einem Wolf. Er musste hier gewesen sein, bevor der Mann abgestürzt war. In einiger Entfernung auch Spuren der Ziege, mit der die ganze Geschichte ihren Anfang genommen hatte.

»Paolino wird einiges erklären müssen.«

Ferlin saß auf einem Felsbrocken, den Kopf in den Händen und die Ellbogen auf die Knie gestützt. Ohne den Kopf zu heben, fragte er: »Was muss er erklären?«

Der Inspektor trat zu ihm. »Ich erzähle es dir gleich. Hast

du Handschuhe dabei?«, fragte er und wies mit dem Kopf auf den »armen Kerl«. Er sah es Ferlin an, dass die Handschuhe nicht im Rucksack waren. »Ich informiere jetzt erst mal Baratti. Ich würde die Leiche gern wegbringen, bevor es Nacht wird. Wir dürfen sie nicht den Wildschweinen überlassen. Obwohl ich bezweifle, dass sie bei dem Gestank noch mal herkommen. Mal sehen, ob wir hier Empfang haben.« Mit dem Handy in der Rechten suchte er eine Stelle, an der wenigstens zwei Balken erschienen. Er fand sie wenig unterhalb, wo die Rinne sich zum Tal hin öffnete und ein längst vergessener Pfad sich am Berg wieder hinaufschlängelte.

Er schilderte Dottor Baratti die Lage, angefangen von Maresciallo Barnabas Abwesenheit, aufgrund derer er sich mit dem Fund hatte befassen müssen. Er schloss das rasche Resümee mit einigen Überlegungen, die er aus dem bisher Zusammengetragenen folgerte.

»Könnte ein Elbe sein. Vielleicht war er einer von denen, die erst vor Kurzem wegen des Festivals gekommen sind. Vielleicht kannte er die Gegend nicht, dann könnte es sich gut um einen Unfall handeln. Ich würde die sterblichen Überreste gern bergen lassen, wenn Sie einverstanden sind, Dottor Baratti.«

»Das hängt nicht von mir ab, Ghera. Ich muss mit der Staatsanwältin sprechen und melde mich bei dir per SMS. Schick mir möglichst bald eine E-Mail mit dem Vorbericht. Und der Staatsanwältin auch.«

Der Inspektor ging zurück zu Ferlin, der noch immer in gebührendem Abstand zu dem »armen Kerl« saß. Er hoffte auf das Ende einer Inaugenscheinnahme, die für seinen Geschmack schon viel zu lange dauerte.

»Aber wenigstens die Kamera hast du doch dabei, Ferlin?«

Der Polizeimeister kramte in seinem Rucksack, den er

abgestreift hatte, nachdem die Speiattacke vorüber gewesen war. Er fand die Kamera und reichte sie dem Inspektor. »Sie ist startbereit«, sagte er, und als Gherardini wieder zu der Leiche ging, setzte er leise hinzu: »Tut mir leid, Inspektor.«

»So was passiert einem ja nicht alle Tage, Ferlin. Ich kann dich gut verstehen.«

»Wäre es möglich, dass Farinon das nicht erfährt?«

»Wenn du es ihm nicht erzählst?«

Der Inspektor fotografierte den Körper aus verschiedenen Blickwinkeln so, wie sie ihn vorgefunden hatten. Dann wischte er an ein paar Stellen Erde und Blätter weg, die ihn teilweise bedeckten, und machte Detailaufnahmen.

Die rechte Wange lag im Moos, die linke Wange und die Nase zeugten sichtbar vom Besuch irgendeines Tieres. Die Sohlen der Sandalen waren glatt und sauber, wie wenn man durch Gras läuft. Und der Pfad oberhalb des Abhangs war von Gras bewachsen.

Vorsichtig kramte er in den Taschen von Hose und Jacke des Toten.

Da war nichts, keine Geldbörse, kein Ausweis. Marco Gherardini hatte mit einer namenlosen Leiche zu tun. Zumindest vorerst namenlos.

Ein Vibrieren in der Brusttasche seiner Dienstjacke und ein kurzes Klingeln meldeten ihm eine eingehende SMS. Er musste eine kleine Stelle mit einem Minimum an Empfang passiert haben. Er las: »Ruf sobald wie möglich Frassinori an. Baratti.«

»Wir sind fertig«, sagte er zu Ferlin, der immer noch Abstand hielt, aber inzwischen beobachtete, was der Inspektor machte. »Ich muss kurz telefonieren, dann schicke ich dich ins Dorf.«

Bevor er an die Stelle mit den zwei Balken Netz zurückkehrte, warf er einen Blick ringsum, ob er auch nichts vergessen hatte. Er merkte, dass sich die Stimmung des Ortes verändert hatte. Die wenigen tiefstehenden Sonnenstrahlen, die sich schräg noch einen Weg zwischen den Ästen bahnten, zerschnitten den felsigen Boden wie Lichtklingen und verliehen dem Grund des Abhangs, so empfand es Marco Gherardini, ein dunkles Leuchten.

Er führte das auf die ungewöhnliche Situation zurück, in der er sich befand. Wenn er sonst in den Bergen unterwegs war, gab es immer einen Grund zur Freude. Oder zumindest Ruhe. An diesem Platz und bei dem, was er erlebte, konnte ringsum nichts anderes sein als Trauer.

Er löste sich aus der Stimmung und telefonierte. Die Frassinori erinnerte sich an ihn. »Ihr Vorgesetzter hat mich informiert, Inspektor«, sagte sie. »Man nennt Sie Bussard, wenn ich mich recht erinnere. Woher kommt das?«

»Das ist eine lange, komplizierte Geschichte …«

»Nun, die erzählen Sie mir ein andermal. Wir sind uns vor ein paar Jahren begegnet …«

»Vor zwei.«

»… und ich weiß, dass ich mich auf Sie verlassen kann. Wenn Sie sicher sind, dass es sich um einen Unfall handelt …«

»In solchen Fällen gibt es keine Gewissheit, aber soweit ich das momentan überblicke …«

»Das genügt mir, Inspektor. Veranlassen Sie nach der Spurensicherung und den üblichen Fotos den Abtransport der Leiche und sorgen Sie dafür, dass sie zur Obduktion in die Rechtsmedizin kommt. Halten Sie mich unbedingt auf dem Laufenden!«

Es war spät geworden, das Licht reichte nicht mehr aus, um die Leiche zu bergen.

»Hier kriegen wir keine Akkustrahler her«, erklärte der Inspektor Ferlin. »In der Stadt braucht man bloß ein paar Scheinwerfer aufzustellen, dann kann man auch nachts arbeiten.« Er sah sich um. »Geh schnell rauf zum Auto und hol die Plane. Wir können ihn nicht die ganze Nacht so liegen lassen. Hier sind Tiere ... Na ja, ich würde ja selber gehen, aber ich weiß nicht, ob du große Lust hast, hier mit ... «, sagte er und wies mit dem Kopf in Richtung Leiche.

»Ich geh schon«, erwiderte der junge Polizeimeister.

4

Was von einem Menschen übrig bleibt

Sie kamen spät zurück.

Ferlin steckte den Kopf durch die Tür von Gherardinis Büro. »Ich würde jetzt schlafen gehen«, sagte er.

»Das würde ich auch, aber ich muss den Bericht für die Frassinori und Baratti fertig machen. Ah ja, noch ein guter Rat. Trink einen Grappa, bevor du dich aufs Ohr haust. Das hilft dir, diesen schlimmen Tag zu vergessen.«

Ferlin blieb noch eine Weile unschlüssig in der Tür stehen, als wollte er noch etwas sagen. Er schlüpfte ins Büro und schloss die Tür. »Ich glaube, ich wechsle den Beruf. So was wie heute mag ich nicht noch mal erleben.«

»Kopf hoch! Bei den Carabinieri wird es noch schlimmer.«

»Deswegen hätte ich gern deinen Rat, bevor ich mit Farinon rede.«

»Wenn das mit dem Rat so einfach wäre … Schlaf eine Nacht drüber, Ferlin, schlaf drüber, und dann reden wir morgen weiter«, sagte er und las noch mal den Bericht, der folgendermaßen schloss:

Berücksichtigt man all das, wurde der Tod vermutlich durch einen Unfall verursacht. Der Weg oberhalb des Hangs ist sehr gefährlich, ein Fehltritt genügt, und schon verliert man das Gleichgewicht, rutscht einen sehr steilen Abhang hinunter und stürzt mehrere Meter ab. Zudem konnte der Verstorbene, der wahrscheinlich nicht von hier ist, nicht wissen, wie gefährlich das Gelände ist. Wildschweine und möglicherweise ein Wolf haben sich an der Leiche zu schaffen gemacht und sie zum Teil verstümmelt. Ihre Spuren fanden sich in der schlammigen Erde rings um den Leichnam und sind auch auf den beiliegenden Fotos zu sehen.

Einige Details stellten ihn nicht zufrieden, aber es war zu spät, kehrtzumachen und zurückzunehmen, was er sowohl Baratti als auch der Staatsanwältin erzählt hatte.

»Mit Paolino kann ich morgen alle Zweifel ausräumen«, beruhigte er sich.

Er fuhr mit dem Cursor auf *Senden*, und die E-Mail ging zusammen mit dem angehängten Bericht raus.

Gigi sagte er nicht Bescheid. Auch für einen Totengräber war es zu spät.

Zu Hause stellte er sich unter die Dusche. Er hoffte, die Überbleibsel eines Tages loszuwerden, auf den er hätte verzichten können. Es half nichts. Als er etwas zu essen suchte, dessen Zubereitung nicht zu viel Zeit in Anspruch nahm, meinte er, an den Händen noch das Moos zu riechen und in der Küchenluft die Feuchtigkeit, von der der Grund des Abhangs getränkt war.

In seinem Haus war es nicht feucht. Das war es noch nie gewesen. Und seine Hände rochen nicht nach Moos.

Er verschlang einen Bissen Brot mit einer Scheibe Schinken, die er im Kühlschrank gefunden hatte, und spülte ein halbes Glas Wein hinterher.

Bevor er schlafen ging, dachte er, dass ihm nach diesem grässlichen Tag ein Gläschen Grappa beim Einschlafen helfen könnte, wie er Ferlin geraten hatte.

Bei Tagesanbruch suchte der Inspektor Gigi auf, den Totengräber von Casedisopra. Der war ein Frühaufsteher.

Er erklärte ihm, was passiert war und womit er ihn beauftragte und dass Ferlin ihn mit dem Geländewagen an Ort und Stelle bringen würde.

»Nimm jemand mit, der dir hilft«, riet er ihm. »Und von da unten bringst du den Toten sowieso nicht hoch. Wenn du das kleine Tal runtergehst, stößt du auf einen alten Pfad. Von dort kannst du ihn fast bis zum Auto tragen.«

Im Büro rief er Baratti an und bestellte einen Leichenwagen nach Casedisopra, für den Transport der Leiche in die Rechtsmedizin zur Obduktion, wie von der Frassinori angeordnet.

Alles lief nach Plan. Gegen Mittag lag, was von einem Menschen übrig war, eingepackt in einen Sack aus dickem schwarzem Plastik im Leichenhaus. Einem untypischen Leichenhaus, handelte es sich doch in Wirklichkeit und seit jeher um die außerhalb der Pfarrkirche liegende Krypta. Das war ungewöhnlich, eine Krypta gehört eigentlich unter die Kirche.

In Casedisopra war die Kirche neben den Überresten eines heidnischen Tempels erbaut worden, denn der damalige Bischof fand es ketzerisch, die Reste des heidnischen Tempels für ein christliches Bauwerk zu nutzen. Der Bereich hinter der Kirche diente dann als Friedhof, und die Krypta, die unter der Erde lag und so vor der Hitze geschützt war, wurde naturgemäß zu dem Ort, an dem die Särge bis zur Bestattung untergebracht waren.

Der Vollständigkeit halber sei noch hinzugefügt, dass der Bischof, der den Kirchenbau angeordnet hatte, Valentino Guidotti Guidi hieß und ein Vorfahr des zu den Zeiten von Forstinspektor Marco Gherardini amtierenden Bürgermeisters war.

Familienangelegenheiten, wie man sich vorstellen kann.

Der Bürgermeister, Guidotti Guido Novello, war der letzte

Spross eines im Mittelalter begründeten Adelsgeschlechts, dessen Stammvater Guido Novello Guidi war, Hauptmann der Ghibellinen und Statthalter von König Manfred der Toskana. Sein Bruder, Guido Guerra Guidi, war Hauptmann der Guelfen. Gewissermaßen zwei Eisen im Feuer, ein ghibellinisches und ein guelfisches.

Und da sind wir erst im Mittelalter.

Wegen einer Reihe von zu erledigenden Dingen, die bereits feststanden, und anderer, die sich unvermeidlich jeden Tag ergaben, musste Marco Gherardini das Gespräch mit Paolino aus Campetti verschieben.

Eilt ja nicht, sagte er sich. *Paolino haut nicht ab.*

Unterwegs nutzte er die Zeit, um mit Leuten zu reden, die dem Mann, der sein Leben beim Sturz vom Steilhang verloren hatte, möglicherweise begegnet waren. Er suchte ein paar Fotos vom Gesicht des Elben heraus, die weniger schlimmen, und steckte sie ein.

Die erste Station war Nerinas Tabakladen. Dort traf er passenderweise ihre Nichte Roberta an. Aber die Fotos mochte er ihr nicht zeigen.

»Hast du einen jungen Elben gesehen, um die zwanzig, blond, ärmellose Jeansjacke, Jeans und geflochtene Ledersandalen?«

Roberta überlegte. »Kein blonder junger Mann weit und breit, Bussard. Das wüsste ich noch.«

Aber Giorgio mit seinem Laden für *Spezialitäten aus den Bergen* zeigte er die Fotos.

Nein, er war nicht in seinem Laden gewesen.

Der Inspektor ging auch zum Postamt und zum Fremdenverkehrsamt.

Ohne Erfolg. Anscheinend war der Elbe, ohne sich weiter im Dorf aufzuhalten, nach seiner Ankunft direkt auf sein Ende zugesteuert.

Er ließ den Mannschaftswagen am Straßenrand stehen, wo die mehr schlecht als recht geteerte, von vielen erbarmungslosen Wintern zerfressene Fahrbahn endete, und ging das kurze Stück zu Paolinos Haus zu Fuß. Es war noch früh am Morgen, aber der Tag versprach schon jetzt, heiß zu werden. Die Haustür stand weit offen, der Inspektor sah hinein und rief: »Paolino, bist du da?«

»Ja, ich bin da!«, rief eine Stimme. »Komm rein, Bussard, komm und setz dich! Hast du Durst? Magst du ein Glas Wein?«

»Um die Uhrzeit?«

»Braucht es für ein Glas Wein eine besondere Uhrzeit?«

»Nein, aber man kann doch nicht so früh am Morgen schon zu trinken anfangen.«

»Dann ein Espresso. Soll ich dir einen Espresso machen?«

Paolinos Wunsch, gastfreundlich zu sein, durfte nicht enttäuscht werden, und Gherardini antwortete lächelnd: »Espresso geht.«

Paolino hantierte mit einer alten Napoletana-Kanne. »Was führt dich her?«

»Dreimal darfst du raten. Ich hatte dir ja gesagt, dass ich dich noch was fragen muss. Es geht um unseren Freund, den du bei Cornetta an dem Hang gefunden hast. Ich hab Fotos dabei.«

Er nahm die Bilder aus einer Mappe und legte sie auf dem Tisch aus. Es waren die Fotos von der Leiche, aber sie waren nicht sehr aufschlussreich.

»Das ist der Typ, den du tot gefunden hast. Hast du ihn vorher schon mal gesehen?«

Paolino betrachtete die Fotos. »Nein, er sieht aus wie ein Elbe, aber ich habe ihn nie gesehen, zumindest nicht hier in Campetti. Warte, jetzt kommt der Kaffee. Wie viel Zucker?«

»Zwei, danke.« Er rührte um. »Schau noch mal genau hin.«

Paolino schüttelte wieder den Kopf. »Nein, nie gesehen, hab ich doch gesagt. Der Ärmste, die Tiere haben ihm schon das Gesicht entstellt. Wie schmeckt der Kaffee?«

»Hab schon besseren getrunken.«

Paolino schnaubte. »Klar ist der Kaffee gut, den du bei der Forstpolizei kriegst, der Kaffee der Herrschaften, logisch …« Als er sah, dass Gherardini das Tässchen schwang und auf ihn zielte, rief er: »Nein, das ist meine letzte Tasse!« Er riss sie ihm aus der Hand. »Hier in der Nähe wohnen ein paar Elben, vielleicht wissen die was über den Toten. Ich hol dir einen her«, sagte er und wollte schon los.

»Warte mal, du musst noch was machen.«

»Ich?«

Gherardini nickte. Er sammelte die Fotos ein, die noch auf dem Tisch lagen. Es war kein schöner Anblick. »Ja, du. Unterschreib hier.« Auf Paolinos fragenden Blick hin erklärte er: »Das ist der Bericht, wie und wann du den Toten gefunden hast.« Er reichte ihm den Kugelschreiber.

Paolino tat so, als würde er die eine oder andere Stelle lesen, nahm den Kugelschreiber und sagte, während er langsam und sorgfältig unterschrieb: »So ein Quatsch. Das nächste Mal sage ich nichts.«

»Glaubst du, es gibt ein nächstes Mal?«

Paolino setzte einen Punkt hinter die Unterschrift, hob den Kopf und sagte: »Das fehlt mir gerade noch, ein nächstes Mal …«

Der Inspektor kontrollierte die Unterschrift und steckte das Papier in die Mappe.

»Soll ich den Elben jetzt holen oder nicht?«

»Ja, sag ihm, ich würde mich gern ein bisschen mit ihm unterhalten.« Endlich ging Paolino hinaus.

5

Ein Sesshafter, ein Vagabund und zwei nackte Elbinnen

Er nutzte die Zeit und sah sich ein bisschen um, in der Hoffnung, sich über Paolino besser klar zu werden. Jeder im Dorf kannte ihn, aber er war sehr zurückhaltend und tat alles dafür, seinen Mitmenschen nicht zur Last zu fallen. Gherardini hatte schon als Kind von ihm gehört; die seltenen Male, die Paolino nach Casedisopra kam, hatte er ihn gesehen, und später war er ihm im Rahmen seiner Tätigkeit als Forstinspektor öfter begegnet.

Wie in allen Bauernhäusern lag die Küche im Halbdunkel. Ein wenig Licht spendete das einzige kleine Fenster neben der Haustür. Ein offener Kamin, groß genug für die Zubereitung der Mahlzeiten für eine vielköpfige Familie, wie Paolino sie früher bestimmt gehabt hatte. Ein ebenfalls großer Tisch, von dem jetzt nur ein kleiner Teil gedeckt war. Holzstühle, eine kleine Truhe, ein Küchenbüfett.

Das Spülbecken, mit Klopfholz und Stemmeisen aus einem einzigen Steinblock herausgearbeitet, befand sich unter dem Fenster. An einem Mauerhaken neben dem Becken hing ein Kupferkessel mit gewölbtem Boden, in der Gegend *calcedro* genannt. Er diente dazu, Trinkwasser aus dem Ziehbrunnen hochzuholen. An dem Eimer hing der Schöpfbecher, aus dem alle tranken. Hatte man mal zu viel Wasser geschöpft, um den momentanen Durst zu löschen, goss man es in den Kupfereimer zurück. Es war mühsam, zum Brunnen zu gehen, und mit Wasser ging man sparsam um.

An der hinteren Wand, dem dunkelsten Teil der Küche, hingen an einem hölzernen Kleiderständer, wer weiß seit wie vielen Jahren, ein weiter Mantel aus Wachstuch und etwas, das aussah wie …

Bussard wollte gerade schauen, ob er richtig gesehen hatte, als Paolino zurückkam.

Er brachte einen Mann um die fünfzig mit, der orientalisch beziehungsweise indisch gekleidet war, mit einer bestickten Mütze, einem weiten, reich verzierten Hemd und Pluderhosen. An den Füßen Sandalen, ähnlich wie die des Toten. Das Kinn war von einem langen grauen Bart bedeckt, die langen Haare waren zu einem Nackenschwanz gebunden, die Augen im lederfarben gebräunten Gesicht lebhaft und intelligent.

Er grüßte Gherardini mit einer Geste und sagte: »Herrlicher Tag, Sonne, eine Brise, die die Welt weich macht … Mit einem Wort, Elbenwetter.« Er machte es sich auf einem Stuhl am Tisch bequem. »So hat also wieder mal jemand aus Valle die himmlischen Gefilde erreicht. Das ist in den vergangenen Jahren relativ selten vorgekommen. Und wenn, dann war es Krebs oder das verfluchte Aids! Ich glaube, das haben die Pfarrer erfunden, um die freie Liebe auszumerzen.« Er lachte. »Verlaufen hat sich nur einer, das ist Jahre her. Vielleicht war er betrunken, sie haben ihn im Tannenwald gefunden. Wir mussten den Maresciallo bemühen, der hat sich auch noch beschwert. Ich heiße Giacomo. Was willst du von mir, Inspektor?«

Wortlos legte der Inspektor ihm ein paar Fotos hin. Dann fragte er: »Kennst du ihn? Hast du eine Ahnung, wer das sein könnte?«

Giacomo nahm die Fotos und trat ans Fenster, wo er besseres Licht hatte. Er kniff die Augen ein wenig zusammen.

»Viel sieht man ja nicht, aber ich würde sagen, nein, nie gesehen. Vielleicht war er ein Streicher.«

»Ein Streicher? Wie Aragorn in *Herr der Ringe?* Was bedeutet Streicher?«, fragte Gherardini, neugierig geworden.

Wieder lachte Giacomo. »Ja, die ersten Namen hier in Valle stammen aus dem Buch. Hast du es gelesen? Auch die Bezeichnung Elben kommt von dem Buch.«

»Gehörst du denn zu den Ersten, den Gründern?«

»Nein, ich bin ein paar Jahre später nach Valle gekommen. Die Ersten waren aus Bologna, erinnerst du dich an das Reale-Gesetz nach den bleiernen Jahren? Das waren Anarchisten, sie hatten Angst, richtig Ärger zu kriegen, und wollten hier ihre Utopie verwirklichen, fern von diesem Babel, dieser beschissenen, korrupten Welt.«

»Und wann bist du gekommen?«, fragte Gherardini dazwischen.

»Warte. Ich war damals zu jung. Ich kam erst später, Ende der Achtziger, nein, Anfang der Neunziger. Kannst selber ausrechnen, seit wann ich hier bin.«

»Und was ist jetzt ein Streicher?«

»Ein Vagabund, einer, der gern unterwegs ist, der an keinem Ort, in keinem Dorf fest wohnt, der kommt und geht, aber nicht zu verwechseln mit einem Touristen, das wäre eine Beleidigung. Die Touris, wie wir hier sagen, sind… na ja, diese Typen, die quasi auf Urlaub kommen, aus Neugier, mit Kamera, um ein paar heiße Feger flachzulegen, du weißt schon, freie Liebe und so. Sie kommen im Sommer, der Winter ist zu hart, sie wollen bloß ihren Spaß haben und eine Nummer schieben, und dann verschwinden sie wieder, eben Fuseltouris.«

»Fuseltouris?«

Giacomo lachte. Er lachte viel und laut und schlug sich auf

die Schenkel. »Ja, das Wort haben wir erfunden, wenn man jahrelang zusammenlebt, entwickelt sich ein eigener Jargon. Es kommt von so einem Billigwein, den man unten im Laden an der Hauptstraße bekam. Eben so ein Fusel, bei dem man abends verblödet, und am nächsten Morgen schwirrt einem der Kopf. Die haben sich zugesoffen, die Mädchen haben sie nicht rangelassen und sie nur verarscht.«

Gherardini ärgerte der Ausdruck *heiße Feger*, ein längst vergessener Ausdruck aus den Siebzigerjahren. »Du hast ihn also nie gesehen.«

»Nein, wie gesagt, Inspektor. So wie er angezogen ist, ist er kein Touri, er muss ein Streicher sein. Aber hier ist inzwischen alles ein bisschen durcheinandergeraten, die Leute haben Kinder bekommen, verstehst du? Und Kinder haben Bedürfnisse, sie wollen nicht irgendeinen Joghurt, sie wollen diese eine Marke von diesem einen blöden Joghurt, den sie weiß der Himmel wo gesehen haben. Die Leute brauchen Geld. Sie haben Sonnenkollektoren auf den Dächern installiert, manche Häuser haben ein bisschen Licht, es gibt Handys und Computer. Was ist denn das noch für eine Utopie?«

»Wenn du das nicht weißt …«, antwortete der Inspektor.

Nach der langen Tirade stand Giacomo auf. »Ich muss jetzt wirklich los. Sie brauchen mich oben in Collina. Wir wollen unser Tipi aufbauen. Das müsstest du dir mal anschauen …«

Gherardini fiel ihm ins Wort. »Auf jeden Fall. Ich behalte euch im Auge, damit ihr keine Umweltschäden anrichtet …«, aber Giacomo hatte einfach weitergeredet.

»… es ist das größte Tipi, das ich je aufgebaut habe. Und ich hab schon viele aufgebaut, überall in der Welt.« Er rückte den Stuhl zurecht und drückte den Zeigefinger auf ein Foto.

»Wegen dem Typen da fragst du am besten in Pastorale nach. Ich weiß, dass dort schon Leute angekommen sind…«, sagte er und ging grußlos hinaus.

Gherardini kannte den Weg von Campetti nach Pastorale, ein wenig begangener Pfad durch einen Kastanienwald bis zu einer kleinen Häuseransammlung. Vor Jahren war er mal dort gewesen, noch als Jugendlicher, und er erinnerte sich an die Häuser, die wie fluchtartig verlassen wirkten. Dabei hatten die Menschen sie verlassen, um auszuwandern und nie mehr zurückzukehren, ihre Spuren verloren sich irgendwo in Frankreich oder Korsika oder Deutschland. Bussard erinnerte sich, wie er in einem dieser Häuser in einem Winkel ein grob zusammengezimmertes hölzernes Gestell für die im Kamin erhitzten feuerfesten Lehmziegel entdeckt hatte, auf denen früher die *necci* gebacken wurden, Fladenbrote aus Kastanienmehl.

Sie haben zu viel Brot gegessen oder zu wenig und sind weggegangen, hatte er damals gedacht.

Er hatte das Gestell, damit es nicht kaputtging, nach Hause mitgenommen, als Symbol eines Lebens in den Bergen, das aus Mühsal und Hunger bestand. Jetzt lebten Elben in diesen schlecht und recht wieder hergerichteten Häusern.

Quer über den Pfad verlief ein Bach, und trotz der Jahreszeit stand das Wasser hoch, nach den schlimmen Regenfällen in letzter Zeit. Gherardini folgte dem Bach, er wusste, dass er ihn nach Pastorale führen würde.

Auf dem Weg bergab hörte er weiter unten Geplapper. Er ging noch ein Stück, und da bot sich ihm ein überraschender Anblick: Zwei junge Frauen, beide splitternackt, wuschen sich in einer Gumpe unter einem Wasserfall. Sie waren nicht besonders hübsch, aber auf ihre Weise waren sie schön, die Schönheit der Zwanzigjährigen, das lange Haar auf den

Schultern, die eine blond, die andere dunkel, die kleinen, festen Brüste, denen die Schwerkraft nichts anhaben konnte, die von der Kälte angeschwollenen Brustwarzen. Lachend bespritzten sie sich gegenseitig mit dem Wasser vom Wasserfall.

Gherardini war verlegen stehen geblieben, er hatte das Gefühl, eine Art Privatsphäre zu verletzen, und wollte schon weitergehen, als eines der Mädchen ihn bemerkte und rief: »He, Inspektor! Wo gehst du hin? Da kriegst du mal was Schönes zu sehen, was? Was suchst du denn hier?«

Gherardini sah nicht zu den beiden hin. »Bitte entschuldigt, ich wollte nicht … bin schon wieder weg!«

»Was ist, hast du Angst vor zwei nackten Frauen? Wir genieren uns nicht, komm her, wir trocknen uns ab und plaudern ein bisschen.«

Die junge Frau lachte, während die andere mürrisch und argwöhnisch dreinschaute. Sie setzten sich zwischen den Bäumen ins Moos auf einen sonnenbeschienenen Flecken.

»Die ist eine toughe Elbin«, sagte die Schwatzhafte. »Und sie ist gar keine Italienerin, sie ist Deutsche, sie mag Leute nicht, die aus Babel kommen, vor allem niemand vom Militär, so wie du …«

»Dabei habe ich mit dem Militär gar nichts zu tun.«

»Egal, du bist in Uniform. Aber ich bin ein bisschen anders. Ich heiße Elena.«

»Ich bin Marco.«

»Hallo, Marco Forstpolizist, was machst du denn bei den Elben?«

Gherardini öffnete seine Mappe, suchte ein paar von den weniger schlimmen Fotos heraus und zeigte sie Elena. »Ich würde ihm gern einen Namen geben. Hast du ihn schon mal gesehen? Weißt du, wer das ist?«

Elena nahm die Fotos, betrachtete sie konzentriert und reichte sie dann der anderen jungen Frau weiter, die die Stirn runzelte und undeutlich etwas murmelte.

»Was hat sie gesagt?«, fragte der Inspektor.

»Keine Ahnung, ich kann kein Deutsch. Der Arme, wie ist er denn gestorben?«

»Wahrscheinlich an einem Steilhang abgestürzt.«

»Nein, ich glaube nicht, dass ich den schon mal gesehen habe, er ist keiner von denen, die ständig hier wohnen. Vielleicht ...« Sie zögerte. »Nein, ich habe ihn bestimmt noch nicht gesehen.«

»Was heißt vielleicht? Denk noch mal nach.«

Elena sah ihn streng an. »Wenn ich sage, dass ich ihn nie gesehen habe, dann heißt das, dass ich ihn nie gesehen habe.« Sie nickte zu ihrer Freundin hin, der blonden Deutschen. »Mach's gut, Inspektor, und erzähl nicht rum, wir wären schweinisch und würden immer nackt durch die Gegend laufen.« Die beiden zogen sich an.

»Ciao, Marco«, sagte Elena, die Dunkle, noch. »Mach's gut.«

Auch die blonde Deutsche murmelte etwas in ihrer Sprache.

Dann verschwanden die beiden im Wald.

6

Todesursache

Pastorale lag nicht weit von dem Bach, an dem er die beiden jungen Frauen getroffen hatte. Bald erreichte er die ersten Häuser aus unverputztem Stein, wie er sie in Erinnerung hatte. In der Nische über einer Tür war nicht mehr das Heiligenbild wie einst, vielleicht ein Antonius mit einem kleinen Schwein, wie er sich von seinem ersten Besuch im Dorf her zu erinnern meinte (eine alte Keramik, die wahrscheinlich ein Trödler auf der Suche nach alten Fundstücken gestohlen und in der Stadt teuer verkauft hatte), dafür prangte dort eine indische Gottheit, die ihre vielen Arme zum Himmel streckte. Er lächelte. Jede Zeit hat ihre Schutzheiligen.

Es war still ringsum. Dann tauchten zwei magere Promenadenmischungen auf und bellten wie von Sinnen, wichen aber zurück, als Gherardini seinen Weg fortsetzte. Er kam auf einen kleinen Platz, den ehemaligen Dreschplatz, in dessen Mitte sechs oder sieben Elben an einem Tisch saßen, Männer und Frauen. Mit dem Blick suchte er die beiden Frauen, die er getroffen hatte, sah sie aber nirgends.

Auf dem Tisch stand ein großer runder Kupferteller voller Blattgemüse, vielleicht gekochtem Radicchio, gemischt mit etwas Hellem, das wie Käse aussah. Mit der Hand nahmen sie ein bisschen von dem Zeug und schoben es sich in den Mund.

Gherardini grüßte mit einem »Guten Tag«, worauf jemand mit leiser Stimme ebenfalls »Guten Tag« erwiderte.

Sie wirkten nicht verlegen oder feindselig, vielleicht nur ein bisschen genervt, weil man sie beim Essen störte.

»Willst du mitessen?«, fragte der Älteste, der am Kopfende des Tisches saß.

»Nein danke, ich bin aus einem ganz bestimmten Grund hier.«

»Was willst du denn von uns? Die Geschichte mit dem Cannabis dürfte doch wohl geklärt sein. Diese Zeitung aus Florenz hat einen Haufen Lügenmärchen verbreitet. Hundertfünfzig Kilo Drogen beschlagnahmt? Sehr witzig. Das waren bloß winzige Mengen Blüten für den Eigengebrauch. Und dass wir das Zeug angeblich verkaufen! Wir haben das mit den Carabinieri geklärt. Die übrigens keine Razzia gemacht haben, wie die Zeitung geschrieben hat. Eine Razzia, dass ich nicht lache! Die haben bei uns angeklopft, und wir haben die Türen aufgemacht. Wir sind ehrliche Leute, die im Kontakt mit der Natur leben wollen, wir haben nichts mit kriminellen Clans zu tun, und wer sich danebenbenimmt, wird isoliert und rausgeschmissen. Schau uns an, sehen wir wie Dealer aus?«

Gherardini hob die Hand. »Nein, nein, ich bin aus einem ganz anderen Grund da.«

»Was sollte das sein, du bist in Uniform ...«

»Das ist mehr Arbeitskluft als Uniform. Ich will euch was zeigen.« Er holte die Mappe hervor und zeigte die Fotos. »Er wurde hier in der Nähe gefunden. Das müsste einer von euch sein. Erkennt ihn jemand?«

Der Mann am Kopfende nahm die Fotos und betrachtete sie lange, dann schüttelte er den Kopf.

»Nein, man sieht nicht viel, aber ich glaube nicht, dass ich den schon mal gesehen habe.«

Er reichte die Fotos weiter, und sie machten schnell die

Runde um den Tisch, aber jeder schüttelte den Kopf. Niemand kannte ihn.

»Vielleicht ist er ein Streicher«, sagte einer.

Streicher. Schon wieder dieses Wort. Gherardini nannte den Toten bei sich inzwischen einfach Streicher. Zum ersten Mal hatte er das Wort von Giacomo gehört, in Campetti. Aber egal, ob Streicher oder nicht, jemand musste seinen Weg gekreuzt haben, er konnte sich nicht, ohne jemandem begegnet zu sein, in der Gegend aufgehalten haben, bevor er am Grund dieses Abhangs zu Tode gekommen war. Doch Gherardini entschied, es erst mal dabei bewenden zu lassen.

»Ich danke euch, und entschuldigt bitte, wenn ich euch beim Essen gestört habe.«

Bevor er ging, warf er einen Blick auf die paar mehr schlecht als recht hergerichteten Häuser. Er dachte daran, dass früher Bergbauern darin gewohnt hatten, die ein mühseliges Dasein fristeten und irgendwann den Ort, an dem sie geboren wurden, an dem ihre Eltern geboren wurden, verlassen mussten und in der Fremde Arbeit und ein besseres Leben suchten.

»Was für ein elendes Leben, die armen Menschen damals«, entfuhr es ihm mit lauter Stimme.

»Warum? Und wir hier heute?«, fragte jemand hinter ihm.

Ein weiterer Gang umsonst. Dieser Tote hatte keinen Namen, keine Identität.

»Er muss ja irgendwo hergekommen sein. Um dann hier oben zu sterben. Aber wie?«

Die beiden Mädchen fielen ihm ein. Sie waren nicht ehrlich gewesen. Er war überzeugt, dass sie mehr wussten, als sie behauptet hatten. Und nahm sich vor, das Gespräch mit ihnen wiederaufzunehmen.

Auf dem Revier erwartete ihn schon Gigi, der Totengräber.

»Lieber Ghera«, sagte Gigi gut gelaunt, »wir haben uns nicht mehr gesehen, ich habe ein Geschenk für dich. Als ich den Pechvogel in den Plastiksack packte, habe ich das hier unter der Leiche gefunden.« Er fischte zwei Gewehrpatronen aus der Hosentasche und warf sie auf den Tisch.

Gherardini nahm sie und besah sie sich aufmerksam. Die Patronen waren nicht fabrikneu, sondern schon benutzt und dann noch mal von Hand geladen worden. Es gab Jäger, die das noch machten.

»Wozu hat er die gebraucht, wenn er kein Gewehr hatte?«

»Das musst du ihn selber fragen.«

Marco legte die Patronen in die Schreibtischschublade. »Danke jedenfalls, Gigi. Ich werde versuchen dahinterzukommen. Jetzt muss ich erst mal nach Collina rauf.«

In Collina sollte am neunundzwanzigsten August das Rainbow-Festival stattfinden. Giacomo hatte gesagt, dass sie schon dabei waren, ein Tipi aufzubauen. Gherardini wollte einen Kontrollgang machen, um festzustellen, was diese seltsamen Leute eigentlich vorhatten. Wahrscheinlich nichts Illegales, aber die Forstpolizei musste auf jeden Fall informiert sein.

Er wollte gerade ins Auto steigen, als ein blauer Wagen, eines dieser Autos, die von wichtigen Leuten gefahren werden, in hohem Tempo angeschossen kam, vor dem Revier stoppte, Dottoressa Frassinori ausstieg und energisch die Tür zuknallte. Dem Inspektor fiel auf, dass die Staatsanwältin blass aussah. Sie begriff, dass der Inspektor wegfahren wollte, hob die Hand und schrie: »Sie, ausgerechnet Sie! Es war ein Fehler, mich auf Sie zu verlassen!«

»Was ist denn passiert?«, fragte der Inspektor und ging auf sie zu.

»Das will ich von Ihnen wissen, Inspektor. Darum bin ich hier«, erklärte sie und warf kurz darauf in Gherardinis Büro, noch bevor sie sich setzte, einen dicken Umschlag auf den Schreibtisch. »Das Ergebnis der Obduktion von … Apropos, wissen wir wenigstens, wie der Tote heißt?«

»Noch nicht, ich bin noch nicht dazu gekommen …«

»Wir stochern also noch im Nebel. Schlecht, ganz schlecht, Inspektor«, sagte sie, und als sie sah, dass Gherardini Anstalten machte, in der Akte zu lesen, fuhr sie ziemlich streng fort: »Sie verlieren nur Zeit. Ich fasse Ihnen die wichtigsten Punkte rasch zusammen. Der Tod ist infolge des Sturzes eingetreten, der zu einer Fraktur der Halswirbelsäule in Höhe C1 und C2 geführt hat. Was bedeutet, dass der Tod augenblicklich eingetreten ist und durch einen Unfall verursacht oder aber absichtlich herbeigeführt wurde. Mit anderen Worten, es könnte sich auch um Mord handeln.« Sie wartete die Wirkung ihrer Ausführungen auf den Inspektor ab. Die aber ausblieb. »Der Rechtsmediziner hat Kratzer und blaue Flecken an den Armen des Toten gefunden.« Sie stoppte Marco Gherardini, der Einspruch erheben wollte. »Wenn Sie mich daran erinnern wollen, dass man sich jede Menge Kratzer und blaue Flecken zuzieht, wenn man einen steilen Abhang hinunterrollt, muss ich Sie enttäuschen. Zum Todeszeitpunkt war das Blut an den Kratzern bereits geronnen, und die blauen Flecken stammen von etwa einer Woche vor dem Sturz. Zudem wurden weder am Rand noch im Inneren der Wunden Spuren pflanzlichen Ursprungs gefunden, sie stammen nach Ansicht der Rechtsmedizin von Handgreiflichkeiten.«

Frassinori genehmigte sich eine Pause und setzte sich endlich hin. Sie legte ihre Handtasche auf den Schreibtisch und kramte eine Zigarette und Zündhölzer hervor. Sie vergewisserte sich, dass ein Aschenbecher in greifbarer Nähe war, und steckte sich die Zigarette an.

»Einen Espresso?«, fragte Gherardini.

»Angesichts Ihrer Lage sollten Sie das Scherzen lassen, Inspektor.«

»Ich scherze nicht«, entgegnete er, ging, um jeden Zweifel auszuräumen, an die Tür und rief in den Flur: »Ferlin, zwei Kaffee!« Er kehrte an den Schreibtisch zurück und steckte sich eine Zigarette aus seinem eigenen Päckchen an. »Gibt es sonst noch was, Dottoressa?«

Sie nickte. »Ja, es gibt noch was, und das ist noch schlimmer. Auf der rechten Handfläche hat die Rechtsmedizin deutliche Pulverspuren gefunden. Wenn Ihnen das noch nicht genügt, hätte ich noch ein Motiv, über das man nachdenken könnte. Aus der Presse und aufgrund eines Hinweises der Carabinieri weiß ich, dass die sogenannten Elben Drogen konsumieren und verkaufen. Doch das interessiert Sie anscheinend nicht. Es wäre angebracht, sich damit zu beschäftigen, anstatt alles auf einen banalen Bergunfall zu reduzieren.«

Sie nahm einen letzten Zug, stieß die nur halb gerauchte Zigarette wütend in den Aschenbecher, stand auf, packte ihre Tasche und marschierte zur Tür.

»Möchten Sie nicht auf den Kaffee warten?«

Es war offensichtlich, dass der Inspektor sie nicht ernst nahm. Sie erboste sich erst recht und machte auf dem Absatz kehrt. »Ich warte nicht auf den Kaffee. Ich warte darauf, den Grund für das Schießpulver an der Hand eines Mannes zu erfahren, der bei einem Sturz einen Abhang hinunter tödlich verunglückt ist. So steht es in Ihrem Bericht, nicht wahr?«, sagte sie und zog ab, ohne die Tür zu schließen.

»... vermutlich!«, rief der Inspektor hinter ihr her. »Wenn

Sie richtig gelesen haben, habe ich ›vermutlich‹ geschrieben!«

Er würde nie erfahren, ob sie das noch mitbekommen hatte oder nicht.

Er hörte, wie die Tür des blauen Wagens zuknallte und der Motor aufheulte.

Ferlin kam mit einem Tablett und zwei Tassen Espresso herein.

7

Gestorben am 12. Juni

»Setz dich, den trinken wir jetzt zusammen«, sagte der Inspektor zu seinem Polizeimeister. Und während Ferlin, nachdem er den Kaffee serviert hatte, sich setzte und dann Zucker in seine eigene Tasse gab, drehte Gherardini sich um und warf einen Blick auf das Schild, das hinter ihm an der Wand hing und das Rauchen in öffentlichen Räumen untersagte.

Er zündete sich noch eine Zigarette an. Ferlin bot er auch eine an. »Wenn die Staatsanwaltschaft das Verbot auch nicht befolgt …«, rechtfertigte er sich.

»Ganz schön stinkig, die Frassinori«, bemerkte Ferlin. »Was hast du ihr getan?«

»Gar nichts. Das hat sie sich alles selber zuzuschreiben.«

Schweigend tranken und rauchten sie, und als der Polizeimeister das Tablett mit den leeren Tassen hinaustrug und die Tür hinter sich schließen wollte, sagte Marco: »Lass offen.«

Geschlossene Räume hatte er noch nie gemocht.

Der Besuch und der Ton von Dottoressa Frassinori hatten ihm nichts ausgemacht. Er hatte andere Probleme. Erst einmal: Was würde aus ihm, Inspektor Marco Gherardini genannt Bussard, in sechs Monaten werden? Dann nämlich sollte die Forstpolizei in die Carabinieri eingegliedert werden.

Er wusste es noch nicht. Er wusste aber, dass sich jemand anderes mit dem Fall befassen würde, sollten sich die Ermittlungen über den mysteriösen jungen Mann hinziehen, der im Wald bei Casedisopra am Fuß eines Steilhangs tot aufgefunden worden war. Und dann musste sich die Frassinori mit Maresciallo Barnaba herumschlagen. Falls er mit seinem Fortbildungskurs bis dahin fertig war. Mit welchem Ergebnis, das mochte Marco sich nicht ausmalen.

»Es dauert Jahre, bis ein Forstpolizist was taugt«, brummte er.

Er öffnete den voluminösen Umschlag, drehte ihn über dem Schreibtisch um, und sofort rutschten die Fotos heraus. Format A4 und viel schärfer als die Aufnahmen, die er selbst gemacht hatte. Eindeutig das Gesicht eines Leichnams. Es war sorgfältig gereinigt worden, und man sah ihm das jugendliche Alter an.

Gherardini widmete sich dem Obduktionsbericht.

Er überflog die ersten Zeilen und rief: »Farinon!«

Farinon erschien und besah sich die Fotos des Toten. »Viel jünger, als ich dachte«, sagte er.

»Setz dich und hör zu.«

Gherardini las vor, und als er mit den fünf Seiten fertig war, fragte er den Polizeihauptmeister: »Was meinst du?«

»Ich meine, das ändert nicht viel. Ein Unfall ist nach wie vor möglich.«

»Stimmt. Angenommen, der Elbe war mit dem Gewehr auf der Jagd. Er rutscht aus, stürzt den Abhang runter, zwei Schüsse lösen sich, er bricht sich das Genick. Amen.«

»Angenommen, du hast recht, dann lass uns das Gewehr finden und Amen«, bestätigte Farinon. »Und wenn wir es finden, ändert das auch nichts an seinem elenden Ende, egal ob er sich eine Woche vorher noch geprügelt hat oder nicht.«

»Ja, allerdings müssten wir den Typen finden, mit dem er sich geprügelt hat. Was soll ich denn der Frassinori sonst erzählen?«

Farinon stand auf. »Jetzt sehen wir erst mal zu, dass wir die Waffe finden.«

»Es ist spät. Morgen ganz früh. Bei flacher Sonneneinstrahlung sieht man besser. Und ich hätte gern, dass die Carabinieri mit von der Partie sind.«

Farinon hatte sich schon zum Gehen gewandt. Er hielt inne. »Wieso das denn? Sind die besser als wir?«

»Was sagst du denn?«

»Ich sage nein.«

»Ganz deiner Meinung.«

»Wozu brauchst du sie dann?«

»Du weißt doch, dass wir bald alle zu ihnen gehören. Angenommen, die Ermittlungen ziehen sich in die Länge … Da könnten wir mit den Carabinieri schon mal auf Tuchfühlung gehen.«

»Nicht gerade der Traum meiner schlaflosen Nächte.«

»Meiner auch nicht. Gibst du Gaggioli wegen morgen früh Bescheid?«

Farinon sagte weder ja noch nein. Er hob grüßend die Hand und verließ das Büro des Inspektors.

Bevor er Feierabend machte, sah Gherardini noch mal nach dem Todesdatum des Elben, das der Rechtsmediziner als den zwölften Juni angab. Hinsichtlich des Datums hatte er keine Zweifel gehabt. Beim Todeszeitpunkt war er vage geblieben: zwischen zwölf und achtzehn Uhr. Da wäre er genauer gewesen, wenn er die Auffindesituation hätte kontrollieren können.

Sie hatten die Piazza in Beschlag genommen mit ihrem Krimskrams, den Farben ihrer Kleider, ihren Gesängen und den Klängen ihrer seltsamen Instrumente. Viele Gaslampen beleuchteten Teppiche, die auf dem Pflaster ausgebreitet waren und auf denen Dosen und Schraubgläser und kleine Sträuße aus Trockenblumen und alles Mögliche sonst noch aufgereiht waren.

Die Lampen mit den offenen Flämmchen erhellten die abblätternden Hauswände und warfen Schatten und Bewegungen auf sie. Nur zum Palazzo Guidotti, Sitz der gleichnamigen Familie, gelangte der Widerschein nicht. Er stand etwas oberhalb der Piazza, als wäre er pikiert über den ungewohnten Betrieb von so viel Volk, und so thronte das massive Gemäuer dort oben und flößte Ehrfurcht ein, wozu die vielen Wappen aus Sandstein an der Hauptfassade ihren Teil beitrugen. Auch wenn sie verwittert und unleserlich waren, nutzlose Zeugen eines alten Adels.

Nach Casedisopra kamen, wie in andere Orte auch, nur noch Wochenendgäste. Kaum Geschäft. Für alle. Die rückläufigen Zahlen zogen sich jetzt schon durch zu viele Jahre, und Benitos Laune litt darunter. Er zog immer ein finsteres Gesicht.

Breitbeinig stand er in der Tür der Trattoria-Bar, wie auf dem alten Schild zu lesen war, das über die Tür genagelt war, und nahm zur Kenntnis, wie es auf der Piazza vor seinem Lokal aussah. Das Treiben beruhigte ihn nicht. Im Gegenteil.

Als er Bussard kommen sah, ging er ihm entgegen.

»Und, was hat die Forstpolizei jetzt vor?«, fuhr er ihn an.

»Weswegen?«

Benito breitete die Arme aus und schloss damit die ganze Piazza ein. »Wegen diesen … diesen …«

»Elben, sie heißen Elben. Freust du dich denn nicht? Endlich ist was los, ein paar Leute, junge Leute, ein bisschen Markttreiben …«

»Ich glaube nicht, dass diese abgewrackten Gestalten auch nur einen einzigen Cent ausgeben«, grummelte er. »Die sind dreckig und stinken und werden Flöhe und Krankheiten ins Dorf einschleppen. Die Typen haben uns gerade noch gefehlt.«

»Keine Sorge, es werden andere Leute kommen und deine Bar bevölkern. Die Zeitungen schreiben schon darüber, dabei ist es bis zum Regenbogen-Festival noch zwei Monate hin.«

»Mein lieber Bussard, das glaube ich erst, wenn ich es mit eigenen Augen sehe.«

»Mit welchen denn sonst?«, fragte Bussard und betrat das Lokal.

Benito blieb in der Tür stehen und sah weiter dem Jongleur zu, wie er sechs Tennisbälle in die Luft warf und wieder auffing.

Drin im Lokal saßen nur Leute aus dem Dorf. Sie spielten Karten und tranken ein Glas Wein. Die vier, fünf Urlauber saßen an den Tischen draußen und beobachteten halb skeptisch, halb genervt, was sich die Elben alles ausdachten.

Adùmas saß hinter Dr. Antinori, dem Dorfarzt, und sah beim Kartenspielen zu. Schweigend. Die anderen am Tisch waren Peppe aus Casa Tornelli und Nedo, der Sohn von Valeria. Sie spielten immer zusammen. Mitspieler des Arztes war der Professor. Die beiden waren ebenfalls Spielpartner.

Der Professor, eigentlich ein pensionierter Lehrer, hatte nach einem langen Lehrerdasein beschlossen, den Rest seines Lebens in Casedisopra zu verbringen. Den Grund für seine Entscheidung hatte er nie erklärt. Vielleicht gab es gar keinen.

Amdi, der womöglich illegale Immigrant, wer weiß aus welchem Land, hing schläfrig hinter der Theke herum.

Adele war auch da. Sie tauchte ab und zu in der Küchentür auf, warf einen Blick ins Lokal und verschwand wieder.

Bussard berührte Adùmas' Schulter, der sich daraufhin umdrehte. Bussard bedeutete ihm mitzukommen und ging an einen Tisch in einiger Entfernung von den Kartenspielern. Um sie nicht zu stören, wenn er sich gleich mit Adùmas unterhielt.

»Was trinkst du?«

Adùmas wandte sich direkt an Amdi: »Wie immer!«

»Für mich auch«, rief Bussard hinterher. Zu seinem Trinkgenossen sagte er: »Vor ein paar Tagen hat es in der Nähe von Campetti Schüsse gegeben.«

»Die hab ich gehört, Bussard, da war ich in der Gegend.«

»Weißt du Näheres?«

Amdi brachte zwei Gläser Wein. Erst nach dem ersten Schluck antwortete Adùmas mit einer Gegenfrage: »Wie meinst du das?«

»Zum Beispiel wer geschossen hat, auf was und warum.«

»Ich würde was drum geben, wenn ich das wüsste. Ich hab die ganze Gegend abgesucht. Nichts. Ich hab Paolino getroffen und ihn gefragt. Er wusste auch nichts.«

»Wo hast du ihn getroffen?«

»Kurz unterhalb von Campetti. Er suchte Cornetta, du weißt schon, seine Ziege.«

»Er hat sie gefunden. Zusammen mit einem ziemlich großen Problem«, sagte Gherardini und legte ein paar von den Fotos auf den Tisch, die Ferlin geknipst hatte. Die von der Frassinori mochte er nicht zeigen. »Das hier ist das Problem.« Er wartete, bis Adùmas die Bilder angeschaut hatte, und fragte dann: »Hast du den mal gesehen? Vielleicht im Gespräch mit jemandem?«

Adùmas betrachtete weiter die Fotos, ohne zu antworten. Dann schob er sie zusammen und legte sie verkehrt herum auf den Tisch.

»Weißt du, was passiert ist?«, fragte er dann.

Von der Piazza drangen die Akkorde einer Gitarre herüber, gefolgt vom Gesang einer Frauenstimme. Gherardini gab zu verstehen, dass er zuhören wollte, nickte bei sich, stand auf und wollte hinaus. Als er an der Theke vorbeikam, sagte er zu Amdi: »Geht auf mich.«

Adùmas folgte ihm und hielt ihn am Eingang auf. »Weiß man denn jetzt was von dem Toten oder nicht?«

»Das ist eine lange, komplizierte Geschichte.« Jetzt interessierte ihn nur, wer da sang.

Sie saß auf der anderen Seite der Piazza, verborgen von den Leuten, die einen Kreis um sie gebildet hatten und lauschten. Andere Elben wie sie und Leute aus dem Dorf, vor allem Jugendliche.

Die angenehme, schöne Stimme, leicht kehlig, verlieh den englischen Worten eine besondere Farbe.

Er hörte zu, und als sie fertig war, machte er sich auf den Heimweg.

Adùmas hatte ihn eingeholt und ging neben ihm her. »Wer ist das?«

»Eine Frau«, antwortete Bussard.

»Das hab ich gesehen. Kennst du sie? Hat sie was mit dem Toten zu tun?«

»Ich hab doch gesagt, eine lange, komplizierte Geschichte.«

»Ich glaube, du machst sie extrakompliziert. Ja oder nein, das ist doch nicht so schwer.«

Bussard blieb stehen und zündete sich eine Zigarette an.

Adùmas nahm das Angebot an, eine mitzurauchen.

Inzwischen hatten sie die Piazza hinter sich gelassen.

Die junge Frau hatte ein weiteres Lied angestimmt. Der Gesang klang schwach, aber klar herüber.

»Sie singt gut, nicht wahr?«, sagte Bussard.

»Ich verstehe da nicht so viel davon …«

»Klar, dich interessiert jetzt der Klatsch. Damit du morgen überall herumerzählen kannst, dass du mehr als die anderen über den abgestürzten jungen Mann weißt. Apropos, wann haben wir die zwei Schüsse denn gehört?«

»Was haben die denn damit zu tun? Ist er erschossen worden?«

Gherardini setzte seinen Weg fort, und eine Weile, vier, fünf Züge lang, sprach keiner. Bis zur Straßengabelung vor dem Dorf, an der sie sich trennen würden, Bussard links, Adùmas rechts.

Bussard blieb stehen. »Die beiden Schüsse haben nichts damit zu tun. Ich wüsste nur gern, wer außerhalb der Jagdsaison durch die Gegend läuft und rumballert.«

Adùmas überlegte. »Es war … es war letzten Mittwoch …«

»Wenn ich mich nicht irre, war es der Zwölfte.«

»Kann sein«, sagte Adùmas. »Ich zähle da nicht mit. Für mich war es Mittwoch.« Er nahm einen letzten Zug, zertrat den Stummel im Kies, hob die Hand, brummte dazu »Mach's gut« und machte sich auf den Weg.

Er ging nur ein paar Schritte. »Ich weiß nicht, ob ich dir das sagen soll.«

»Was denn?«

Adùmas kehrte zu Gherardini zurück. »Ich hab dir doch erzählt, dass ich Paolino aus Campetti getroffen habe.« Marco nickte. »Er hat seine Ziege gesucht …«, sagte Adùmas und verstummte.

»Das weiß inzwischen jeder.«

»Er hat seine Ziege gesucht, er hatte sein Gewehr umgehängt und war ziemlich sauer auf die Stinker.«

»Wer sind denn die Stinker?«

Adùmas antwortete im Weitergehen. »Merkst du etwa nicht, wie die riechen?«

»Und die Schüsse?«, rief Bussard hinter ihm her. »Die Schüsse?«

Adùmas wandte sich um. »Was ist damit?«

»Spätnachmittag, so um sechs?«

»So um sechs, ja.«

Als er den Hausschlüssel ins Schloss steckte, murmelte Gherardini: »Es ist am Mittwoch, dem Zwölften, passiert, und ich weiß immer noch nichts.«

Er begann, an der Unfallversion zu zweifeln.

Bevor er die hereinbrechende Nacht aus dem Haus aussperrte, warf er noch einen Blick ringsum. Das tat er jeden Abend. Ein stummes »Bis morgen« zur dunklen Silhouette der Berge über dem Dorf. Vielleicht wollte er sich auch vergewissern, dass seine Welt, zumindest die Welt um ihn herum, immer noch so war wie am Morgen, als er das Haus verlassen hatte.

8

Man sucht ein Gewehr und findet einen Wolf

Er öffnete die Tür. Eine schöne, klare, frühsommerliche Morgendämmerung empfing ihn. Sie erhellte den Himmel hinter dem Gipfel des Monte del Paradiso. Ein paar Minuten noch, und die Sonne würde auf der anderen Seite, im Norden, den Picco Alto streifen, die höchste Spitze des Monte della Vecchia. So war es von Herbstmitte bis Ende März. Danach wanderte die Sonne über den Picco Basso.

Von Kindesbeinen an hatte Marco Gherardini Jahr für Jahr die Jahreszeiten so erlebt.

Auf dem Revier stand der Kaffee bereit, ebenso standen bereit Polizeihauptmeister Farinon, Forstpolizist Ferlin und Stabsgefreiter Gaggioli.

Ferlin war die kurze Nacht anzusehen.

»Was ist los, Ferlin?«, fragte Marco.

Der junge Mann zuckte mit den Schultern. Farinon antwortete für ihn: »Er ist heute Nacht um drei heimgekommen.«

Der Inspektor erinnerte sich. »Wie war das Konzert in der Stadt?« Ferlin brummte irgendwas. »Das wird nicht lange dauern, ein Gewehr dürfte gut zu finden sein. Wir bringen das schnell hinter uns, dann kannst du wieder schlafen. Du kriegst frei.«

Sie fuhren so weit wie möglich mit dem Geländewagen, dann ging es zu Fuß weiter bis zu dem Steilhang. Im feuchten Gras und im Gestrüpp wurden die Stiefel und die Hosen nass bis zum Knie.

Sie teilten sich den Bereich auf, der abgesucht werden musste, und machten sich an den Abstieg. Unten trafen sie sich wieder. Weit und breit kein Gewehr. Marco und Ferlin gingen die Rinne hinauf, einer links, der andere rechts von dem Graben, in dem bei Regen alles Oberflächenwasser zusammenfloss. Farinon und Gaggioli gingen ihn hinunter.

»Komm mal her, Ferlin!«, rief der Inspektor. Er war in die Hocke gegangen und besah sich den Boden.

»Hast du das Gewehr?«

»Nein, den Wolf. Da, schau«, sagte er und deutete auf den Boden.

An einer feuchten, weichen, erdigen Stelle waren Spuren eingedrückt.

Marco richtete sich wieder auf. »Wenn es wirklich ein Jagdgewehr gegeben hat, dann hängt es jetzt sonst wo.« Er sah zum Himmel und in die Sonnenstrahlen zwischen den Ästen. »Das bringt nichts.« Er klappte sein Handy auf. Kein Empfang. Natürlich kein Empfang. »Lauf runter und komm mit Gaggioli wieder, ich warte hier auf euch.«

»Dann muss ich da vorbei, wo der Tote gelegen hat…«

»Ja, Ferlin, aber der ist weg.«

Der junge Mann nickte und ging los. Nach ein paar Schritten blieb er stehen. »Und Farinon?«

»Wenn er gern eine Wolfsspur sehen will…?«

Der Inspektor lehnte derweil an einen Baumstamm und rauchte.

Sie kamen alle drei. Ferlin war fix und fertig und schnaufte am allermeisten.

»Nichts gefunden?«, fragte Gherardini mehr der Form halber als aus Interesse.

Und es antwortete auch weder Farinon noch Gaggioli.

»Hast du deine Kamera dabei?«

»Immer, Inspektor«, erwiderte der Stabsgefreite.

»Fotografier die Spur von da hinten bis hierher. Dann verliert sie sich im Gras.« Während Gaggioli tat, wie ihm geheißen, zeigte Bussard Ferlin die Spuren und erklärte: »Die Vorderpfoten hinterlassen größere Abdrücke. Siehst du das?«

»Sieht aus wie eine Hundespur.«

»Das könnte es auch sein, aber …« Er ging ein paar Meter bergauf. Mit dem rechten Arm zog er eine Linie, die von unten bis zu ihm ging. »Eine Wolfsspur verläuft immer gerade und nicht zickzack wie bei Hunden. Genau wie die hier.« Er brach einen Zweig ab und bewegte damit etwas auf der Spur. »Und das hier beseitigt jeden Zweifel. Schau mal.«

Ferlin trat zu ihm und bückte sich. Sein Chef schob mit dem Zweig ein zylindrisches Stück Kot herum, mindestens zehn Zentimeter lang und drei, vier im Durchmesser.

»Wenn du dran schnuppern würdest, würdest du entdecken, dass es anders riecht als Hundekot. Außerdem …« Er zerkleinerte das Fundstück mit dem Zweig, und dabei kamen die vielen Haare zum Vorschein, die sich darin befanden. »Haare sind typisch für Wolfslosung.« Er warf den Zweig weg und rief: »Gaggioli, hier gibt's ein bisschen Kacke zu fotografieren!«

»Warum erklärst du mir das alles?«, fragte Ferlin, als sie wieder hinuntergingen.

»Irgendjemandem muss ich doch mein Wissen über den Lebensraum hier weitergeben.«

»Das werde ich bei den Carabinieri nicht brauchen.«

»Persönliche Bildung, Ferlin.«

Farinon, der den Gang der beiden von unten beobachtet hatte, erinnerte sie an ihre Pflichten. »Alles schön und gut und lehrreich, aber wir sind nicht wegen den Wölfen hier.«

»Na ja, das ist ja keine Zeitverschwendung. Jetzt wissen

wir mit Sicherheit, dass die Wölfe zurück sind. Das ist doch eine gute Nachricht, oder?«

Inspektor Marco Gherardini hatte nicht ganz unrecht. Die Ansiedelung des Wolfes spielte eine große Rolle bei der Wiederherstellung des ursprünglichen Lebensraums. Jahrhundertelang hatte der Wolf zur Fauna dieser Berge gehört, dann war er durch den atavistischen Hass des Menschen und infolge eines Mangels an günstigem Lebensraum verschwunden. Der Wolf reagiert besonders empfindlich auf ein geschädigtes Ökosystem. Seine Rückkehr in die Berge war also ein Zeichen für eine gute ökologische Lage.

»Stimmt«, meinte Farinon. »Aber trotzdem wäre es besser gewesen, wenn wir das Gewehr gefunden hätten.«

»Man kann nicht alles haben, Farinon.« Gherardini machte sich an den Aufstieg zu dem Pfad, von dem sie gekommen waren, und teilte mit: »Mission gescheitert. Wir fahren zurück.«

Wieder ein Fußmarsch zum Auto. Bergab und daher weniger anstrengend. Als sie im Auto saßen, nahm Farinon den Faden wieder auf.

»Das wird ja immer komplizierter, Bussard. Was hast du denn vor?«

»Ich will das Gewehr finden, von dem ich am Mittwoch, dem Zwölften, am späten Nachmittag Schüsse gehört habe. Die, wie es der Zufall will, mehr oder weniger aus Richtung Steilhang kamen.«

»Bist du sicher mit dem Datum und der Uhrzeit? Und mit der Gegend? Der Wind spielt einem manchmal böse Streiche. Er gaukelt einem etwas vor, und dann ist es ganz anders.«

Farinon saß hinten neben Gaggioli. Bussard drehte sich um und sah ihn an.

»Was ist denn mit dir los, Farinon? So viele Einwände hatte ich von dir noch nie. Du weißt doch, dass ich auf bestimmte Dinge sehr genau achte.«

Niemand sprach mehr bis zur Kaserne der Carabinieri, wo Gaggioli ausstieg. Er sagte: »Inspektor, wenn Sie wollen, kann ich Ihnen die Fotos zeigen. In groß, so dass man die Details besser sieht. Dann schauen wir uns auch die von Ferlin an.«

»Gute Idee, Gaggioli. Schaffst du das bis zum Nachmittag?«

»Da ist nicht viel vorzubereiten. Man muss nur die Kamera mit dem Beamer verbinden. Wir sind dafür ausgerüstet.«

»Wir nicht«, sagte der Inspektor und stieg ebenfalls aus. Sie verabschiedeten sich von Gaggioli. »Farinon, ich lade dich zu Benito zum Mittagessen ein. Wir beide zur Lagebesprechung. Hast du Lust?«, fragte er und wandte sich, ohne eine Antwort abzuwarten, an Ferlin. »Was gibt's heute in der Küche der Forstpolizei?«

»Keine Ahnung. Ich frage nie, ich lass mich gern überraschen.« Er wartete, bis Farinon ausgestiegen war, und sagte, als der Jeep sich in Bewegung setzte, durch das offene Fenster: »Schade, dass Überraschungen immer unangenehm sind.«

»Guten Appetit!«, rief Bussard ihm noch zu.

Die Dorfstraßen waren von den Elben bevölkert, die um diese Uhrzeit mit ihren Auftritten Pause machten und herumhingen. Manche saßen auf dem Pflaster oder auf den Stufen zu den Hauseingängen und aßen, was sie sich irgendwo besorgt hatten.

Vor Benitos Lokal blieb Gherardini noch mal stehen und warf einen prüfenden Blick ringsum. Die Elben hielten einen gewissen Abstand zur Trattoria-Bar. Drinnen saßen zur Abwechslung mal nur wenige Gäste.

»Was ist los, dass die Elben einen Bogen um dein Lokal machen?«, fragte er einen schlecht gelaunten Benito.

»Ich habe getan, was die zuständigen Behörden eigentlich tun müssten.«

»Nämlich?«

»Insektenspray sprühen.«

Sie aßen schweigend. Beim Espresso wiederholte Gherardini seine Frage. »Also, Farinon, was ist los?«

»Mir reicht's einfach. Da versuchst du Jahr für Jahr deine Pflicht zu tun, und irgendwann kannst du einfach nicht mehr. Und aus unerfindlichen Gründen entscheidet einfach jemand, dass du ab morgen nicht mehr der bist, der du immer warst. Kein Mensch erkundigt sich, was ich davon halte.«

»Ist das alles?«

»Unter anderem«, erwiderte Farinon und leerte seinen Kaffee. Er verscheuchte seine Gedanken und sagte: »Lass uns über die Arbeit reden. Wenn der Pechvogel ein Gewehr hatte, dann hat es ihm jemand abgenommen. Und: Warum haben sich die Wölfe nicht über den Leichnam hergemacht? Oder Paolinos Ziege gefressen?«

»Das habe ich mir auch überlegt. Ich muss mit Paolino reden. Und morgen gehe ich noch mal rauf zu den Elben, nach dem Gewehr frage ich dann auch.« Er stand auf und ging an die Theke, um zu zahlen. »Ich zahle die ausstehende Rechnung, Benito. Alles auf einmal. Da kriege ich doch bestimmt Rabatt.«

»Das kannst du deiner Schwester erzählen.«

»Hab leider keine.«

Wie mit Gaggioli vereinbart, schaute er bei den Carabinieri vorbei. Er hatte alles vorbereitet, um die Fotos als Diashow laufen zu lassen.

»So sieht man bestimmte Details manchmal besser als an Ort und Stelle«, sagte er.

Gaggioli zeigte die Fotos, die er am interessantesten fand, und der Inspektor achtete besonders auf das Blut und die Lage des Körpers, die ihm schon aufgefallen war und auf die er auch Ferlin aufmerksam gemacht hatte.

»Sieht aus, als wäre er von der Absturzstelle weggezogen worden, wo das Blut den Boden dunkel gefärbt hat«, bestätigte Gaggioli. »Könnte ein Wildschwein gewesen sein …«

»Vielleicht, aber schau, dort ist das Gras unberührt.«

»Weiter ist nichts zu melden«, stellte der Stabsgefreite am Ende der Durchsicht fest.

»Druck ein paar aus, Gaggioli, die lege ich dem Bericht bei. Vor allem welche von der Position des Körpers.«

9

Drogen bei den Elben?

Gherardini machte beim *caniccio* Halt (so hießen in der Gegend die Trockenanlagen für die Esskastanien). Er kannte die Stelle, und er hatte Durst. Er wusste, dass es nah bei dem niedrigen Gebäude eine Quelle gab. Der mysteriöse Tote sorgte dafür, dass er viel zu Fuß unterwegs war, aber das störte ihn nicht, im Gegenteil, ihm waren solche Fußmärsche lieber als Büroarbeit. Deshalb war er Forstpolizist geworden.

Er wischte sich mit dem Jackenärmel den Schweiß ab und freute sich schon auf das erfrischende Wasser. Es schmeckte nach Quelle. Eine unterirdische Wasserader kam hier unter einer kleinen Sandsteinplatte zum Vorschein. Er hob die Platte an, einladend sprudelte das Wasser. Daneben lag im Gras versteckt ein Glas, von dem er wusste. Seine Großmutter hatte ihm einst die Quelle und das dicke Glas gezeigt, das den Durstigen zur Verfügung stand. Er spülte es aus, wischte ein Blatt von der Außenwand und setzte sich auf einen Felsbrocken neben der Quelle. Er tauchte das Glas ins Wasser und trank gierig, und dabei wanderten seine Gedanken zu den Zeiten, als er ein kleiner Junge gewesen war und die Großmutter ihm die Stelle und das Glas gezeigt hatte. Er trank noch mal, stellte das Glas an seinen Platz zurück und steckte sich eine Zigarette an. Er musste noch nach Stabbi, einem weiteren Elbendorf.

Die Frassinori hatte ihm eine Szene gemacht, er musste auf jeden Fall tätig werden. Dem toten jungen Mann endlich einen Namen geben, verstehen, warum ein Elbe mit einem

Jagdgewehr durch den Wald lief, und herausfinden, wer von den neuen Bergbewohnern ihn anlog und warum.

Vor allem die beiden letzteren Vermutungen beschäftigten ihn. Es ergab keinen Sinn, wegen einer harmlosen Auskunft zu lügen.

Ja, ich hab ihn mal gesehen, aber wie er heißt? Keine Ahnung.

Er ist wegen dem Rainbow gekommen, ich habe aber nie mit ihm geredet.

Oder: *Er hat gesagt, er heißt Soundso, mehr weiß ich nicht.*

Deutlicher ging es kaum.

Aber er hatte Zeit, eine Rast war drin.

Ringsum Stille und die drückende Hitze des Sommers.

Plötzlich brach die Stille, jemand ging in Richtung *caniccio* durch den Wald. Gleich darauf tauchte eine Gestalt zwischen dem Blätterwerk auf.

Es war eine junge Frau mit einem kleinen Korb in der Hand. Gherardini erkannte sie sofort, sie war eine der beiden, die er vor ein paar Tagen beim Nacktbaden gesehen hatte.

»Elena!«, rief er.

Sie fuhr zusammen. »Hast du mich erschreckt, Inspektor.«

Gherardini lächelte. »Wer ein gutes Gewissen hat, braucht keine Angst zu haben. Ich mag, wie du singst. Gestern Abend habe ich dich auch gehört…«

»Echt?«

»Wenn ich's sage… Hast du Durst? Komm her, hier ist eine Quelle.«

»Ich weiß schon, die kenne ich.« Elena trat näher, stellte den Korb ab, hob die dünne Steinplatte, nahm das Glas und trank. Dann setzte sie sich neben den Inspektor.

»Woher weißt du von der Quelle?«, fragte er.

»Wir Elben hier kennen alle Quellen in der Gegend. Und du, woher weißt du davon?«

»Wir Forstpolizisten hier kennen alle Quellen in der Gegend, dazu noch die, die ihr nicht kennt.«

»Quatsch. Jetzt erzähl schon, woher kennst du sie? Das ist ja gar keine Quelle, es ist eine Wasserader, die hier unter einer Steinplatte an die Oberfläche kommt.«

»Ich kannte sie schon als Kind, meine Großmutter hat sie mir gezeigt.«

Elena nickte. Sie schwiegen.

Gherardini drückte die Zigarette an einem Stein aus und steckte den Stummel ein.

»Brav«, sagte sie. »Du hinterlässt keinen Müll. Machst du das immer oder nur jetzt, weil ich da bin?«

»Nein, das mache ich immer, und ich sammle die Stummel, pule den Tabak raus und rauche alles noch mal, wir Forstpolizisten verdienen nicht besonders viel.« Er lachte.

»Ach komm, du willst mich für dumm verkaufen!« Elena schlug ihm leicht mit der Hand auf den Arm.

Gherardini deutete auf den Korb. »Du warst Pilze sammeln. Kennst du sie denn?«

»Hm, mehr oder weniger, ich glaube schon.«

»Was heißt das, du glaubst schon? Pilze kennt man, oder man kennt sie nicht, das kann gefährlich sein, wie alt bist du denn?«

»Keine Angst, du riskierst nichts, ich bin volljährig. Ich bin zwanzig.«

»Na ja, ein bisschen jung zum Sterben. Hast du einen Schein?«

»Einen Schein? Weißt du, wie viel der kostet? Und wozu überhaupt! Zum Pilzesammeln? Die Pilze gehören allen, wie die Bäume, die Blätter, die Blumen, das Wasser…«

»Schon gut, du hast also keinen. Jetzt zeig mal deine Pilze«, sagte er und nahm den Korb hoch. »Das da sind essbare Täublinge, sie heißen hier *morelle*. Die Steinpilze sind viel zu groß, ich müsste sie beschlagnahmen und dir ein Bußgeld aufbrummen, aber es sind ja nur zwei. Aber die anderen hier sind richtig schöne Steinpilze.« Er unterbrach sich. »Du darfst die Pilze nicht aus dem Boden reißen, du musst sie mit einem Messer unten am Stiel abschneiden, damit das Myzel ringsum intakt bleibt …«

Elena unterbrach ihn wieder mit einem Stupser. »He, das reicht mit den Belehrungen, du warst mir schon fast sympathisch!«

»Sympathisch oder nicht, an so was muss man denken, euch ist die Achtung vor der Natur doch wichtig. Wie auch immer …« Er kramte weiter in dem Korb. »Was ist denn das hier? Vorsicht, die sind noch gar nicht aufgebrochen. Da … einen musst du aufschneiden.«

»Warum? Gibt es dazu auch eine Forstpolizistenregel, nach der …«

»Nein, nein, das hat mit der Forstpolizei nichts zu tun. Lass mich das machen.«

Marco holte ein Taschenmesser hervor und schnitt den Pilz entzwei. Geschlossen sah er aus wie ein Ei. Marco sah sich eine der beiden Hälften an, an der Spitze war ein kleiner blassgrüner Streifen sichtbar.

Er warf den Pilz auf den Boden. »Liebe Elena, ein Glück, dass du mich getroffen hast. Das ist kein essbarer Stäubling, sondern ein grüner Knollenblätterpilz.«

»Ja und?«

»Das heißt, wenn keiner deiner Freunde den Pilz so untersucht hätte wie ich gerade und du ihn zubereitet hättest, wärt ihr alle gestorben. Das ist der gefährlichste Pilz überhaupt, auch weil sich seine Giftigkeit erst zwölf bis achtundvierzig Stunden nach dem Verzehr zeigt, wenn also nichts mehr zu machen ist. Jetzt kommt noch eine schlechte Nachricht. Tut mir ja leid, aber vorsichtshalber wirft man alle anderen Pilze aus dem Korb auch weg, nachdem sie mit den verfluchten Knollenblätterpilzen in Kontakt kamen«, erklärte er und kippte den Inhalt des Korbes auf die feuchte Erde.

Elena sah ein paar kleineren Exemplaren nach, die im Bach schwammen, mitgenommen vom Wasser, das aus der Quelle kam. Sie verzog das Gesicht, riss einen Grashalm aus und steckte sich ihn in den Mund.

»Dann hast du mir also das Leben gerettet? Danke.«

»Ich hab niemanden gerettet. Außerdem hätte dich doch bestimmt irgendjemand gewarnt.«

»Ich weiß nicht. In letzter Zeit passieren bei uns so seltsame Sachen.«

»Was meinst du?«

»Ach nichts. Jedenfalls danke noch mal.«

Sie schwiegen. Dann sagte Gherardini: »Ihr Elben seid komisch.«

»Finde ich nicht. Wir haben uns einfach für etwas anderes entschieden als ihr.«

»Es ist nicht nur das.«

»Was dann?«

»Ihr seid so wenig greifbar …«, sagte Marco und bewegte die Hände in der Luft, als würde er Wasser hochheben und zusammendrücken.

Elena dachte nach. »Vielleicht wollen wir erst genau wissen, wem wir trauen können und wem nicht. Unser Leben ist nicht einfach.«

Wieder schwiegen sie eine Weile und lauschten den geheimnisvollen Geräuschen des Waldes.

Gherardini erhob sich, reichte ihr die Hand, um ihr beim Aufstehen zu helfen, und sagte, nicht recht überzeugt: »Kann schon sein, aber meine Frage hast du nicht beantwortet.«

»Welche Frage?«

Er lächelte ihr zu. Sie gingen dicht hintereinander. »Eben, das habe ich gemeint. Aber jetzt trennen sich unsere Wege, ich muss nach Stabbi …«

»Da wohne ich, ich gehe mit. Vielleicht kann ich dir helfen.«

Kurz darauf kamen sie an. Die erste Person, die sie sahen, war ein junger Elbe mit nackten Füßen, der neben einem Hauseingang an die Wand gelehnt dasaß und sich eine Zigarette drehte. Er hatte die Neuankömmlinge nicht kommen gehört.

In der Nähe rief eine Stimme: »He, Joseph, kannst du mir mal helfen?«

Ohne die Augen zu öffnen, stieß der junge Mann den Rauch aus. »Gleich«, sagte er, »ich rauche nur noch fertig.«

»Ciao, Joseph«, grüßte Elena. »Das ist Gherardini, einer von der Forstpolizei. Er muss dir was zeigen.«

Der Elbe sah den Inspektor neugierig an. »Was wollen?«

»Nichts Besonderes. Ich will dir nur die Fotos hier zeigen.«

»Fotos?«, fragte Joseph mit starkem deutschem Akzent. »Was Fotos? Ich verstehe nicht, nicht gut italienisch, ich bin deutsch.«

Erstaunt blickte Gherardini ihn an. »Aber du hast doch gerade … ich dachte, du … Na ja, das sind jedenfalls die Fotos. Kennst du den Mann? Hast du ihn schon mal gesehen?

Joseph drückte seine Zigarette an der Hauswand aus und nahm die Fotos in die Hand. Interessiert betrachtete er eines nach dem anderen und sah anschließend alle noch einmal sehr aufmerksam an. Dann schüttelte er den Kopf: »Hm, *nein*, nicht kennen, nicht gesehen. Entschuldigung, ich spreche nicht italienisch.«

Ein anderer Elbe kam in Begleitung einer jungen Frau, es war die Frau, die zusammen mit Elena gebadet hatte. Die beiden Frauen umarmten sich.

»Sitzt du immer noch hier rum, Joseph? Wolltest du mir nicht helfen? Immer nur gleichgleich, jetzt wollte ich mal sehen, ob du noch lebst. Wenn's was zu arbeiten gibt, hast du immer was anderes im Kopf. Du weißt doch, dass der Deckenbalken raufmuss. Helga und ich schaffen das nicht allein. Wenn es so weitergeht, ist unser Haus erst nächstes Jahr fertig.« Und mit einem Blick auf Gherardini in Uniform: »Was will der Forstpolizist hier? Immer noch die Geschichte mit dem Marihuana? Könnt ihr uns nicht einfach mal in Ruhe lassen?« Er gab Gherardini zu verstehen, er solle warten, und kramte in einer Tasche seiner viel zu weiten Jacke. »Ich zeig's dir.« Er zog ein doppelt gefaltetes, zerknittertes Blatt Papier hervor. Er versuchte, es halbwegs zu glätten, und reichte es dem Inspektor. »Da, lies.«

Es handelte sich um die Fotokopie eines Flugblattes, handgeschrieben und in Blockschrift, mit der Überschrift: *Wir sind anständige Leute!*

Vor ein paar Tagen haben die Carabinieri im Garten von drei Elben einige Marihuanapflanzen gefunden. Es ist ein Skandal, was die Zeitungen darüber geschrieben haben. Da war die Rede von einer Großrazzia und 150 kg Drogen im Wert von 30 000 €.

Es gab keine Großrazzia, und die Carabinieri haben nur ein paar harmlose kleine Pflanzen konfisziert. Nur die Blü-

ten werden verwendet, für medizinische Zwecke und zur Entspannung, zudem fördert der Genuss die Gemeinschaft, denn er trägt zu einem harmonischen Miteinander bei. Die Forschung hat bisher nicht bewiesen, dass die Pflanze toxikologische Schäden oder Probleme verursacht.

IN DEN DÖRFERN DER ELBEN WERDEN KEINE DROGEN VERKAUFT!

Wer andere Absichten hat, darf nicht in der Gemeinschaft leben!

10

Nicht nur ein Gewehr

Der Inspektor war noch nicht fertig mit Lesen, als der junge Mann das Flugblatt wieder an sich nahm und gehen wollte. »So denken wir alle, und es wird Zeit, dass ihr das auch begreift.«

Gherardini hielt ihn zurück. »Ich will dir nur ein paar Fotos zeigen, du musst mir sagen, ob du den Mann darauf kennst, auch wenn die Aufnahmen nicht besonders scharf sind.«

Der junge Mann sah sie sich kurz an und reichte sie an Helga weiter. »Nein, ich kenne ihn nicht, ich glaube nicht, dass ich ihn schon mal gesehen habe. Du, Helga?«

Die Frau schüttelte den Kopf. »Ich sehen schon die Fotos«, sagte sie in ihrem schlechten Italienisch und gab sie dem Inspektor zurück.

»Wer ist das?«, fragte der junge Elbe.

»Ich hatte gehofft, dass du mir das sagen kannst. Der Kleidung nach könnte er einer von euch sein. Er wurde hier unterhalb gefunden, nicht weit von eurem Dorf.«

Als Joseph das hörte, trat er näher. »Zeig noch.« Er sah sich die Bilder noch mal an, eines nach dem anderen, und gab sie dann kopfschüttelnd zurück. »Nein, kenne ich nicht«, sagte er.

»Vielleicht war er ein Streicher«, überlegte der andere junge Mann. »Jetzt komm, Joseph«, sagte er und wollte gehen.

»Eine letzte Info noch. Wisst ihr, ob jemand von den Elben ein Jagdgewehr besitzt?«

Elena fuhr erbost dazwischen. »Was redest du da! Hast du schon mal einen Elben mit einem Gewehr auf die Jagd gehen sehen? Unsere Regeln verbieten den Gebrauch von Waffen!«

»Ich habe nicht gesagt, dass das Gewehr zum Jagen verwendet worden wäre.«

»Noch schlimmer«, fuhr Elena gereizt fort. »Wahrscheinlich wurde der arme Kerl damit erschossen. Ich bringe dich zu meinen Freunden, und du beleidigst sie mit deinen Verdächtigungen!«

»Entschuldigt bitte, ich will niemandem zu nahe treten, ich mache nur meine Arbeit. Hier in der Gegend wurden zwei Gewehrschüsse abgegeben, dabei haben wir Schonzeit. Das ist alles.« Er sah die Leute nacheinander an und hielt bei dem jungen Mann inne, der als Letzter dazugestoßen war. »Dürfte ich erfahren, wie du heißt?«, fragte er und schob zur Vermeidung weiterer Missverständnisse sogleich hinterher: »Das ist keine offizielle Frage. Ich weiß nur gern, mit wem ich rede.«

»Kein Problem, Inspektor. Ich heiße Nicola Benelli.«

»Wohnst du hier, in Stabbi?«

Bevor er antwortete, warf Nicola den anderen Elben einen Blick zu. Er fragte: »Hast du die anderen das auch alles gefragt?«

»Die, die ich nicht kannte. Das ist nichts Besonderes, reine Formalität.«

»Ich wohne hier«, sagte Nicola. Er wollte noch etwas hinzufügen, aber Joseph kam ihm zuvor.

»Wohnen in Stabbi und mir gehen auf den Sack«, sagte er und wollte sich ausschütten vor Lachen. »So sagt man, oder? Mir auf den Sack gehen und seine Liebe finden.« Er wies mit dem Kopf zu Helga.

»Joseph, warum kümmerst du dich nicht einfach um deinen eigenen Scheiß?«

»Nicola, du rufen mich zum *Arbeiten*, und ich *arbeite*. Du stehen auf Helga, und ich stehen auf Helga. Das ist meine eigene Scheiß, oder?« Wieder lachte er schallend. Er amüsierte sich, der Deutsche. »Ich holen jetzt Jacke und gehen mit Nicola. Immer nur *arbeiten, arbeiten*!«, sagte er und verschwand im Haus.

Durch die offene Tür beobachtete Marco Gherardini, wie er an eine rustikale hölzerne Garderobe trat, eine von zwei dort hängenden Jacken und einen alten Hut nahm, den er aufsetzte. Er schlüpfte in Sandalen mit geflochtenen Riemen, die unter der Garderobe auf dem Boden standen, und kam wieder heraus.

Nicola musste es sehr eilig haben, mit der Arbeit fertig zu werden. Er packte Joseph am Arm und versuchte ihn mitzuziehen.

Unterdessen waren drei weitere Elben dazugestoßen, zwei junge Männer und eine Frau, die der Inspektor nach ihren Namen fragte.

»Elvio«, sagte der eine.

»Ich heiße Sottobosco.«

»Ich bin Verdiana.«

»Italiener?«, fragte Marco.

»Wir versuchen sie Deutsch zu lernen«, erklärte Joseph. »Aber die sind Dickköpfe, nicht verstehen!«

»Können wir jetzt gehen, Joseph, oder verplaudern wir hier den Rest des Tages?«, erkundigte sich Nicola und marschierte los. Joseph folgte ihm.

Den dazugekommenen Elben stellte Gherardini die gleichen Fragen. Ohne Ergebnis.

»Entschuldige bitte«, sagte er zu Elena, bevor er ging.

Elena versuchte zu lächeln, aber es gelang ihr nicht recht. »Tut mir leid«, sagte sie.

»Vielleicht war es ja nicht ganz umsonst.«

»Nichts über den Toten, nichts über Drogen und nichts über das Gewehr, du bist als Forstinspektor ja schnell zufrieden.«

»Ich hab dich wiedergesehen.«

»Ja und?«

»Und … ich gehe aufs Revier zurück, ciao und danke für die Gesellschaft. Wenn du wieder in die Pilze gehst, dann nimm jemanden mit, der sich auskennt.«

Er lächelte ihr zu und machte sich auf den Weg.

Er hätte ihr erklären sollen, dass sich sein »Vielleicht war es ja nicht ganz umsonst« auf Elenas Worte »Hier passieren in letzter Zeit so seltsame Sachen« bezog. Zu den seltsamen Sachen gehörte für ihn der Tod des jungen Mannes. Für sie auch?

Es bezog sich auch auf das Bild, das ihm durch den Kopf geschossen war, als Joseph die Jacke von der Garderobe genommen hatte. Es ging um die Sandalen.

Aber das alles zu erklären, dafür war die Geschichte zu lang und zu kompliziert. Er würde es ihr ein anderes Mal sagen.

Bevor er ins Dorf zurückkehrte, wollte er sich noch vergewissern, dass ihm seine Fantasie keinen Streich gespielt hatte und das Bild, das er in Paolinos Haus kurz gesehen hatte, tatsächlich seiner vagen Erinnerung entsprach: der Kolben eines Gewehrs. Eines Jagdgewehrs.

Der Erste, dem Forstinspektor Marco Gherardini begegnete, als er nach Campetti kam, war Giacomo. Er döste auf einem alten Plastikstuhl vor seiner mutmaßlichen Behausung, einem alten Steinhaus mit kleinen, schmalen Fenstern und einer ebensolchen Tür, das er, so gut es ging, hergerichtet hatte. Er genoss die noch milde Morgensonne. Als er jemanden kommen hörte, schlug er die Augen auf; er erkannte den Inspektor.

»Guten Morgen, Inspektor, wie geht's? Immer hier in der Gegend, was?«

»Ebenfalls einen guten Morgen. Ich wollte zu Paolino.«

»Ich glaube, er ist im Garten. Das ist die beste Uhrzeit.«

»Für dich nicht?«

»Ich will von Uhrzeiten nichts mehr hören. Deshalb bin ich ja hierhergeflüchtet.«

»Was macht dein eigener Garten?«

»Geht schon. Ich arbeite da nicht viel. Es hat in den letzten Tagen nicht geregnet, man müsste gießen, aber ich habe kein Wasser. Paolino hat einen eigenen Brunnen, aber ich muss das Wasser am Brunnen im Dorf holen. Kannst dir vorstellen, was das für Mengen wären! Ich werde einen Regentanz aufführen.«

Er streckte die Beine aus und stand auf. Gherardini fielen wieder die Riemensandalen auf. Solche hatte auch der Tote getragen. Solche trug auch der Deutsche in Stabbi, Joseph. Es dürfte also nicht schwierig sein herauszufinden, wer sie herstellte.

»Wo hast du die Sandalen her?«

Giacomo betrachtete eine Weile seine Schuhe und fragte dann mit einer gewissen Befriedigung: »Gefallen sie dir?«

Marco lächelte. »Ja, sehr, ich hätte auch gern welche. Die sind diesen Sommer Mode in Casedisopra. Ich habe sie auch bei anderen Elben gesehen.«

»Das ist ja allerhand. Ich möchte mal einen Forstpolizisten in Sandalen sehen. Die stehen dir bestimmt gut. Schutzmann in Uniform und Sandalen.«

»Ich bin kein Schutzmann.«

»Uniform ist Uniform. Sie repräsentieren die Überlegenheit eines Menschen über einen anderen. Eine Mutter in unserer Gemeinschaft hat ihren kleinen Sohn bestraft, weil er Polizist werden will, wenn er groß ist.«

»Du weichst meiner Frage nach den Sandalen aus.«

»Nein, ich weiche dir nicht aus. Die habe ich gemacht, ich kann flechten.«

»Hast du sie verkauft?«

»Verkauft?« Giacomo lachte. »Hier wird nichts gekauft oder verkauft. Hier wird gehandelt. Willst du meine Sandalen haben? Ich mache dir welche, und du gibst mir was dafür.«

»Was?«

»Keine Ahnung. Mach mir ein Angebot. So ist hier der Brauch: Sie essen meine Mohrrüben, und ich trinke ihren Kaffee. Wir brauchen kein Geld. Stell dir vor, zwei Jungs, die in unserer Gemeinschaft geboren und aufgewachsen sind, haben ein Portemonnaie gefunden und … na ja, sie haben es zu den Carabinieri gebracht, ohne überhaupt reinzuschauen.«

»Aber wenn ihr ins Dorf geht oder sogar in die Stadt, dann bettelt ihr, der Jongleur macht seine Vorführungen, ihr spielt Gitarre oder Flöte, verkauft Focaccia, die ihr in euren Öfen gebacken habt, Erdbeeren, Himbeeren und Blumen. Ich weiß, dass ihr an Weihnachten unten im Dorf kleine Stechpalmensträuße mit roten Beeren verkauft. Ein bisschen Geld braucht ihr also schon, oder?«

»Wer braucht das nicht? Mit dem wenigen Geld kaufen wir Wein, Tabak oder Salz, eben die paar Sachen, die wir nicht selber herstellen. Wer hier mit ein bisschen Geld ankommt, tut es in die Gemeinschaftskasse. Du siehst, wir sind eine friedliche, unbeschwerte Gemeinschaft.«

»Willst du mir etwa weismachen, dass hier nie was passiert? Was weiß ich, jemand kommt mit ganz bestimmten Vorstellungen hier an und fühlt sich dann nicht wohl mit den Regeln der Gemeinschaft. Mal ein Streit, ein schwelender Groll zum Beispiel aus Eifersucht, der sich dann Bahn bricht…«

Giacomo hatte verstanden, worauf der Inspektor hinauswollte. Er lächelte und kratzte sich am Kopf. »Ja, das kann schon mal vorkommen. Aber wer hier nervt, wird sofort isoliert, die Gemeinschaft schließt ihn aus. Wir haben keinen Ordnungsdienst, auch keine Chefs oder Vorgesetzten. Wir halten eine Versammlung ab und besprechen das, und die Gemeinschaft trifft eine Entscheidung.«

»Also alles eitel Sonnenschein.«

»Na ja, mehr oder weniger, aber wenn du weiter hier deinen Mörder suchst, vertust du deine Zeit.« Er wechselte das Thema. »Mit ein bisschen Regen würde es mir besser gehen.«

»Verstehe. Sag mal, hast oder hattest du jemals ein Gewehr, oder kennst du jemanden, der eines hat?«

»Ich, ein Gewehr? Das soll wohl ein Witz sein. Wir tragen keine Schusswaffen! Wen oder was sollen wir denn erschießen, wir sind gegen die Jagd. Höchstens um schlechte Gedanken wegzuballern. Was stellst du denn für Fragen? Ich sag's noch mal, du musst woanders suchen.«

»Hast du eine Idee, wo?«

Giacomo zuckte die Schultern. »Keine Ahnung.«

Unterdessen war Paolino hinter den Häusern aufgetaucht, eine Hacke in der Hand. Verschwitzt und schlecht gelaunt.

»Ciao, Bussard. Wir sehen uns aber oft. Komm rein, wir trinken ein Glas.«

»Wie bitte, ist das nicht ein bisschen früh?«

»Früh oder spät, ich brauche jetzt was. Dieses verdammte

Wetter, der da droben wird wohl allmählich alt, es regnet schon eine ganze Zeit lang nicht mehr. Ich habe zwar einen Brunnen, aber es ist mühsam, eimerweise zu gießen, so jung bin ich auch nicht mehr.« Sie betraten das Haus. »Na los, nimm dir einen Stuhl und setz dich.« Zu Giacomo, der draußen geblieben war, rief er: »Du kriegst auch ein Glas!«

Bussard trat an die Tür. Giacomo war nicht mehr da. Bussard sah sich um, aber er war nirgends. »Er ist weg«, sagte er, das Thema Sandalen hatte er immer noch nicht vertiefen können.

War es zum Beispiel glaubhaft, dass er die Sandalen verkauft...

...getauscht, sagen sie, dass er die Sandalen gegen andere Ware getauscht hat und nicht wusste, mit wem? Er musste den anderen doch gesehen haben.

Er würde ihn noch mal aufsuchen, um das Gespräch abzuschließen.

Marco kehrte ins Haus zurück. »Er ist weg«, teilte er Paolino mit.

»Merkwürdige Leute«, meinte Paolino. Er holte eine große dunkle Glasflasche aus einem Winkel der Küche. Öffnete die Anrichte, nahm zwei Gläser heraus und füllte sie. Dann setzte er sich. »Zum Wohl«, sagte er und trank sein Glas auf einen Zug. Er schenkte sich nach. Und seufzte. »Früher haben sie hier in der Gegend Wein gemacht, kannst du dich erinnern? Vielleicht bist du auch zu jung. Hier nicht, wir sind zu weit oben, aber unten bei euch. Ich kann mich gut an den Wein erinnern, man musste zu viert sein, um ihn zu trinken, zwei haben dich festgehalten, und einer hat ihn dir verabreicht. Allein hast du das nicht geschafft, so herb war er. Der hier ist aber auch nicht viel besser. Was soll's, es ist Wein, und den kann ich mir mit meiner Rente leisten. Ich kaufe ihn in dem kleinen Laden unten an der Hauptstraße, das ist der Wein, den die Elben trinken. Noch einen Schluck?«

Gherardini, der noch gar nicht getrunken hatte, legte die Hand auf sein Glas. »Nein, danke. Ich muss dir jetzt ein paar Fragen stellen«, sagte er und sah ihn fest an.

»Schon wieder! Hört diese grässliche Geschichte denn nie mehr auf?« Er setzte sich auf seinem Stuhl zurecht. »Schieß los.«

11

Mehr Schein als Sein

Der Inspektor setzte sich ebenfalls zurecht. »Hast du ein eigenes Gewehr?«

Die Frage überraschte Paolino. »Nein, Bussard, ich hatte nie ein eigenes Gewehr.«

Gherardini stand auf, trat an die Garderobe und schob den Mantel aus Wachstuch beiseite.

Er war enttäuscht. Er war sicher, dass er bei seinem letzten Besuch bei Paolino unter dem Mantel einen Gewehrkolben hatte hervorschauen sehen.

Gherardini setzte sich wieder. »Kennst du hier in der Gegend Leute, die ein Jagdgewehr haben?«

»Die gibt's bestimmt, aber das weiß ich jetzt nicht mehr.«

»Und kennst du jemanden, der die Patronen immer noch selber lädt?«

»Schon, ja, da kenne ich einen.«

»Und wer wäre das?«

»Adùmas«, erwiderte Paolino.

»Woher weißt du das?«

»Na ja, ich hab an seinem Gurt zwei leere Patronen gesehen, und wenn er sie nach dem Schuss aufhebt, heißt das doch, dass er sie noch mal lädt, oder?«

»Wann hast du sie gesehen?«

Paolino wurde langsam ungeduldig. »Als ich Cornetta gesucht habe. Ich habe Adùmas getroffen, und wir haben ein bisschen geplaudert. Er hatte den Gurt umgeschnallt …«

»Hatte er sein Gewehr dabei?«

»Bussard, warum sollte einer mit Patronengurt, aber ohne Gewehr durch die Gegend laufen?«

Inspektor Marco Gherardini dachte, dass es keinen Zweck hatte, auf diesem Weg weiterzumachen. Er strapazierte nur Paolinos Geduld. Doch eines musste er ihn noch fragen.

»Letzte Frage. Als du den Toten gefunden hast, bist du da nah hingegangen? Hast du ihn angefasst oder weggeschoben?«

Paolino sah ihn alarmiert an. »Das hätte noch gefehlt, dass ich ihn anfasse. Ich habe ihn aus der Entfernung angeschaut, ich habe gesehen, wie er zugerichtet war … Was sollen denn die ganzen Fragen, Bussard? Ich hab's dir doch schon gesagt: Ich dachte, ich tue meine Pflicht, und jetzt … Diese ganzen Fragen, als hätte ich …«

»Das ist einfach die Routine. Wenn wir es mit einem Toten zu tun haben …«

»Kann sein, dass das Routine ist, aber ich hab langsam die Schnauze voll. Du quetschst nur mich aus.«

»Das stimmt nicht. Ich habe eine ganze Menge Leute befragt. Jetzt bin ich fertig. Sag mir nur noch, wo Giacomo stecken könnte. Vorhin war er noch hier draußen.«

»Woher soll ich das wissen? Er ist ein komischer Kauz. Immer überall und nirgends. Seit diese Neuen da sind, die sie Streicher nennen, geht er oft rauf nach Collina di Casedisopra. Keine Ahnung, was sie machen. Sie arbeiten, bereiten das Festival vor, sagen sie, und er hilft ihnen.«

Verschwitzt und schlecht gelaunt war er aus dem Garten gekommen. Bussards Fragen hatten alles nur noch schlimmer gemacht. Die ganze Situation überforderte ihn. Am Ende hatte Marco Gherardini sogar das Bedürfnis, sich zu entschuldigen: »Tut mir leid, Paolino. Es ist meine Pflicht …«

»Ist schon gut, Bussard. Ich kenne dich von klein auf.«

Der Inspektor fühlte sich verpflichtet, noch von dem Wein

zu trinken, der ihm nicht schmeckte. Man kann nicht weggehen, ohne das Glas zu leeren, zu dem man eingeladen war.

Er trank alles auf einen Zug, hob grüßend die Hand und wandte sich zum Gehen.

»Warte mal, Bussard.« Marco drehte sich um. Paolino war an die Tür gekommen. »Warte«, sagte er wieder. »Das wollte ich dich schon lang fragen. Diese jungen Leute … die Elben … Was heißt Elbe?«

»Das ist eine lange, komplizierte Geschichte. Ich erzähle sie dir ein andermal.«

»Also nie. Das kenne ich schon von dir.«

»Diesmal ist es anders. Ich verspreche, dass ich es dir erkläre. Wenn diese Geschichte zu Ende ist …«

»Das kann dauern.«

Mit Giacomo war noch die Sache mit den Sandalen offen. Er suchte ihn im Haus und im Garten. Er war wie vom Erdboden verschluckt.

Marco tröstete der Gedanke, dass er rauf nach Collina musste, um ihn zu finden. Zu Fuß. Das fand er schön. Ein Spaziergang durch den stillen Wald tat gut. Er machte schwierige Zeiten durch und hatte genug von allem.

Die Nacht war grässlich. Nach dem Abendessen war er nicht mal wie sonst immer zu Benito gegangen. Bis spät saß er auf den Stufen vor dem Haus und rauchte. Er dachte an die beiden Gewehrschüsse, die er während seiner Suche nach den Wolfsspuren gehört hatte. Er war so sicher gewesen, dass er über kurz oder lang erfahren würde, wer geschossen hatte. Viele Tage waren vergangen, er hatte sich umgehört und wusste es immer noch nicht. Er hatte mit Adùmas gesprochen, aber nicht mal der hatte ihm weiterhelfen können.

Dabei wusste der doch sonst auch immer über alles Bescheid, was im Wald geschah. Konnte das sein?

Die Antwort bedrückte ihn.

Die neueste Information: An dem Tag, an dem Streicher gestorben war, war Adùmas in der Gegend unterwegs gewesen, mit Gewehr und Patronengurt.

Und die beiden Patronen aus den Taschen des toten Elben waren wahrscheinlich vom gleichen Typ wie die von den Schüssen. Und wahrscheinlich würde er solche auch in Adùmas' Patronengurt finden.

Adùmas? War das möglich?

Aber warum?

Er kannte ihn sein Leben lang.

Er verschob die Fragen.

Gherardini ging spät zu Bett, und mehr als einen kurzen Schlaf brachte er nicht zusammen. Er sah auf die Uhr: vier. Er schlief nicht mehr ein, und als er aufstand, hatte er immer noch keinen plausiblen Grund für seine Befürchtungen.

»Farinon!«, rief der Inspektor.

Der Polizeihauptmeister machte die Tür einen Spalt auf und steckte den Kopf hinein. »Probleme in Sicht?«

»Nein, die sind schon da. Komm rein.« Der Inspektor wartete, bis Farinon sich gesetzt hatte. »Fahr schnell und hol Adùmas. Und sag ihm, er soll mir ein paar von seinen Schrotpatronen mitbringen.«

Farinon sah ihn überrascht an. »Glaubst du …«

»Ich weiß es nicht. Ich weiß nur, dass die Geschichte lang und kompliziert ist.«

Das sagte er immer, wenn er keine Zeit mit Erklärungen verlieren wollte. Oder wenn er fand, dass es nicht lohnte, sich lang und breit über etwas auszulassen. Bei Farinon funktionierte das nie, das kannte er schon. Und wirklich sagte Farinon: »Wenn das so ist, dann fahr selber hin und erklär ihm, wozu du die Patronen brauchst.«

Marco versuchte die Scharte wieder auszuwetzen. »Ist ja gut, ich befürchte nur, dass der verrückte Alte sich übel reingeritten hat. Ich brauche Adùmas hier, bevor es für ihn schwierig wird. Du hast doch gehört, was die Frassinori gesagt hat, oder?«

»Die wird noch Benito in seiner Bar gehört haben. Glaubst du wirklich, dass Adùmas ...«

»Ich fürchte, ja. Adùmas oder Paolino. Ein paar Dinge sind noch zu klären, und dann ...« Er führte den Satz nicht zu Ende.

Farinon, halbwegs überzeugt, machte sich auf den Weg, um den Auftrag auszuführen. Er hörte noch, wie der Inspektor hinter ihm herrief: »Und wenn der verrückte Alte wieder rumspinnt, sag ihm, dass ich komme und ihm einen Arschtritt verpasse!«

Auf dem Schreibtisch lag noch die Mappe der Frassinori, die ihm diesen grässlichen Mist aufs Auge gedrückt hatte. »Scheiß Maresciallo Barnaba«, fluchte er, »was willst du bloß mit dem Kurs? Du wirst nie ein Forstpolizist. Du bist und bleibst ein Carabiniere!«

Adùmas lebte allein in Vinacce, in einem Haus etwas außerhalb des Dorfes, das seinem Vater und davor seinem Großvater gehört hatte. Es war ursprünglich kein Bauernhaus gewesen. Kaum mehr als ein halber Hektar Land mit ein paar Obstbäumen gehörte dazu, auf dem schon die Alten Gemüse angebaut hatten. Die übrige Fläche war für das Kleinvieh.

Als junger Mann hatte Adùmas in einer Werkstatt im Tal gearbeitet. Vom Laufburschen hatte er es zum Dreher gebracht, was er bis zum Tod seiner Frau vor ein paar Jahren geblieben war, dann hatte er in der Werkstatt gekündigt, die schmale Rente, die ihm bis dahin zustand, genügte ihm. Verhungern würde er nicht: Er konnte sich, wie so viele Bergler, selbst behelfen.

Adùmas fühlte sich wohl in Vinacce, er hatte weiter den Garten bestellt, Hühner, Kaninchen und eine junge Ziege gehalten, die ihm das Gras auf dem unbestellten Boden kurz hielt. Das ersparte ihm einige Mühe. Er hatte keinen Anlass mehr, sich alle zwei Tage zu rasieren, und ließ sich einen dichten grauen Bart wachsen.

Wie erwartet traf Farinon ihn im Garten an. Adùmas war ein Gewohnheitsmensch. Morgens stand er früh auf, noch vor Sonnenaufgang, und ging den Garten gießen. Er gehörte zu denjenigen, die überzeugt sind, dass es besser ist, die Pflanzen morgens zu wässern als am Abend. Das Ergebnis gab ihm recht, der Garten konnte sich sehen lassen.

Und immer war Unkraut zu jäten.

»Du reißt es raus, und am nächsten Tag ist es wieder da, schöner als jeder Radicchio.«

Nach dem Garten kümmerte er sich um die Tiere. Ein paar Hühner, Hasen und ein Jagdhund, den er nie auf die Jagd mitnahm. Er brauchte ihn nicht.

Adùmas – den seltsamen Namen verdankte er seinem Vater, der hatte ganz normal Giuseppe geheißen und war gestorben, als Adùmas noch ein Kind war. Er war im tiefen Winter in einen Schneesturm geraten, als er versuchte, über den Pass nach Hause zu gelangen.

Dabei hatte er den Pass schon unzählige Male überquert, bei Wind, Regen oder Schnee. Man fand ihn ein paar Tage später, als der Sturm vorbei war. Unter dem Schnee begraben, zusammengekauert wie ein Embryo.

Der Apennin ist zwar nicht mit den Alpen oder den Rocky Mountains zu vergleichen, doch wie jedes Gebirge fordert er gelegentlich ein Opfer, das Leben eines Menschen, der sich in einer Anwandlung von Stolz oder Leichtsinn stärker als der Berg wähnt. Aber stärker als der Berg ist der Mensch eigentlich nie.

Bevor er sein Leben unter einer Schneedecke beendete, war er Tunnelarbeiter gewesen, überall in Italien hatte er Tunnel gegraben. In seinem Wäschesack steckten zwei Hemden, zwei Pullover, Strümpfe und Unterhosen. Außerdem ein Exemplar der *Drei Musketiere*, das er wieder und wieder las. Er war sonst kein großer Leser, aber die Geschichten dieser Haudegen fesselten ihn von jeher. Als sein Sohn geboren wurde, wollte er ihn deshalb nach einem seiner Helden nennen. Aber er konnte sich nicht entscheiden: d'Artagnan oder Aramis? Athos oder Porthos?

Er entschied sich für den Namen des Schriftstellers. Auf dem Buchdeckel stand A. Dumas. Und es ward Adùmas. Auf den Punkt, der keine Bedeutung für ihn hatte, achtete der Vater nicht.

Farinon traf ihn also im Garten an.

»Da sieh an, die Forstpolizei kommt zum Helfen. Komm rein, Farinon, setz dich.«

»Ein anderes Mal, Adùmas. Jetzt lass den Garten und komm mit, Bussard muss dich was fragen.«

»Um die Uhrzeit?«

»Um die Uhrzeit. Ach ja, er braucht auch ein paar von deinen Patronen.«

»Der hat Nerven!« Er unterbrach seine Arbeit. »Na gut, ich mache meinen Kram fertig und komme später aufs Revier, wie von Amts wegen angeordnet.«

»Du machst gar nichts fertig und kommst sofort mit.«

»Was ist, wenn sich das hinzieht … Sollen meine Tiere etwa sterben?«

»Sie sterben nicht, wenn sie ein bisschen fasten. Los, Adùmas, stell dich nicht so an.«

Adùmas pflanzte sich breitbeinig vor ihm auf, die Hände in die Seiten gestützt. »Dann wollen wir mal sehen, wie du mich hier rausbringst.«

Entweder Gewalt anwenden oder sich geschlagen geben. Farinon machte einen Versuch. »Na gut, dann gibst du mir ein paar Patronen mit, und ich sage Bussard, dass du gleich nachkommst.«

»Das nenne ich vernünftig.« Er wusch sich die Hände im Eimer, trocknete sie an seinem Tarnanzug ab und ging zum Haus.

Farinon folgte ihm und wartete an der Tür.

»Gehen die hier?«, fragte Adùmas, als er wieder herauskam, und zeigte ihm eine Handvoll Patronen.

»Wenn das die sind, die du verwendest, würde ich sagen: ja«, antwortete Farinon und steckte zwei Patronen ein. »Wenn du mich reinlegst, mache ich dir das Leben schwer, klar? Ich lasse dich nicht mehr aus den Augen, bei keinem Schritt, den du tust.«

»Glaubst du, ich weiß nicht, dass man mit euch immer den Kürzeren zieht?«

»Wo hast du zum Beispiel das Wasser für deinen Garten her?«

»Das weißt du doch, von der Quelle.«

»Ich weiß. Und du weißt, dass die Entnahme von Quellwasser verboten ist …«

»Schon gut. Wir sehen uns heute Nachmittag auf dem Revier.«

Farinon nickte und ging zum Auto. Er wusste nicht recht,

ob er ein Geschäft gemacht hatte, aber er hatte keine Lust gehabt, Gesetzeskraft walten zu lassen. Wenn möglich, ist es besser zu verhandeln. Erst recht mit jemandem wie Adùmas, den er seit Jahren kannte und respektierte und der ihn respektierte …

Was hätte er sonst machen sollen?

12

Was Berto erzählt

Der Polizeihauptmeister legte dem Inspektor die beiden Patronen auf den Schreibtisch. »Was hätte ich sonst machen sollen?«

»Du hast das ganz richtig gemacht, Farinon«, bestätigte der Inspektor.

Er nahm aus der Schublade die beiden Patronen, die ihm Gigi, der Totengräber, gegeben hatte, und legte sie neben die von Adùmas.

Ein Blick genügte: selbe Marke, gleiche Farbe, gleiche Verschlusspappe. Dieselbe Marke Zündhütchen.

Farinon und Gherardini sahen sich an.

»Ich wette, wenn wir sie öffnen, ist innen auch der gleiche Filzpfropfen«, sagte der Polizeihauptmeister.

»Das überlassen wir jemandem, der sich auskennt.«

»Wie geht's jetzt weiter, Bussard?«

Der Inspektor gab keine Antwort. Er steckte die beiden Patronen, die der Totengräber gebracht hatte, in einen Umschlag und schrieb darauf: *Unter dem Körper des Elben gefunden.* In einen anderen Umschlag steckte er die Patronen, die Farinon mitgebracht hatte. Er schrieb: *Bei Adùmas sichergestellt.*

»Ich weiß es nicht, Farinon. Ich weiß nicht, was ich sagen soll.«

»Wenn du meine Meinung hören willst …«, sagte Farinon und verstummte. Er war nicht sicher, ob sein Chef sie hören wollte. Aber der Inspektor sah ihn erwartungsvoll an. »Meiner Meinung nach müssten wir ihn sofort festnehmen.«

»Ich möchte ihm vertrauen. Er hat Nachmittag gesagt. Wir warten den Nachmittag ab«, sagte der Inspektor und legte die Umschläge in die Schublade.

Der Vormittag verging, der ganze Nachmittag verging. Gegen Abend kam der Inspektor aus seinem Büro und rief: »Farinon, wir fahren!« Zu Ferlin, der am Empfang in den Computer vertieft war, sagte er: »Sollte er sich blicken lassen ...«

»... lass ihn nicht mehr gehen«, ergänzte Farinon, der hinzugekommen war.

»Man kann nie wissen«, erwiderte der Inspektor. Dann, wieder zu Ferlin: »Falls es so ist, halt ihn hier fest, wir sind bald zurück. Kannst ja kurz anrufen.«

Sie fuhren schnell.

Nicht schnell genug.

Bussard hielt am Rand des Vorplatzes. »Sein Auto steht nicht da«, sagte er und fuhr weiter bis vor die Haustür.

»War eigentlich klar.«

Sie stiegen aus. Kein Lebenszeichen, Stille ringsum.

Ebenso im Haus. Die Tür war nicht abgesperrt.

Die beiden wechselten kein Wort, während sie alles absuchten. Sie inspizierten das Erdgeschoss, und als sie die Treppe zu den Zimmern im oberen Stock hinaufsteigen wollten, tippte Farinon Marco auf die Schulter und deutete in den Raum unter der Treppe. An der Garderobe hing kein Gewehr und kein Patronengurt. Beides hatten sie dort sonst gesehen. Auch der Rucksack fehlte, den Adùmas immer mitnahm, wenn er in den Wald ging.

Bevor sie wieder weiterfuhren, kontrollierten sie sicherheitshalber noch die Scheune. Und den Gemüsegarten und den Holzschuppen.

Im Hasenstall lag kein frisches Gras, und die Hühner in

ihrem Gehege rannten sofort ans Tor, als die beiden sich näherten.

Immer noch schweigend kehrten sie zum Wagen zurück.

»Der hat ja nicht mehr alle«, brummte Bussard.

Sie wollten gerade einsteigen, als sie Motorenlärm hörten. In der Kurve tauchte ein Panda auf. Ein frühes Modell, alt und ramponiert. Es war nicht der von Adùmas.

Das Auto fuhr auf den Vorplatz und kam neben dem Wagen der Forstpolizei zum Stehen. Berto stieg aus, ein Rentner, der auf dem Nachbarhof lebte. Er war immer Bauer gewesen und hatte auch noch weitergemacht, nachdem er bei Benito feierlich verkündet hatte: »Jetzt bin ich endlich in Rente.«

Und so ratterte sein alter Traktor immer noch hin und wieder über die Äcker rings um seinen Hof. Angehängt war der Mähbalken oder der Heuwender oder der Schwader zur Vorbereitung der Ballen. Die Berto dann an Bauern in der Gegend verkaufte, die noch Milchvieh hielten. Manchmal koppelte er auch den Hänger an und lieferte auf Bestellung Brennholz für den Winter. So stockte er auf die eine oder andere Weise die knapp bemessene Rente auf, die ihm der Staat zahlte. Die sowieso sein eigenes Geld und nicht Geld des Staates war, wie er oft betonte.

»Ich hab mein Leben lang die Erde beackert, da hab ich ja wohl das Recht, mein Geld zurückzukriegen, oder?«

»Was machst du hier, Berto?«, fragte Farinon.

»Ich helfe Dùmas ein bisschen.« So nannte man Adùmas in Casedisopra. Das A war irgendwie abhandengekommen.

»Wieso, wo ist er denn?«

»Das weiß ich nicht. Er war heute Morgen bei mir, so um neun, halb zehn …«

Adùmas war bei Berto aufgetaucht, kurz nachdem Farinon Vinacce mit den beiden Patronen verlassen hatte. Er trug eine dicke Jacke und hatte das Gewehr geschultert, den Lauf zum Boden gerichtet, einen Brotzeitbeutel auf dem Rücken, und am Hosenbund spitzte der Patronengurt hervor.

»Dùmas, du weißt doch, dass die Jagdsaison vorbei ist, oder?«

»Was ich jage, dafür ist immer Saison, Berto. Kannst du mir einen Gefallen tun?«

»Hab ich dir schon mal einen ausgeschlagen?«

»Du müsstest die Viecher versorgen und den Garten ein bisschen gießen, wenn es nicht regnet.«

»Wie lang bist du denn weg?«

»Hm, weiß ich nicht genau. Kommt drauf an.«

»Auf was denn?«

»Wie lang es dauert, ich suche jemanden.«

Berto unterbrach seinen Bericht, um in seiner Hosentasche zu kramen und sich eine Zigarette anzuzünden. Beim ersten Zug ein Hustenanfall.

»Das bringt mich noch ins Grab«, sagte er, als er sich beruhigt hatte. »Wo waren wir stehen geblieben?«

»›Wie lang es dauert, ich suche jemanden‹«, erinnerte ihn Bussard.

»Ja. Ich frage nicht, wen er sucht, er würde es mir sowieso nicht sagen. Wenn Dùmas was nicht sagen will, sagt er es nicht, Schluss aus. Ich kenne ihn schon ewig.«

Bussard steckte sich ebenfalls eine Zigarette an. Farinon bot er auch eine an.

Eine Weile rauchten sie schweigend. Irgendwann fragte der Inspektor: »In welche Richtung ist er dann weiter?«

»Er hat sich ins Auto gesetzt und ist in Richtung Campetti

gefahren.« Berto trat die Zigarette aus. »Also, ich muss weitermachen«, sagte er und holte ein Bündel Luzerne und Süßklee aus dem Kofferraum des Panda und ging zum Hasenstall.

»Augenblick noch, Berto«, sagte der Inspektor. »Wen sucht er denn deiner Meinung nach?«

»Puuh … hm …«, meinte er, ohne stehen zu bleiben. Das tat er erst nach ein paar Schritten, und dann sagte er: »Ich glaube aber, dass ich es weiß.« Er legte das Bündel auf den Boden. »Die Hasen können fünf Minuten warten«, sagte er und kehrte zu den beiden Forstpolizisten zurück, die neben dem Geländewagen stehen geblieben waren. »Er sucht bestimmt die beiden Elben, die immer um sein Haus schleichen. Vor zwei, drei Wochen sind wir mal aus dem Catullo-Wald zurückgekommen …«

Der Catullo-Wald gehörte zu einem Gutshof, der seit zwanzig Jahren leer stand, seit der Eigentümer sich verabschiedet hatte. Endgültig und nicht aus freien Stücken. Man fand ihn tot am Rand des Feldwegs, der von der Landstraße zu seinem Haus führte. Der Weg führte zwischen den Feldern hindurch und endete auf dem Vorplatz.

Herzinfarkt, stellte der Amtsarzt fest.

Daran starben die Alten, die keine Erben hatten, oder solche, die keine Kinder und keine Enkel in der Nähe hatten und die den Ort, an dem sie geboren und aufgewachsen waren, nicht verlassen wollten.

Nach seinem Tod war niemand vorstellig geworden, um Besitzansprüche geltend zu machen, und Felder und Wald waren im Lauf der Jahre verwildert und sahen aus wie früher, als die Häuser im Gebüsch verborgen lagen und die Felder, die dem steinigen Boden in jahrhundertelanger schweißtreibender Arbeit abgetrotzt worden waren, auf einmal hinter den Bäumen zum Vorschein kamen.

So gehörte der Catullo-Wald mittlerweile ein bisschen allen Bewohnern von Casedisopra. Der Großteil des Brennholzes, das im Dorf verbraucht wurde, kam von dort. Es war kein Diebstahl, es gab ja keinen Eigentümer. Man trug dazu bei, ein Mindestmaß an Gleichgewicht zu erhalten zwischen der Natur, die sich wiederzuholen versuchte, was ihr gehörte, und dem Menschen, der ihr das nicht zurückgeben wollte.

Aus dem Catullo-Wald kam nun Bertos Traktor, und darauf saß, außer Berto am Steuer, auch Adùmas. Der Hänger war mit Brennholz voll beladen, das vor Adùmas Holzschuppen abgeladen werden sollte.

Als der Traktor in den schmalen Weg einbog, der zum Haus führte, fluchte Adùmas: »O verdammt!«, sprang vom Traktor und rannte in Richtung Haus.

Auf dem Vorplatz schlenderten zwei Elben herum, besahen sich das Haus und diskutierten. Als sie Adùmas bemerkten, entfernten sie sich.

Er trat ihnen entgegen. Er packte den Größeren an seinem Kittel und brüllte ihm ins Gesicht: »Was zum Teufel wollt ihr beiden, immer schleicht ihr hier rum!«

Der Kleinere, fast noch ein Kind, blond und krankhaft blass, trat ein paar Schritte zurück. Eingeschüchtert von Adùmas' Reaktion.

Auch Berto kam dazu, er hielt den Traktor an, sprang herunter und löste Adùmas' Griff von dem Elben, der keinen Finger gerührt hatte und jetzt nur in rudimentärem Italienisch stotterte: »Nur spazieren. *Verboten?*«

»*Verboten*, ja! Das ist verboten! Auf meinem Hof ist das verboten! Vor allem, wenn ich nicht da bin! Geht dir das endlich in die Birne? Kapierst du das?«

»Lass ihn«, sagte Berto. »Er versteht nichts.«

»Der tut doch bloß so.«

Er ließ von ihm ab. Auch weil Berto die beiden Elben wegschubste. »Los, verschwindet.«

Im Haus, bei einem Glas Wein, das sie sich nach dem anstrengenden Holzabladen verdient hatten, erklärte Adùmas: »Die schnüffeln hier immer rum, die beiden. Vor ein paar Tagen erst und davor auch schon. Was wollen die hier? Ein paar Hühner sind weg ...«

»Bei mir auch«, sagte Berto beschwichtigend. »Der Fuchs, Dùmas, der Fuchs.«

Berto überlegte eine Weile, ob es dem, was er gerade berichtet hatte, noch etwas hinzuzufügen gab. Nein, eigentlich nicht. Er grüßte die Forstpolizisten mit einem Kopfnicken und wandte sich wieder seinem Kleebüschel zu. Die Tiere warteten schon.

»Du musst mit uns aufs Revier, Berto«, sagte der Inspektor.

»Jetzt? Und die Tiere?«

»Die verhungern schon nicht wegen zehn Minuten. Ferlin bringt dich wieder her.«

13

Eine Gewissheit, eine Gitarre …

Der Inspektor breitete ein paar Fotos auf dem Schreibtisch aus und zeigte sie Berto. »Und der hier?«

»Na ja, viel ist da nicht zu erkennen.« Er nahm zwei Bilder und versuchte, den Blick scharf zu stellen, indem er sie weiter weg und dann wieder näher vor die Augen hielt.

»Hast du keine Brille?«

»Ich brauche keine«, sagte er und reichte sie Marco Gherardini. »Es ist der Größere, der, den Dùmas am Kragen gepackt hat. Schaut übel aus, aber er ist es.«

»Bist du sicher?«

Berto nahm die Fotos noch mal in die Hand und betrachtete sie. »Wenn nicht, dann ist es sein Zwillingsbruder, der seine Kleider angezogen hat.« Er gab die Bilder zurück. »Kann ich jetzt gehen, Bussard?«

Marco gab keine Antwort. Er rief: »Ferlin, bring Berto nach Vinacce!«

Farinon wartete, bis Berto das Revier verlassen hatte, und sagte dann: »Etwas stimmt nicht.«

»Was denn?«

»Wenn Berto das richtig wiedergegeben hat, dann hat Adùmas zu ihm gesagt: ›Kommt drauf an, wie lang es dauert, ich suche jemanden.‹ Jemanden. In Vinacce waren zwei Elben.«

»Stimmt, aber …«

»Aber?«

»Einer ist tot, Farinon. Adùmas hat den anderen gesucht,

den Kleineren, Jüngeren.« Nach kurzem Überlegen murmelte er: »Wir müssen ihn finden, bevor er noch mal …« Er sprach nicht zu Ende.

Auch der Polizeihauptmeister hing seinen Gedanken nach. Dann sagte er: »Die Suche wird schwierig. Adùmas ist praktisch im Wald geboren und kommt dort bestens zurecht. Er wäre fähig, Jahre im Unterholz zu verbringen.«

»So jung ist er nicht mehr.«

»Bergbewohner wie Adùmas verfügen über Reserven, von denen wir nur träumen können.«

»Du vergisst, dass ich auch ein Bergbewohner bin.«

Sie schwiegen.

»Ich glaube, ich weiß, wie es gelaufen ist«, sagte Gherardini. »Er wollte die beiden Elben loswerden und hat sie verfolgt, um ihnen Angst einzujagen, ihnen vielleicht eine Lektion zu erteilen. Er entdeckt ihn auf dem Weg, bedroht ihn mit dem Gewehr, Streicher erschrickt, flüchtet und stürzt ab. Ich weiß, dass er ihm nichts tun wollte. Fahrlässige Tötung. In seinem Alter buchten sie ihn nicht mal ein.«

»Und warum haut er dann ab?«

»Wahrscheinlich ist ihm klar, dass er wegen dem toten Elben gesucht wird, und hat Schiss gekriegt. Jetzt muss man ihm nur klarmachen, dass ihn keine Schuld trifft …«

»Du vergisst das Schießpulver an den Händen des Toten«, sagte der Polizeihauptmeister. »Sollen wir ihn suchen?«

Der Inspektor sah auf die Uhr und dann aus dem Fenster. »Es wird bald dunkel. Viel schaffen wir nicht mehr.«

»Je mehr Zeit wir ihm lassen, umso schwieriger wird die Suche.«

»Ich glaube, ich weiß, wo er sich versteckt. Mit dem Auto kommt er ja nicht überall hin.«

»Ich glaube ja, dass er verrückt geworden ist«, brummte

Farinon, als er das Büro verließ. »Um wie viel Uhr morgen früh?«

»Sag Ferlin, er soll den Geländewagen volltanken. Um sieben muss er da sein.«

Gherardini verließ das Revier und machte sich auf den Weg zur Piazza, inzwischen ernsthaft in Sorge. Er hatte Gewissheiten, die er sich, als er am Morgen gekommen war, nicht hätte träumen lassen.

Auf der Piazza war Markt gewesen, der inzwischen aufs Ende zuging. Die letzten Stände schlossen, und die Händler räumten ihre Waren in die Lieferwägen. Viele waren schon abgefahren, die Spuren ihrer Anwesenheit lagen verstreut auf dem Boden, leere Schachteln und zerknülltes Papier, das ein leichter Wind in die Luft hob, ein Gefühl von Konfusion und Leere hinterlassend. Was dem Inspektor nicht missfiel.

Alle kannten ihn, und noch bevor er zu einem Aperitif bei Benito anlangte, gab es ein fortwährendes Grüßen und Händeschütteln.

»Hallo, Ghera!«

»Wie geht's, Bussard?«

»Guten Tag, Inspektor!« Und so weiter und so fort…

Er hatte noch Glück gehabt, dass niemand ihn um Informationen bat, weil er einen Baum fällen oder ein Feuer machen wollte, um Reisig zu verbrennen.

Die Flächen, die die Händler freimachten, nahmen umgehend die Elben in Beschlag. Von der anderen Seite der Piazza vernahm er Gitarrenklänge und eine mädchenhafte Stimme. Genau das Richtige, um seine Laune zu heben. Bussard ging direkt hin.

Er hatte sich nicht getäuscht. Elena, ihre Gitarre umgehängt, sang ein seltsames Lied. Auf dem Boden vor ihren

Füßen lag eine Mütze mit ein paar wenigen Münzen darin. Er sah Elena an. Die schulterlangen schwarzen Haare, in der Mitte gescheitelt, rahmten ein anmutiges Gesicht ein.

Ein bisschen klein, aber hübsch, dachte er, und er musste daran denken, was seine Mutter über eine junge Frau sagte, wenn sie nicht besonders auffiel, aber auf ihre Weise schön war: »Alles dran!« Was bedeutete, dass sie eine gute Figur hatte. Er dachte daran, wie er sie nackt gesehen hatte, als sie sich im Wald am Bach wusch.

Sie ist das erste Mädchen, das ich nackt gesehen habe, bevor…, dachte er. *Bevor was eigentlich?*

Er trat zu ihr. »Hallo Elena, wie laufen die Geschäfte? Wir sehen uns ziemlich oft in letzter Zeit.«

Die junge Frau hörte auf zu singen und streifte die Gitarre ab. »Schlecht, schau in die Mütze, die paar Kröten, dabei stehe ich den ganzen Tag hier.«

»Vielleicht gefällt den Leuten nicht, wie du singst.«

»Ach was, geizig sind sie, deine Dörfler.« Sie legte die Gitarre auf den Boden und hob die Mütze auf. »Da schau, das ist doch ein Witz. Ich singe mir die Kehle aus dem Hals für die… die paar… wie viel wird das sein? Kannst du vergessen.«

»Sag mal, hast du schon gegessen?«

»Na ja, heute Morgen ein bisschen Brot und Käse, und ich habe ein bisschen Wasser getrunken. Ich habe echt Durst.«

»Gänsewein, wie es so schön heißt. Kein Hunger?«

Elena sah ihn an. »Doch, ich hab Hunger. Und?«

»Dann lade ich dich zum Essen ein, bei mir zu Hause.«

»Bei dir? Ich dachte schon auf dem Revier.«

»Ich wohne ganz in der Nähe. Es ist spät, du kommst doch jetzt nicht mehr nach Hause. Wir essen was, und dann bringe ich dich mit dem Auto rauf.«

Elena steckte ihre paar Münzen in die Hosentasche und setzte sich die Mütze auf den Kopf. Es war eine grüne Samtkappe, geschmückt mit kleinen, bunten Vogelfedern. Sie nahm die Gitarre, stellte sie auf ihrem Fuß ab und musterte ihn skeptisch.

»Wenn es die Aufgabe der Forstpolizisten ist, sich um hilfsbedürftige junge Frauen zu kümmern, muss ich wohl meine Meinung ändern.«

»Du wirst einige Überraschungen erleben, wenn du mehr mit ihnen zu tun hast.«

»Die hatte ich schon.«

»Angenehme, hoffe ich. Los, entscheide dich. Ich bin Forstpolizist, kein Schutzmann oder Carabiniere, deine Freunde werden nicht über dich lästern. Außerdem koche ich nicht schlecht. Eine Frage nur: Bist du Vegetarierin?«

»Auf keinen Fall.«

»Dann ist ja alles klar. Komm, lass uns gehen!«

»Wie könnte ich die Einladung von jemandem ausschlagen, der mir das Leben gerettet hat?« Sie hängte sich die Gitarre um und machte sich an Gherardinis Seite auf den Weg.

»Hier wohne ich«, sagte Marco und bat sie herein. »Mach's dir bequem, ich decke schon mal den Tisch. Nein, hol doch den Wein aus dem Kühlschrank. Kannst du die Flasche öffnen? Der Korkenzieher ist in der Schublade da. Es ist ein korsischer Rosé aus Patrimonio. Ein Freund hat mir eine Kiste geschenkt, er stammt von hier, lebt aber in Korsika. Sein Großvater ist dorthin ausgewandert, er hat als Köhler gearbeitet und sich dann in Bastia niedergelassen. Der Wein ist sehr gut, besonders im Sommer, schön kühl. Schenk dir einen Schluck ein, wenn du Durst hast, und mir auch, ich fange jetzt mit Kochen an.«

»Wenn du mal loslegst, bist du nicht mehr zu bremsen.«

»Ich überspiele nur meine Aufregung.«

»Aufregung?«

»Du bist in meinem Haus, und wir sind allein ...«

Elena lachte und nahm einen Schluck.

»Wirklich gut«, sagte sie. »So einen habe ich schon lang nicht mehr getrunken. Bei uns droben haben wir nur den aus der Toskana aus dem kleinen Laden unten an der Straße. Ich mag ihn nicht besonders, aber manche Leute kaufen das Zeug. Die heißen bei uns ...«

»... Fuseltouris, ich weiß, hab ich schon gehört.«

Elena sah ihn überrascht an. »Was du alles weißt! Sag mal ...«, sie schien zögerlich, »darf ich dich um was bitten?«

»Klar!«

»Kann ich duschen? Ich war den ganzen Tag auf der Piazza, bei der Hitze und allem, ich bin verschwitzt und fühle mich schmutzig.«

»Mach nur. Die Dusche ist oben.«

Die Dusche hatte Gherardini ihr schon selber nahelegen wollen, aber dann hatte er sich nicht getraut. Er fürchtete, sie könnte gekränkt sein. Er hatte Elena gesehen, als sie sich am Bach wusch, zusammen mit dem anderen Mädchen, der Deutschen, aber es war Sommer; im Winter, das wusste er, konnten sich die Elben nicht immer waschen, da sie kein fließendes Wasser hatten. Mag sein, dass sie sauber waren, aber der Kleidung, die nicht oder nicht richtig gewaschen wurde, haftete dieser abgestandene Geruch an, der ihn an seine Kindheit erinnerte, als die Leute auch kein fließendes Wasser hatten. Damals müffelten die Kleider und folglich auch die Menschen, die sie trugen. Das Dialektwort dafür hieß *rumadgo*, von *aromatisch*, aber es war eine ganz andere Art von Aroma. Bei dem Gedanken musste er lächeln.

Oben hörte er das Wasser rauschen.

Marco nahm ein paar Scheiben Kalbfleisch aus dem Kühlschrank und legte sie auf das Schneidbrett. Er bestäubte sie mit Mehl, belegte jedes Stück mit einer dünnen Scheibe Schinken und einem Blättchen Salbei, das er in dem Beet direkt am Haus gepflückt hatte, und steckte alles mit einem Zahnstocher zusammen. Anschließend hackte er Knoblauch und Petersilie, mischte grobes Salz darunter und gab alles in kleinen Häufchen auf die Täublinge, die er aus einer Schüssel genommen hatte.

Alles war fertig für die Pfanne.

Oben rauschte das Wasser nicht mehr, und ihm fiel ein, dass er Elena kein frisches Handtuch gegeben hatte.

»Elena!«, rief er. »Ich hab das Handtuch vergessen! Du findest eins im Schrank!«

»Ich brauche keins. Hab mich schon abgetrocknet. Bin gleich fertig!«

Kurz darauf kam sie herunter.

Sie war in eines von Marcos Hemden geschlüpft, das ihr bis halb über die Oberschenkel reichte, wie ein Minirock.

»Das hab ich gefunden«, sagte sie. »Es trocknet mich, außerdem riecht es gut.«

Gherardini sah sie an. Unter dem feuchten Hemd zeichneten sich ihre kleinen Brüste ab, drängten gegen das Gewebe, die Brustwarzen wölbten sich, als wollten sie sich durch den Stoff bohren.

»Ich hätte dir besser ein Handtuch geben sollen.«

»Warum?«

»Darum... Egal, ich bin hier gleich fertig. Das Menü besteht aus *Saltimbocca alla romana* – beziehungsweise nach Forstpolizistenart – und Pilzen. In dem Fall Täublingen. Ebenfalls gebraten. Setz dich, ich schneide gleich das Brot auf.«

Er schnitt von einem Laib toskanischem Brot, dem ungesalzenen, ein paar Scheiben ab, während Elena das Fleisch und die Pilze auf den Tellern anrichtete. Er schenkte Wein nach, und schweigend ließen sie es sich schmecken.

14

… ein Abendessen, und die Jagd beginnt

»Ich habe leider nichts Süßes als Nachtisch da. Das ist nicht meine Stärke. Ich bin mehr für Salziges.«

»Ich auch.«

Marco Gherardini steckte sich eine Zigarette an. »Magst du auch eine?«

»Ja klar.«

Er gab ihr Feuer. »Und, hat es dir geschmeckt?«

»Köstlich und mehr als genug, wie man so sagt.«

Der Inspektor stieß den Rauch aus. »Du hast irgendwas davon gesagt, dass es bei den Elben nicht mehr so ist wie früher oder so ähnlich. Warum?«

»Du lässt nicht locker, was? Hab ich das echt gesagt?«

»Ja, ich glaube.«

»Kann sein, dass ich das gesagt habe, aber ich bin erst seit einem guten Jahr da oben. Keine Ahnung, wie es vorher war.«

»Darf ich dich fragen, warum du raufgezogen bist?«

Elena sah ihn an. Sie drückte die Zigarette aus und senkte dann den Kopf. »Das ist eine lange …«

»… und komplizierte Geschichte, ich weiß. Lange, komplizierte Geschichten sind ein bisschen meine Spezialität. Aber wenn du nicht magst …«

»Nein, das ist es nicht. Nur … Also, vor zwei Jahren, so ungefähr«, sagte sie und spielte mit der Gabel, »hatte ich mich in einen Jungen verliebt. Und wie das halt so ist, wir haben miteinander geschlafen und …«, sie holte tief Luft, »… ich wurde schwanger.«

»Ah ja. Und dann?«

»Dann das Übliche. Er hat sich in Luft aufgelöst, und meine Eltern haben einen Aufstand gemacht, das kannst du dir ja denken, was für ein Skandal, ich war noch keine zwanzig, vielleicht hatten sie ja recht. Sie ...«

Er nahm ihre Hand. »Was ist dann passiert?«

»... sie haben mich gezwungen abzutreiben ...« Elena stockte und fing an zu weinen. »Ich war noch nicht zwanzig, ich hab noch studiert, wie hätte ich denn ... und dann der dauernde Streit zu Hause, ich war die Familienschlampe, mein Vater schrie mich an, ›du gehst nicht mehr aus dem Haus!‹ ... Na ja, irgendwann bin ich abgehauen und hier raufgekommen und ...« Sie konnte nicht weitersprechen, die Tränen rannen ihr über das Gesicht.

Gherardini stand auf und nahm sie in den Arm. »Komm, beruhig dich, hör auf, du bist raus aus der Geschichte, trink noch einen Schluck, ganz ruhig.«

Elena hob den Kopf. »Entschuldige, das wollte ich nicht, es ging mir grade so gut, bitte entschuldige. Hast du ein Taschentuch?«

Er sah sie an. Wie schön sie war mit den tränennassen Augen und Wangen.

»Ich hol dir eins.« Dann schlang er seine Arme plötzlich fester um sie und küsste sie.

Es war ein langer, inniger Kuss, für beide. Als sie sich voneinander lösten, sahen sie sich an.

»Wer bist du nur?«, fragte er.

»Nein, wer bist du!«, gab sie lächelnd zurück.

Sie küssten sich wieder.

Gherardini erhob sich und fasste ihre Hand. »Komm, lass uns raufgehen«, sagte er.

Sie duftete nach Frische und Jugend. Als er in sie eindrang, behutsam, entfuhr Elena ein kleines lustvolles Stöhnen.

»Was hast du denn da in dir drin, Honig?«, flüsterte er.

»Pschsch, küss mich lieber«, sagte sie.

Sie liebten sich lange, langsam.

Danach lagen sie nebeneinander und streichelten sich.

Marco betrachtete sie und bemerkte ein kleines Lächeln auf ihren Lippen. »Woran denkst du?«

»Glaubst du mir, wenn ich dir sage, dass ich seit damals, was ich dir erzählt habe, mit niemandem geschlafen habe?«

»Zwei Jahre ohne ...« Er stand auf.

»Zwei Jahre ohne ... Wo gehst du hin? Komm her, bleib da.«

»Ich wollte die Zigaretten holen, aber die sind unten. Egal.« Er trat ans Fenster. »Komm du zu mir, das musst du dir anschauen. Draußen ist alles voller Glühwürmchen.«

Um halb sieben ging er hinunter. Der Schein der Morgendämmerung, die sich hinter den Bergen im Osten ankündigte, färbte im Westen den Gipfel des Monte del Paradiso rot.

Der Monte del Paradiso ist anders als die anderen Berge ringsum. Er ist bis fast zum Gipfel bewaldet, der allerdings ist nackt, wie von Wind und Wetter blankgefressen, und bildet mit seinen horizontalen Felsschichten eine gewaltige natürliche Treppe himmelwärts. Hin zum Paradies eben, bloß dass man nicht ganz ins Paradies gelangt, aber es ist beinah so, als könnte es geschehen.

Er war oft oben, und jedes Mal versetzte ihn die Aussicht, die sich ihm bot, von neuem in Erstaunen: Nichts stand dem Blick im Weg.

Viele im Dorf schworen, an manchen besonders klaren Tagen sei das Meer greifbar nah.

Er hatte das nie erlebt.

Der letzte Hof dort, wo die Vegetation aufhört und die Treppe hin zum Paradies anfängt, heißt Purgatorio, Fegefeuer. Vielleicht weil der abgelegene Hof wahrhaftig ein Fegefeuer ist. Oder vielleicht weil das Fegefeuer vor dem Paradies kommt. Vielleicht auch um das Spiel von Leben und Tod weiterzuspinnen.

Purgatorio war schon seit so vielen Jahren verlassen, dass sich nur die Alten noch an den Namen erinnerten. Dann war Florissa hingezogen …

Jeden Morgen, gleich nach dem Aufstehen, warf Marco einen Blick auf den Monte del Paradiso, fast ohne es zu merken, und er glaubte fest, dass, wenn der Gipfel klar zu sehen war und sich scharf vor dem blauen Himmel abzeichnete, auch der angehende Tag schön sein würde. Sowohl vom Wetter her als auch für ihn persönlich.

Manchmal geschah das auch. Marco war nicht sicher, ob es an diesem Tag auch so sein würde.

Er stellte Elena Frühstück hin: Kaffeepulver, Kaffeemaschine, ein wenig Milch in einem Schälchen und eine halbe *ciambella*, einen süßen Kringel. Auch wenn die *ciambella*, die er vor ein paar Tagen bei Giorgio im Dorfladen gekauft hatte, nicht ofenfrisch war. Für ein Frühstück ging das allemal, fand er.

Er hatte Elena im Bett zurückgelassen. Sie schlief zugedeckt auf der Seite, die Beine angezogen, der Kopf zur Brust geneigt. Sie hatte nicht mitbekommen, dass sie inzwischen allein war.

Als Marco mit dem Frühstück für Elena fertig war, machte er sich auf den Weg.

Er wurde erwartet, einen ganzen Tag wollten sie in den Bergen nach Adùmas suchen.

Er konnte sich was denken. Wer weiß, vielleicht dachte er ja richtig.

Auf dem Revier empfingen ihn Kaffeeduft und Farinons »Guten Morgen«. Aus dem ironischen Ton und dem Schmunzeln im Gesicht des Polizeihauptmeisters folgerte er, dass sie Bescheid wussten. Und in der Tat: »Na, gut geschlafen?«

»Ich schlafe immer gut.«

»Auch zu zweit?«

Der Inspektor gab keine Antwort und widmete sich dem Espresso, den Ferlin ihm gerade zubereitet hatte. Nach dem ersten Schluck sagte er: »Was für ein Dorf von Lästermäulern. Kann man denn nicht mal mit jemand zu Abend essen, ohne dass es gleich die halbe Welt weiß?«

»Seit wann nennt man das Abendessen?« Auch Ferlin hatte mitreden wollen.

»Können wir los, nachdem jetzt jeder seinen Senf dazugegeben hat?«

Sie fuhren los. Inspektor Marco Gherardini und der Polizeihauptmeister.

Zu Ferlin, der schon mal vorausgegangen war, sagte er: »Du nicht. Das Revier muss besetzt sein.«

»Goldoni ist doch da …«, wandte der junge Mann ein.

»Goldoni hat anderes zu tun.«

»Wo fangen wir an?«, fragte Farinon, als sie im Auto saßen, der Inspektor am Steuer.

»Ich könnte mir denken, dass er in der Ca' Storta untergeschlüpft ist«, meinte er und fuhr los.

Kurz hinter Casedisopra bogen sie in den Weg ein, der unter einem Blätterdach weiter bergauf führte. Morgenkühle strömte zum Fenster herein.

Die Federung stöhnte auf dem steinigen Weg, über den

jahrhundertelang Kühe getrampelt und Karren gerattert waren, auf dem Hinweg mit Weizen, auf dem Rückweg mit Mehl beladen.

»Wie kommst du auf die Ca' Storta?«, fragte Farinon.

»Wenn er den jungen Elben sucht, den Berto mit dem Streicher gesehen hat, ist die Ca' Storta der bequemste Platz zum Übernachten und liegt mehr oder weniger zentral zwischen den Elbendörfern. Außerdem ist es ziemlich weit nach Casedisopra und unbewohnt seit …« Er unterbrach sich. Er hatte sagen wollen: *Seit Francesca weggegangen ist.*

Er konnte sich noch gut an seinen letzten Besuch in der Ca' Storta erinnern.

Es war keine schöne Erinnerung. Wenn nicht Adùmas gekommen wäre, wäre er womöglich für immer dort geblieben.

Es ging um etwas Vergangenes, das noch nicht so lange her war, dass es in Vergessenheit geraten wäre, um eine junge Frau, Francesca, an die er noch lang gedacht hatte, um einen skrupellosen Kriminellen …

Mit einem Wort, eine lange, komplizierte Geschichte, um es mit Bussard zu sagen.

»Ich kann mir nicht vorstellen, dass Adùmas …«

»Wir müssen ihn finden. Die Antwort kann nur er uns geben.«

Der Inspektor parkte an einer Wegbucht. Farinon nahm das Fernglas aus dem Handschuhfach, sie stiegen aus, und nach etwa hundert Metern zu Fuß sahen sie das Haus, etwas weiter unten und ziemlich nah.

Es lag auf der Hand, warum man die Ca' Storta – schiefes Haus – so getauft hatte. Die Fassade neigte sich beängstigend zum Hang hin, als ob ein Riese dem Haus eine Ohrfeige verpasst hätte. Das Dach saß einwandfrei und waagrecht dort, wo es hingehörte.

»Irgendwann fällt das Haus ein«, hieß es im Dorf. »Dann heißt es Ca' Crollata, das eingefallene Haus.«

Es war schon immer da und immer schief, es saß seit Jahrhunderten auf dem Fels und hatte noch nie einen Riss bekommen.

»Nicht mal beim Erdbeben von sechsundzwanzig«, erinnerten sich die Alten, auch wenn niemand wusste, welches sechsundzwanzig. Neunzehnhundert? Achtzehnhundert? Oder noch früher?

Farinon inspizierte das Haus durchs Fernglas. Er schüttelte den Kopf und sagte: »Das Auto ist nirgends zu sehen.« Er reichte Gherardini das Glas.

»Es müsste beim Heuboden unter dem Vordach stehen. Das sieht man von hier aus nicht.« Er suchte weiter. »Könnte sein, dass er da ist. Die Tür ist zu, aber die Fensterläden sind halb offen, im Erdgeschoss und im oberen Stock.« Er gab Farinon das Fernglas zurück. »Das Haus ist so gebaut, dass jeder, der sich nähert, dort vom Küchenfenster aus gesehen werden kann. Auch deshalb könnte Adùmas sich für hier entschieden haben. Wir gehen durch den Wald. Du von oben, ich von unten.«

Es war kein leichter Weg. Das Unterholz war im Lauf der Zeit immer dichter geworden, und auch wo früher Pfade gewesen waren, hatte sich das Gestrüpp sein Terrain zurückerobert.

Gherardini gelangte von hinten an den Heuboden. Adùmas' Auto stand nicht da.

Farinon stieß zu ihm und berichtete: »Ich habe durch die Fenster gesehen. Da ist niemand.«

Der Inspektor deutete auf den Platz vor dem Haus. Das Gras stand hoch, und ein paar besonders hartnäckige Büsche hatten Wurzeln geschlagen. In der Mitte und ab dem

Vordach des Heubodens waren deutlich Reifenspuren eines Autos zu sehen.

»Wir sind zu spät gekommen.«

»Oder er hat damit gerechnet, dass wir kommen. Ich hab's doch gleich gesagt. Der kann gut in den Wäldern bleiben.«

Die Haustür war nicht abgeschlossen, das Schloss war uralt. Drückte man einen Hebel, der herausragte, hob sich der Fallriegel, und schon war man drin.

Auf dem Tisch Brotkrümel, ein paar schmutzige Teller, Salamihaut. Zwei Gläser, der Boden rot vom Wein, und ein Bündel in Packpapier.

Bussard öffnete es. Ein paar Äpfel, ein Stück trockenes Brot, ein Salamizipfel, an dem er schnupperte.

»Ob sie zu zweit sind?«, überlegte Farinon. »Hat er ihn schon gefunden?«

»Das Zeug hier ist alt. Die Salami riecht ranzig, und der Bodensatz in den Gläsern ist trocken. Das Brot auch«, sagte Gherardini und deutete auf ein weiteres Glas am anderen Tischende. Am Boden ein Tropfen helle Flüssigkeit. Er schnupperte daran. »Adùmas' Grappa. Er war hier, hat aber den, den er sucht, nicht gefunden.«

Sie gingen hinaus.

Eine hölzerne Leiter lehnte am Heuboden. Sie kletterten hinauf.

In einer Ecke war das Heu kürzlich verschoben worden.

»Da hat er geschlafen«, sagte Marco. Er zeigte hinaus: Von hier aus überblickte man den Weg, der zur Ca' Storta führte.

Er wühlte im Heu und entdeckte Adùmas' Rucksack.

Der Inspektor versuchte, das Heu wieder ordentlich hinzuschichten. »Falls er zurückkommt …«

Sie stiegen wieder hinunter.

Die Sonne wurde langsam stärker, und der Weg war nicht einfach gewesen.

Sie setzten sich vor dem Stall auf den Rand der Tränke. Schweigend.

15

Abendessen fällt aus

Sie setzten sich in den Wagen.

»Eins noch, Bussard«, sagte Farinon. »Tagsüber werden wir ihn nicht finden. Er ist dauernd unterwegs, mit dem Auto oder zu Fuß.«

»Wir müssen ihn erwischen, wenn er nachts Rast macht«, pflichtete Gherardini bei. »Und uns versuchen vorzustellen, wo er bleiben könnte. Zum Beispiel: Heute Nacht war er in der Ca' Storta, wo geht er dann heute hin, um den Elben zu suchen?«

»Von der Ca'Storta aus ist Campetti der Ort, der den Elben am nächsten liegt. Wetten, dass er schon dort ist?«

Sie machten sich auf den Weg.

Der übliche Fußmarsch von der Landstraße, wo sie den Wagen stehen ließen, bis Campetti.

Sie hatten recht gehabt. Früh am Morgen, gegen halb acht, war Adùmas bei Paolino aufgekreuzt.

»Was wollte er?«

»Er hat was von einem Elben gesagt«, antwortete Paolino vage, »den ich in Campetti nie gesehen habe.«

»Hatte er Gewehr und Patronengurt dabei?«

Paolino überlegte. »Ich weiß nicht, da hab ich nicht drauf geachtet.«

»Nimmst du mich auf den Arm? Hatte er das blöde Gewehr, ja oder nein?« Paolino äußerte sich nicht dazu. Der Inspektor änderte seine Taktik. »Paolino, wir sind nicht verantwortlich für das, was Adùmas getan oder nicht getan hat, weder du noch ich. Wir sollten uns nicht auch noch selbst in die Bredouille bringen.«

»Verflucht sei der Tag, an dem Cornetta nicht nach Hause gekommen ist!«, rief Paolino. Seine Stimme klang unwillig, als würde er am liebsten gar nicht reden. »Er hatte es dabei, ja, verdammt noch mal!«

Gherardini und Farinon gingen zu Pietra, der mit seiner Frau Crepuscolo immer noch an dem baufälligen Haus werkelte, in dem sie eines Tages mit ihrer Familie wohnen wollten. Der kleine Narwain lag auf einem Tuch, das sie vor dem Haus im Gras ausgebreitet hatten. Er schmatzte an einem Stück Brot, das ziemlich hart sein musste, so wie er mit seinen Zähnchen darauf herumkaute.

»Ja«, erklärte Pietra, »ich kenne Adùmas. Wollte nicht trinken, war eilig. Er hat einem Elbe gefragt. Er sagt, ein sehr junge Elbe, blond und sehr blass.«

Gherardini und Farinon gingen auch nach Borgo, um Giacomo zu befragen, aber er war nicht da. Er sei seit zwei Tagen fort, erklärte Paolino. Oben in Collina di Casedisopra, um beim Aufbau des Rainbow-Festivals zu helfen. Der Tag rückte näher, und es gab viel zu tun.

»Giacomo ist wie der Streicher«, bemerkte Gherardini auf dem Rückweg zum Auto. »Es gibt ihn, aber kein Mensch hat ihn gesehen.«

Am Ende eines Tages mit vielen Fußmärschen kehrten sie aufs Revier zurück, wo die beiden Forstpolizisten eine Lagebesprechung abhielten.

»Soweit ich verstanden habe«, sagte Farinon, »wechselt Adùmas frühmorgens seinen Standort und versteckt sich dann, damit er nicht Gefahr läuft, uns zu begegnen. Er weiß, dass wir ihn suchen. Ist dir aufgefallen, dass ihn niemand nachmittags gesehen hat?«

»Wir starten morgen früh um vier, dann sind wir in Purgatorio, bevor Adùmas in sein Auto steigt.«

»Warum Purgatorio?«

»Er ist nach Campetti gefahren und hat dort in irgendeinem Versteck Halt gemacht. Nach Campetti könnte die zweite Etappe am ehesten bei den Elben von Pastorale gewesen sein. Und Pastorale am nächsten liegt Purgatorio. Er kennt jemanden, bei dem er übernachten kann. Bei dem er auch etwas zu essen bekommt. Ich glaube nicht, dass Adùmas Zeit hatte, viel Zeug einzupacken.«

Sie machten Feierabend, und auf dem Weg hinaus betonte Gherardini noch mal: »Um vier. Ich nehme Ferlin mit, du nimmst dir morgen frei.«

»Was ist los, Bussard? Gehöre ich jetzt von einem Tag auf den anderen zum alten Eisen?«

»Ich nehme Ferlin mit«, sagte Bussard laut. »Es wird Zeit, dass er sich auf den Hosenboden setzt und was lernt, wenn er bei den Carabinieri Karriere machen will.«

»Wenn, dann geht ihr beide zu den Carabinieri«, sagte der junge Forstpolizist ebenso laut. Er stand in der Küche und half Goldoni, das Abendessen zu machen.

Gherardini wartete das Essen nicht ab.

Er wollte zu Elena.

Er fand sie nicht vor. Dafür einen Zettel auf dem Tisch: *Danke für alles, Elena.*

Sie hatte gefrühstückt und war gegangen.

Er hatte keine Lust, sich etwas zum Essen zu machen, und entschied sich für Benito. Er hatte schon zu viele Tage nicht mehr dort gegessen, und die Lust auf Adeles Küche machte sich bemerkbar.

Er sah Benito in dem kleinen Korbsessel direkt vor dem

Eingang zum Lokal sitzen, wie er mit einem Glas Roten in der Hand die Passanten grüßte. Oder mit blöden Bemerkungen bedachte, die nicht immer die Privatsphäre oder die Würde der armen Adressaten wahrten, unter Missachtung sämtlicher Konventionen und mit einer Stimme, die ohne weiteres auch am anderen Ende der Piazza zu hören gewesen wäre.

Auch er sah Gherardini schon von weitem und schrie: »Bussard, Bussard!«

Der Inspektor war mies gelaunt, was gar nicht seinem Wesen entsprach. Der Tag, der hinter ihm lag, war Grund genug. »Was ist denn, man hört dich im ganzen Dorf. Du hockst nur hier rum und gehst den Leuten auf den Sack.«

Als Antwort erwiderte Benito nur: »Ihr Forstpolizisten habt ein schönes Leben, was, Bussard?«

»Ja, solang uns niemand nervt.«

Benito hörte gar nicht zu. Er führte oft Selbstgespräche. »Dein Freund sitzt drin, er wartet schon eine ganze Weile.«

»Mein Freund? Welcher Freund denn?«

»Sind die Elben nicht deine Freunde? Du hängst doch in letzter Zeit immer bei denen rum. Und nimmst sie sogar mit nach Hause«, sagte er und grinste über den Klatsch. »Er sitzt vor einem halben Liter Roten, und alles macht einen Bogen um ihn. Du weißt ja, die duften nicht immer nach Rosenwasser.«

»Hast du schon mal an dir selber gerochen? Los, lass mich durch.«

Er ging hinein, da saß Joseph mit nachdenklicher Miene an einem Tisch, ein Glas vor sich. Als Gherardini auf ihn zuging, hob Joseph grüßend die Hand und grinste spöttisch: »Guten Abend, Kommandant.«

Gherardini blieb stehen. Er musterte ihn kurz.

»Ich kommandiere niemanden, ich bin nur Inspektor.«

»Komm, setz dich, Inspektor, lass uns ein bisschen plaudern. Unser letztes Treffen war zu kurz.«

Gherardini setzte sich. »Oder zu lang, kommt auf den Blickwinkel an. Du hast inzwischen ja sehr gut Italienisch gelernt.«

Der Elbe lachte und warf den Kopf zurück. »Ach, das ist nur ein Spielchen« – er schlug wieder einen krassen deutschen Akzent an – »echt lustig, so reden. Nein, ich spreche eure Sprache sehr gut. Der Zufall will es, dass meine Mutter Italienerin ist und nur Italienisch mit mir gesprochen hat, als ich klein war, so habe ich es perfekt gelernt. Du weißt ja, die Sprache ist vor allem die Sprache der Mutter. Aber mein Vater war Deutscher, und ich bin in Deutschland aufgewachsen, so kommt es, dass ich zweisprachig bin, mein lieber Inspektor.«

»Und warum hast du dich bei mir verstellt?«

Joseph wedelte mit der Hand. »Einfach so, ein Spiel, ein Spaß, hab ich doch gesagt.«

»Du wolltest zu mir?« Und als keine Antwort kam: »Na dann, weiterhin viel Spaß.« Er stand auf.

»Nein, warte.« Joseph wurde ernst. »Weißt du inzwischen was über den jungen Mann, der tot im Wald unten an dem kleinen Steilhang lag, nicht weit vom Bach? Wer war das?«

»Du scheinst die Stelle ja gut zu kennen. Was interessiert dich denn der arme Kerl?«

»Nur so, reine Neugier.«

»Neugier ist fehl am Platz. Da wird irgendjemand tot aufgefunden, und du willst wissen, wer das ist.«

Der Elbe beugte ausweichend den Kopf, trank einen Schluck Wein und sah Gherardini an, dann lächelte er: »Das ist doch nur so dahingesagt. Reg dich ab, Bussard … So nennt man dich, habe ich gehört. Woher kommt das?«

»Das ist eine lange, komplizierte Geschichte.« Gherardini erwiderte den Blick und sah den Deutschen fest an. »Du bist ein komischer Kauz. Du tust, als könntest du nicht gut Italienisch, nur so, zum Spiel. Aber mit wem spielst du, mit mir oder mit den anderen Elben? Du sagst, er interessiert dich nicht, aber dann stellst du Fragen über den Toten und behauptest, auch das sei nur so dahingesagt. Was willst du wirklich von mir, wenn du dir sogar die Mühe machst und ins Dorf runterkommst?«

Der Deutsche hob die Handflächen vor sich. »Nein, nein, oben ist nur nicht viel zu tun, die Leute reden, wir sind eine kleine Gemeinschaft, die in Frieden leben will, und die Geschichte mit dem Toten bringt uns früher oder später Ärger ein. Und dann ist es schon eine Weile her, dass sie ihn gefunden haben beziehungsweise dass der mit der Ziege ihn gefunden hat, und man weiß immer noch nicht, wer es ist. Du bist doch von der Forstpolizei, oder?« Gherardini sparte sich die Antwort. »Wieso ermittelst du dann, du musst dich doch um anderes kümmern, oder? Keine Ahnung, um Pflanzen, die Tiere im Wald… Was ist denn mit den Carabinieri und der Polizei? Die sind für so einen Fall doch besser ausgerüstet. Ermitteln sie denn auch, haben sie mehr rausgekriegt als du?«

Gherardini stand auf. »Ausfallend kannst du auch sein, wenn du willst. Wenn du Informationen von der Polizei oder den Carabinieri willst, dann frag sie doch und lass deine Neugier an denen aus. Wiedersehen.«

Er hatte keine Lust mehr zu essen und verließ das Lokal. Seine schlechte Laune war noch schlechter geworden. Er wurde nicht schlau aus diesem Typen, diesem halb italienischen Deutschen.

»Ein nettes, duftendes Gespräch, was, Bussard?«, blaffte Benito ihn an.

»Du kannst mich mal, Benito.«

»Riechst du nicht Adeles berühmten Stockfisch?«, rief Benito ihm nach. Gherardini kümmerte sich nicht darum. »He, Bussard! Der ist heute besonders gut!«

»Iss ihn selber.«

»Hab ich schon. Deswegen sage ich ja, dass er besonders gut ist.«

16

Florissa und Fiorellino

Erst hatte er überlegt, Polizeimeister Ferlin mitzunehmen, aber jetzt wollte er doch lieber alleine fahren. Er hatte keine Lust auf eine Fahrt mit großenteils überflüssigem Geschwätz.

Bevor er sich in den Geländewagen setzte, warf Marco einen Blick zum Himmel. Im Westen sammelten sich allmählich Wolken. Nach Regen sahen sie nicht aus.

»Gut so.«

Es war kein Vergnügen, bei Regen auf den ramponierten Forstwegen in den Bergen unterwegs zu sein.

Er ging noch mal zurück und zog vorsichtshalber doch eine Militärjacke an, die bis zu den Knien reichte, mit vielen Taschen und einer Kapuze, die im Kragen versteckt war und ihm bei Bedarf nützlich sein würde.

Nach Purgatorio führte ein holpriger Weg, der Ruin einer jeden Radaufhängung, aber der Geländewagen ließ sich davon nicht beeindrucken. Zumindest hoffte Gherardini das. Das Auto fuhr hinauf, dass es ein Vergnügen war.

Schon von weitem bemerkte der Inspektor Anzeichen dafür, dass Florissa noch in Purgatorio wohnte.

Erstens am Gemüsegarten. Er war gut in Schuss, ein Rechteck mit Radicchio, dann die Tomaten- und Bohnenstangen, die verästelten Zucchinipflanzen.

Vor der weit offenen Haustür scharrten ein paar Hühner.

Und in der Nähe grasten mehrere Ziegen in einem notdürftig mit rot-weißem Absperrband eingezäunten Areal, das Florissa sonst wo herhatte.

Die junge Frau hatte nicht immer in Purgatorio gewohnt. Als sie vor fünf Jahren in die Gegend gekommen war, hatte sie anfangs bei den Elben in Pastorale gelebt. Sie war schwanger geworden und hatte die Gruppe nach der Geburt verlassen. Warum, hatte sie nie erzählt. Nicht mal Bussard, den sie als Freund betrachtete und der ihr schon sehr geholfen hatte.

Sie hatte sich mit ihrer kleinen Tochter in Purgatorio eingerichtet, einem verlassenen Gehöft am Monte del Paradiso, weit unterhalb der Stufen, die zum Gipfel führten, und lebte von dem, was sie selbst erzeugen konnte und was die Natur ihr bot: Blaubeeren, Walderdbeeren, Himbeeren, Pilze …

Neben dem Gemüsegarten und ein paar Hühnern hatte Florissa auch ein paar Ziegen; sie gaben Milch für Käse und Ricotta, die sie zusammen mit den Waldfrüchten an den Markttagen in Casedisopra verkaufen konnte. Im Großen und Ganzen kam sie zurecht.

Als der Wagen auf dem Vorplatz anhielt, stob das Federvieh gackernd auseinander, und in der Tür erschien Florissa.

Sie war wie immer nachlässig gekleidet und barfuß, die offenen Haare fielen unter einem im Nacken geknoteten Kopftuch lang über den Rücken.

An der Hand hielt sie die kleine Fiorellino – Blümchen –, ein Jungenname, aber für Florissa passte das.

Florissa kannte den Wagen der Forstpolizei, beunruhigt ging sie Marco langsam entgegen, der ausgestiegen war.

»Was machst du hier, Bussard?«, fragte sie alarmiert.

Marco gab keine Antwort. Er sah Fiorellino an und lächelte. »Die Kleine wächst und gedeiht. Wie alt ist sie jetzt?«

»Vier, aber warum kommst du? Irgendein Problem wegen mir?«

»Kein Problem, Florissa. Ich wollte dich einfach mal wiedersehen, hören, wie es dir und der Kleinen geht …«

Florissa entspannte sich, beugte sich zu ihrer Tochter hinunter und gab ihr einen Kuss und wandte sich um in Richtung Haus. »Komm, wir gehen rein. Magst du was zu trinken? Heute ist es sogar hier oben heiß.«

Der Inspektor folgte ihr, ohne zu antworten.

Im Haus war nicht viel. Ein paar alte Möbelstücke, zurückgelassen vom letzten Bewohner, der schon lange ausgezogen war; neben dem Kamin auf dem Fußboden ein geflochtener Weidenkorb, der früher als Heukiepe gedient hatte und heute als Holzkorb diente; ein uraltes, vom Gebrauch glänzendes steinernes Spülbecken, bei dem das Spülwasser durch die Hausmauer direkt ins Freie floss; auf der Ablage des Beckens ein Tontopf, zugedeckt mit Packpapier, darin wahrscheinlich abgekochte Milch mit einer dicken Schicht gelblichem Rahm; in einem Winkel mehrere Kisten Anschürholz und Holzkohle für den kleinen gusseisernen Herd, der auf der Fensterbank stand und auf dem Florissa das Essen kochte und die Milch für die Kleine wärmte; auf dem Tisch ein Teller Himbeeren; über der Spüle hing eine kupferne Suppenkelle …

Das alles weckte in Bussard eine vage, ferne Erinnerung, die in seiner Kindheit begraben lag und vielleicht zum Haus seines Großvaters gehörte. Die Erinnerung tauchte auf und war da und plötzlich Wirklichkeit, und fast rührte sie ihn.

»Wie geht's dir?«, fragte er.

Florissa flüsterte dem Kind etwas ins Ohr, und Fiorellino sauste los und hinaus vors Haus.

»Wie groß dein Fiorellino geworden ist.«

»Es ist ein Mädchen, Bussard, hast du das vergessen?«

»Ich weiß. Du könntest deiner kleinen Tochter so allmählich die Welt zeigen, was meinst du?«

Die Frage beunruhigte Florissa. »Bist du deshalb hier? Wegen ihr?«

»Nein, das hab ich doch gesagt. Keine Sorge. Ich meine nur, weil das Kind größer wird und auch andere Menschen um sich braucht ...«

»Ich hab schon drüber nachgedacht, aber ich weiß nicht, wo ich hinsoll. Hier habe ich mein Haus ...«

»Es gibt doch andere Elben, andere Möglichkeiten zu wohnen. Sie haben auch Kinder ...«

»Ich war ja bei ihnen, aber ...« Sie sprach nicht weiter.

»Da hat sich viel geändert, ihr würdet euch bei ihnen wohlfühlen, ihr beiden.«

Beruhigt sagte Florissa: »Ich habe frische Ziegenmilch, magst du ein Glas?«

»Nein danke, ich bin in Eile. Sag mal, hast du hier in der Nähe jemanden gesehen?« Florissa schüttelte den Kopf. »Erinnerst du dich an Adùmas?« Sie nickte. »Hast du ihn irgendwo gesehen?«

Ja, Adùmas hatte sie gesehen. Vor zwei Tagen. Er war gegen Abend angekommen, hatte auf ihre Einladung hin etwas gegessen und sich später im Heu zum Schlafen gelegt.

»Er hätte ruhig auch im Haus schlafen können, ich habe eine Matratze, für den Fall, dass jemand vorbeikommt. Aber da war nichts zu wollen. Als ich aufstand, war Adùmas schon weg. Er hat nicht mal ein Glas Milch getrunken.«

Wieder eine überflüssige Fahrt. Ihm war klar, wie Adùmas handelte, aber es war sein Schicksal, dass er immer zu spät kam. Auf der Rückfahrt war der Himmel vollständig mit hellen Wolken bedeckt, und der aufkommende Wind schob sie hin und her.

Schöner Tag, um durch die Gegend zu fahren. Der alte Spinner wird irgendwann keine Lust mehr haben.

Gherardini dachte daran, im Revier anzurufen, es könnte ja Neuigkeiten geben. Er glaubte immer noch oder hoffte vielmehr, dass Adùmas auftauchte.

Natürlich kein Empfang. Klar, hier in den Bergen. »Tolle Annehmlichkeit, das Handy«, brummte er und sah auf die Uhr. Zehn. »Wenigstens weiß man, wie spät es ist.«

Um elf war er in Stabbi verabredet. Das war bequem zu schaffen.

Wie man eben so sagt. Die Fahrt würde lang dauern, und die Sonne machte allmählich ernst.

Irgendwann ist diese Geschichte auch erledigt.

So weit es möglich war, fuhren sie mit dem Geländewagen.

Gherardini nahm die Mappe mit den neuen Fotos vom Rücksitz, die aus dem Obduktionssaal stammten, und bog in den Pfad ein.

Er dachte daran, wie es gewesen war, als er noch nicht gezwungen war, Waldwege entlangzugehen, als das ein abenteuerliches Spiel war. Er träumte davon, dass es wieder so werden würde. Vielleicht bald, in Anbetracht der Lage der Forstpolizei.

Hoffentlich ist die Geschichte erledigt, bevor die Forstpolizei vom Erdboden verschwunden ist. Und aus dieser Gegend hier.

Aber er musste sich beeilen. Allzu viel Zeit ließen sie ihm nicht mehr.

Der Weg war ziemlich gut begehbar. Auch dank der Elben.

Mangels Nutzung verschwanden die Pfade, früher die einzige Verbindung zwischen den Bergdörfern oder abgelegenen Höfen und Casedisopra. Jahrhundertelang. Zahlreiche Wege, die sich das Brombeergestrüpp einverleibt hatte, existierten längst nur noch auf alten Karten.

Als die Elben sich niedergelassen hatten, waren die alten Wege wieder notwendig geworden und durchzogen seitdem wieder Wälder und Berge.

Ein schönes Gefühl.

Er merkte, dass sich die Gedanken rund um die Suche nach Adùmas in einen versteckten Winkel seiner Aufmerksamkeit verkrochen hatten.

Verkrochen!

Das Wort erinnerte ihn an etwas. »Da muss ich nachschauen«, sagte er bei sich.

17

Noch eine unergiebige Zusammenkunft

Zerstreut folgte er den letzten Gesprächen oder vielmehr Diskussionen zwischen den verschiedenen Elben über das Rainbow-Festival.

Als sie ihn ohne weitere Erklärungen einluden, hatte Gherardini das Angebot angenommen: Es war eine gute Gelegenheit, sich die Elben näher anzuschauen und vielleicht dahinterzukommen, was sie zu verbergen hatten und warum sie dabei so beharrlich waren.

Deshalb war er da, er wollte sie beim Sprechen beobachten. Vor allem die Elben, die er schon kannte: Giacomo, Joseph, Elena, Nicola, Helga, die junge Deutsche. Aber auch die anderen, denen er noch nie begegnet war. War es möglich, dass niemand den Streicher kannte? Casedisopra war keine Großstadt. Dort lief einem praktisch jeder vor die Füße, und zwar oft. Das war sein Hauptgedanke jenseits der Äußerungen über das Fest. Gherardini war einverstanden mit dem, was sie immer wieder gesagt hatten, dass sie unbedingt den Wald in Ruhe lassen und sauber hinterlassen mussten, dass sie auf eventuelle Lagerfeuer gut aufpassen mussten, bei dieser Trockenheit. Aber seine Gedanken kehrten immer wieder zu diesem Typen mit dem Gesicht im Dreck, mit gebrochenem Genick, Schmauchspuren an den Händen und zu den selbstgebastelten Patronen zurück.

Er beobachtete die Leute. Elena erwiderte den Blick, in ihren Augen lag ein Leuchten, das anders war, es war komplizenhaft, vielleicht zärtlich.

Giacomo war da, der Hersteller von Sandalen, die er nicht verkaufte, »Wir tauschen alles«, hatte er gesagt, und viele trugen diese Sandalen, auch der Tote hatte sie angehabt. Wie war er zu ihnen gekommen, was hatte er dafür getauscht, wenn niemand wusste, wer er war?

Dann Joseph, der Deutschitaliener, der so getan hatte, als könnte er nicht richtig Italienisch, als er, Marco, zum x-ten Mal vergebens die Fotos aus der Gerichtsmedizin herumgezeigt hatte, auf denen das Gesicht des Toten deutlich zu sehen war. Joseph hatte die Fotos ein bisschen länger betrachtet als die anderen; oder war ihm das nur so vorgekommen?

Alle hatten nur einen kurzen Blick auf die Bilder geworfen, auch Elena und ihre Freundin Helga und Nicola.

Er stellte fest, dass Nicola der Einzige war, von dem er den Familiennamen kannte: Benelli. Von den anderen Anwesenden wusste er nicht mal die Vornamen.

Es war eine ziemlich große Gruppe, eine Versammlung fast aller Elbendörfer des Tales diesseits und jenseits des Flusses. Sie saßen im Kreis auf dem Boden und ließen hin und wieder eine Zweiliterflasche Wein herumgehen, von dem Marco aus Höflichkeit ein klein wenig gekostet hatte.

Männer und Frauen, fast alle jung oder sehr jung. Einen Chef gab es nicht, keinen, der denjenigen, die mitreden wollten, das Wort erteilte oder entzog; sie hoben nacheinander die Hand und sagten ruhig ihre Meinung, und die Diskussion wurde entspannt geführt, mit großer Toleranz und gegenseitigem Respekt.

Jetzt schwieg der Letzte, der gesprochen hatte.

Gherardini, der gedankenverloren nicht richtig zugehört hatte, merkte, dass alle ihn ansahen und seine Meinung hören wollten.

»Es scheint, ihr seid alle einverstanden«, sagte er. »Ich

hoffe, dass die Regeln, die wir aufgestellt haben, befolgt werden. Das ist alles.«

»Das ist gar nicht alles«, sagte Giacomo. »Wir hätten auch unter uns bleiben können, ohne jemanden zu informieren. Dir haben wir Bescheid gegeben, weil wir wollten, dass du hier zuhörst, wir wollten aber auch deine Argumente und eventuelle Einwände hören. Wir tun das nur, um deutlich zu machen, dass wir Frieden wollen mit den Einheimischen, auch wenn es dort, wo wir wohnen, kaum mehr welche gibt, und mit den Behörden. Wir danken dir, dass du gekommen bist, aber du hast ein bisschen zerstreut gewirkt. Hab ich recht?«

»Mag sein. Ich musste an den bedauernswerten Kerl denken, ihr wisst schon. Kann es wirklich sein, dass niemand von euch etwas weiß, dass ihn nie jemand gesehen hat? Ist da etwa ein Gespenst plötzlich in Casedisopra aufgetaucht, nur um abzustürzen und zu sterben?«

So war es nicht, und das wusste Bussard. Jemand hatte den Streicher gesehen. Mindestens zwei Personen: Berto, der Bauer auf dem Hof unweit von Vinacce, wo Adùmas wohnte. Außer er hatte ihnen einen Bären aufgebunden. Und Adùmas.

»Soweit ich weiß, wurde er in Ca' del Bicchio nicht gesehen. Es kommen schon seit einiger Zeit keine Neuen.« Ein schmächtiger blonder Junge mit wirrer Rastafrisur hatte sich zu Wort gemeldet. »Was meinst du, Bosco, und du, Armonia?«

»Doch, einer ist erst seit Kurzem da: Solitario«, sagte die junge Frau namens Armonia, eine anmutige Erscheinung in weitem Jeansrock und geblümter Bluse. Sie sprach mit auffallendem piemontesischem Einschlag, der in dieser Umgebung seltsam fremd klang.

»Stimmt«, sagte Biondorasta. »Hatte ich vergessen. Aber Solitario schaut dem von dem Foto echt nicht ähnlich.

Außerdem ist er lebendig, ich habe ihn heute Morgen gesehen, bevor ich hier runter bin. Lebendig und fit.« Er grinste. »Na ja, so richtig fit nicht. Halt wie immer.«

»Bei uns ist er vielleicht nie vorbeigekommen. Ca' del Bicchio ist auf der anderen Seite des Flusses, ziemlich weit.«

»Es ist tatsächlich ziemlich weit, wir haben fast eine Stunde her gebraucht«, bestätigte Bosco.

»Kann sein, aber ihr auf der anderen Seite des Flusses wusstet sofort von dem Toten, der hier gefunden wurde.«

Alle lachten.

»Neuigkeiten, die uns betreffen, verbreiten sich wie ein Lauffeuer, sie kommen taufrisch an, ohne Telefon oder den ganzen anderen Mist, den ihr braucht«, sagte Nicola in unterschwellig feindseligem Ton. »Man erfährt sofort überall, wenn in einem Dorf was los ist, wenn jemand krank ist, wenn bei unseren Leuten ein Tier Probleme hat, wenn jemand schwanger ist, wenn ein Kind geboren wurde, wenn jemand gestorben ist …«

Er unterbrach sich, und Gherardini ergriff das Wort.

»Eben, jemand ist gestorben, aber kein Mensch weiß etwas über den Toten.«

»Ich hab dir doch gesagt, dass er vielleicht ein Streicher war«, sagte Elena und sah ihn an. »Und von denen wissen auch wir nicht viel.«

»Stimmt. Streicher kommen und gehen, sie bleiben mal einen Tag oder auch eine Woche, sie integrieren sich nicht«, sagte Joseph. »Jedem steht es frei, zu kommen und zu gehen, wir führen nicht Buch über die Neuzugänge, wir verlangen keinen Ausweis. Wir sind freie Menschen und wollen das bleiben. Deswegen sind wir ja hier. Na ja, ich würde sagen, für heute reicht es, mir wenigstens.« Er erhob sich. Hob, auch zu Gherardini, grüßend die Hand.

Joseph hakte sich bei Helga und Nicola unter und sagte auf Deutsch zu Helga: »*Trau nie einem Bullen.*« Er warf Bussard einen Blick zu. »*Vor allem, wenn er so jung und gutaussehend wie Bussard ist. Sie bleiben immer Bullen, und was immer sie auch sagen, sie sagen es, um dich reinzulegen.*«

»Sprich doch Italienisch, Joseph, dann verstehen dich alle«, sagte Nicola. »Was hast du zu meiner Freundin gesagt?«

»Ich habe gesagt: Ich liebe dich und möchte dich heiraten. Ist schon gut, Nicola«, erwiderte Joseph und lachte wie immer schallend.

»Du lachst, du bist aber echt nicht witzig.«

»Ich weiß, aber ich sage, was Sache ist. Wie euer Bussard«, sagte Joseph, legte Helga und Nicola die Hände auf die Schultern und ging mit ihnen weg.

Gherardini sah ihnen nach und machte sich dann ebenfalls auf den Weg.

»Ich komme ein Stück mit«, sagte Elena.

Elena ging auf dem schmalen Weg Schulter an Schulter mit Marco. Er genoss dieses leise Berühren.

»Was hat Joseph zu Helga gesagt?«, fragte Marco.

»Ich weiß es nicht, ich kann kein Deutsch. Nur das Wort *Bulle* hab ich verstanden. Das verwendet Joseph oft.«

»Damit meint er also mich, er hat ja auch Bussard gesagt. Kennst du diesen Typen gut, diesen Joseph?«

Elena blieb stehen. »Mensch, Bussard, machst du mich jetzt zu deiner Informantin?« Sie ging weiter. »War ein Scherz. Ja, ich kenne ihn, seit er da ist, er ist ein paar Tage nach Nicola gekommen. Er ist ein bisschen unbekümmert, aber ganz in Ordnung.«

Eine Weile gingen sie schweigend nebeneinander her. Dann fing Elena wieder an: »Du wirkst unzufrieden.«

»Mehr unbefriedigt als unzufrieden. Ich werde einfach nicht schlau aus der Geschichte. Ich habe mit einem Toten zu tun, dem ich keinen Namen geben kann, wie soll ich da den finden, der ihn umgebracht hat?«

Elena blieb stehen. »Wann lädst du mich denn wieder zum Abendessen ein? Oder hast du die Nacht etwa schon vergessen?«

Bussard sah sie zärtlich an. Er strich ihr über die langen schwarzen Haare und legte ihr die Hände auf die Schultern. »Wie sollte ich unser Zusammensein vergessen können?«

»Dann lad mich noch mal ein.« Sie lächelte. »Ich hab an dem Abend wirklich gut gegessen.«

Marco zog sie an sich. Sie küssten sich.

»Komm, wann du magst.« Er strich ihr ein letztes Mal übers Haar. »Ich gehe jetzt besser«, sagte er und wollte weiterlaufen.

»Warte.« Marco sah sie an, und sie deutete mit dem Kopf zum Himmel. »Es ist Essenszeit. Was hältst du davon, wenn erst mal ich dich einlade?«

»Keine schlechte Idee. Appetit hätte ich …«

»Erwarte nicht weiß Gott was. Ein Elbenmittagessen, mit hiesigen oder selbstgemachten Zutaten.«

»Solang sie essbar sind …«

Elena wohnte in Stabbi. Ein kleines Haus mit dicken Mauern aus Stein, an ein größeres angebaut. Zwei Zimmer im Erdgeschoss. Ein Pultdach, dessen obere Kante an das größere Haus anschloss. Nur zwei Fenster neben der Tür. Beides ziemlich kleine Öffnungen.

In Fachkreisen nennt sich diese Art zu bauen »spontane Architektur«. Mit der wachsenden Familie wurden an das ursprüngliche Gebäude weitere Zimmer angebaut, und das

Ergebnis waren verschachtelte Räume, eine Erweiterung, die sich in das Bestehende einfügte. Heraus kam ein ansprechendes Konglomerat von geordneter Unordnung.

Elena hatte die beiden Zimmer eingerichtet, so gut es ging. Ein Tisch, vier Stühle, eine alte Anrichte … Ein paar hölzerne Obstkisten, mit der Öffnung nach vorn aufeinandergestapelt, so dass man an die Dinge gelangte, ohne die Kisten jedes Mal bewegen zu müssen. Darin waren mehrere Töpfe und Pfannen, Besteck, ein paar Tischdecken, schwere Messer, wie man sie zum Schneiden von Fleisch oder zum Zerkleinern von Gemüse braucht.

Auf drei Brettern an der Wand gegenüber der Haustür lagen getrocknete Blumensträußchen und Beeren, auch kleine Käfige und Tiere, sorgfältig aus biegsamen Ginsterzweigen geflochten.

Auf dem Boden unter den Regalbrettern Weidenkörbchen und die Tasche der Gitarre, die an der Wand lehnte.

An der Wand neben der Spüle hingen verschiedene Pfannen. Auf der anderen Seite des Beckens hatte Elena einen kleinen Eisentisch installiert, oben die Kochplatten, darunter die Gasflasche. Im Fenster stand ein kleiner gusseiserner Kohleherd.

Marco sah ihn sich näher an und hob ihn hoch.

»Bei uns gab es auch so einen«, sagte er.

»Ich benütze ihn im Sommer, um Gas zu sparen.«

»Ich weiß nicht, ob ich so leben könnte«, gestand Marco, »und ich frage mich, ob es sich lohnt.« Nach einer kurzen Pause: »Warum machst du es?«

»Irgendwann erkläre ich es dir.« Sie trat zu ihm und hob den Kopf, um seine Lippen zu berühren. »Wie war das noch mal – das ist eine lange, komplizierte Geschichte.« Sie lächelte. »Jetzt mache ich uns was zu essen.«

Die Tür des anderen Zimmers stand offen, und Marco warf einen Blick hinein. Zwei einzeln stehende Betten, zwei ebenfalls einzeln stehende Nachtkästchen, ein Schrank mit angelehnten Türen und etwas von der Wand abgerückt.

Marco ging zu dem Schrank und schob ihn an die Wand, langsam schlossen sich die Türen. »Sag ich ja immer: Es braucht einen Mann im Haus«, meinte er und kehrte in die Küche zurück. »Da sind zwei Betten …«

»In einem schläft Helga. Sie wohnt hier, solange Nicola das Haus renoviert.«

»Warum ist sie nicht hier?«

»Du hast doch mitgekriegt, dass sie Nicola und Joseph hilft. Ich habe sie gefragt, ob es ihr was ausmacht, wenn ich dich zum Mittagessen einlade. Sie hat gesagt: ›Ich helfe Nicola.‹ Sie ist eben diskret.«

18

Bei den Elben geschieht Seltsames

Er kannte die Elben. Von klein auf hatte er von ihnen gewusst, aber nur vom Hörensagen. Als sich seine Eltern in der Gegend niederließen, misstrauten sie wie viele Einheimische dieser Neuerscheinung und legten keinen Wert darauf, dass er Kontakt mit ihnen hatte.

Er hatte mit den Elben in der Zeit eines Amtsantritts als Leiter der Forstinspektion zu tun gehabt, aber die Kontakte waren formal geblieben. Ein paarmal musste er überprüfen, ob sie privates Eigentum, ob von Einheimischen oder nicht, oder öffentliches Eigentum beschädigten. Es hatte keine Schwierigkeiten gegeben, sie waren hergezogen, um dort oben zu leben, und achteten auf ihre Umgebung. Oft konsequenter als die Urlauber.

Er hatte auch schon bei anderen Gelegenheiten an den Versammlungen teilgenommen, die die Elben selbst oder die örtliche Verwaltung abhielten, um bestimmte Verhaltensregeln aufzustellen.

Die Einladung zum Mittagessen in eines der Häuser war überraschend gekommen, und er hatte sie angenommen, ohne genau zu wissen, was ihn erwartete.

Am Ende bereute er es nicht.

Das Essen, das Elena in kurzer Zeit zubereitet hatte, weckte Erinnerungen an früher, an Geräusche, Gesten und Gerüche, die er auch zu Hause gehört, gesehen und gerochen hatte. Zum Beispiel das rhythmische Geräusch des Wiegemessers auf dem Schneidbrett, wenn Gewürzkräuter wie Thymianblättchen, Rosmarin und Salbei und Knoblauch zerkleinert wurden. Und wie sich Elenas Schultern bewegten, während sie alles miteinander wiegte und ein paar Tropfen Öl und Ziegenricotta hinzufügte.

»Den habe ich von Paolino aus Campetti«, hatte sie erklärt. »Von seiner Cornetta.«

Der angenehme Geschmack des Ricottas, leicht geschärft von einem Hauch Chili »aus meinem Garten«, die sie in die Schüssel gebröselt hatte, bevor sie ihn zusammen mit ein paar heißen Salzkartoffeln auf den Tisch gestellt hatte.

Neben dem Ricotta und den Kartoffeln lagen in Ringe geschnittene Frühlingszwiebeln – »auch aus dem Garten« –, die sie zum Weinen gebracht hatten.

»Mach die Zwiebeln an, wie du magst. Ich gebe nur ein paar Tropfen Öl und eine Prise Salz drauf. Kein Essig. Passt nicht zum Ricotta.«

Marco ließ es sich schmecken. Inklusive Gänsewein.

»Ich hab keinen Wein«, hatte sie sich entschuldigt. Also gab es Quellwasser.

Als sie vom Tisch aufstand – »Jetzt hätte ich noch Beeren anzubieten. Magst du welche?« –, kam sie Marco bekümmert vor.

»Sehr gern«, beruhigte er sie. »Besser als bei Adele«, sagte er und wurde mit einem Lächeln belohnt.

Elena holte die Beeren, und Marco wischte so lange die letzten Spuren der Öl-Ricotta-Mischung mit einem Stück Brot aus der Schüssel.

Elena stellte eine Schale Waldbeeren auf den Tisch, die Saft gelassen hatten, Erdbeeren, Blaubeeren und Himbeeren.

»In Blaubeeren stecken jede Menge Mineralstoffe und Vitamine ... Ihre antioxidativen Eigenschaften schützen vor freien Radikalen ...«

»Ich habe nichts gegen freie Radikale …«, bemerkte er.

»Du spinnst, das solltest du nämlich. Sie sind für das Altern der Zellen verantwortlich. Blaubeeren enthalten auch Anthocyanidine, die die Sehkraft verbessern …«

»Ich weiß. Im Krieg haben sie die Piloten der britischen Jagdbomber mit Blaubeeren vollgestopft, damit sie während der nächtlichen Angriffe besser sehen.«

»Stimmt das, oder verarschst du mich schon wieder?«

»Ich schwör's.«

Zufrieden fuhr Elena fort. »Himbeeren wirken entzündungshemmend, senken das Cholesterin, beugen Falten vor …«

»Du siehst nicht so aus, als würdest du das brauchen.«

»… und stärken die Blutgefäße. Die Folsäure beugt Haarausfall vor, und die Ellagsäure ist ein Antioxidans, das das Wachstum von Tumorzellen hemmt, vor allem im Darm …«

»Na, wenn das so ist …«, unterbrach Marco sie und zog die Schale mit den Beeren zu sich her.

Sie aßen zusammen, aus derselben Schale und mit nur einem Löffelchen. Eins für mich, eins für dich.

Am Ende nahm Elena die Schale in beide Hände und hielt sie Marco hin, damit er den letzten Schluck Saft schlürfen konnte, den die Beeren hinterlassen hatten.

»Jetzt bleibe ich lange gesund«, sagte er. »Glaubst du wirklich an alle diese Zauberkräfte?«

Elena schüttelte den Kopf. »Nein, aber ich hoffe auf sie. Lass mich träumen, deswegen bin ich doch hier.«

Marco zog sie an sich und küsste sie. Ein paar Tropfen der kostbaren Flüssigkeit wanderten von seinen zu Elenas Lippen.

Sie küssten sich wieder.

Allmählich ging die Sonne unter.

In der Tür sagte Marco, bevor er ging: »Was hast du eigentlich mit den seltsamen Sachen gemeint, die bei euch passieren?«

»Du vergisst aber auch nie, dass du Polizist bist. Hm … seltsame Sachen, seltsames Verhalten, ich weiß nicht, es ist mehr ein Gefühl als was Reales. Und …« Sie sprach nicht weiter.

»Und was?«

»Helga, du weißt schon, meine deutsche Freundin, die fast kein Italienisch kann, ist öfter bei Joseph.« Sie sprach nicht weiter, als wäre das Gespräch zu Ende.

»Sollte mich das interessieren?«

»Sie hat mir erzählt, dass er eine Pistole hat. Ich habe nicht viel kapiert, sie spricht ja kaum Italienisch. Aber soviel ich verstanden habe, versteckt Joseph in seinem Haus eine Pistole. Und das passt echt nicht zu einem Elben.«

Langsam wanderte Marco zum Auto zurück. So wie der Tag bisher verlaufen war, hatte er scheinbar keine Ergebnisse in Aussicht gestellt, doch dann hatte er sich gewendet und ihm ein weiteres Fragezeichen beschert. Nur um eine Geschichte, die schon knifflig genug war, noch kniffliger zu machen.

Joseph hatte eine Pistole. Wozu brauchte er die?

Um den Streicher zu töten, hätte er kein Gewehr gebraucht.

Oder hatte er außer der Pistole auch ein Gewehr?

Ziemlich unwahrscheinlich. Wie er ihn einschätzte, war Joseph nicht der Typ, der ein altes Schießeisen mit selbstgeladenen Patronen sein Eigen nannte. Wenn er ein Gewehr hatte, dann ein modernes und mit industriell gefertigter Munition.

Adùmas strich einstweilen immer noch auf der Jagd nach jemandem durch die Wälder. Und er, der Inspektor, verpasste ihn jedes Mal. Fast als wüsste Adùmas das und machte sich einen Spaß daraus. Als würde er ihn herausfordern: »Ich war übrigens da, in der Ca' Storta, in Pastorale und bin schon wieder weg.«

Es gab noch einen Ort, an dem Marco ihn vermutete. Vielleicht kam Adùmas nicht in den Sinn, dass er ihn kannte. Kaum jemand kannte ihn, und im Lauf der Jahre, mehr als siebzig inzwischen, war er in Vergessenheit geraten.

Auch das Wetter schien an diesem Tag der erzwungenen Wanderungen durch den Apennin seine Meinung zu ändern. Die Wolken, die sich am Morgen vom Westen her gesammelt hatten und keinen Regen zu bringen schienen, waren gegen Abend dunkel geworden.

Marco Gherardini brauchte für den Weg bis zum Auto länger als gedacht. Die Gedanken hatten seinen Schritt verlangsamt, und vereinzelt fielen erste Regentropfen.

Das hat gerade noch gefehlt, nach so einem unnützen Tag.

Nicht ganz unnütz. Die zweite Hälfte war angenehm gewesen. Das Mittagessen bei Elena.

Er dachte inzwischen ein bisschen zu viel an Elena.

Umgekehrt auch, wie er aus der Aufmerksamkeit schloss, die sie ihm schenkte. Und aus den Informationen, die sie ihm gab.

Vorausgesetzt, sie stimmten. Wie Josephs Pistole, aber …

Aber hatte Helga richtig gesehen? Und hatte Elena richtig verstanden, was Helga ihr erzählt hatte, mit ihren paar Brocken Italienisch?

Jetzt machte der Regen ernst, und Marco zerrte, ohne die Jacke auszuziehen, die Kapuze aus der verborgenen Tasche am Kragen und zog sie sich über den Kopf.

Er ließ die Gedanken beiseite und beschleunigte den Schritt.

Viel nutzte es nicht. Als er den Wagen erreichte, lief ihm das Wasser über das Gesicht.

Marco sah zum Himmel. Keine Hoffnung, dass das Wetter sich in der Nacht ändern würde.

Morgen früh muss ich auf jeden Fall wieder los.

Keine besonders verlockende Aussicht.

Vielleicht hatte der Regen auch sein Gutes. Adùmas würde sein Versteck nicht verlassen.

Gherardini fuhr nicht aufs Revier. Er rief von zu Hause aus an, noch bevor er aus der Jacke schlüpfte, die angeblich wasserdicht war, aber eine leichte Feuchte durchgelassen hatte.

Farinon ging an den Apparat. »Gefunden?«, fragte er sofort. Er hatte die Nummer auf dem Display erkannt.

»Gerochen. Er hat die Nacht in Pastorale verbracht, bei Florissa. Erinnerst du dich an sie?« Farinon brummte irgendwas, das ja heißen sollte. »Er ist zeitig wieder weg. Ich glaube, ich weiß wohin.« Farinon wartete darauf, es zu erfahren, aber der Inspektor beendete das Gespräch: »Ich ziehe jetzt erst mal meine Klamotten aus und dusche. Hast du Lust auf einen Kaffee bei mir, bevor du nach Hause gehst? Morgen muss ich sehr früh los und werde dann einen langen Marsch hinter mir haben, wenn ich aufs Revier komme.«

Farinon trat ein, ohne anzuklopfen. Bussards Haustür war nie abgesperrt. Er traf ihn am Tisch sitzend an, mit einem Gläschen Grappa. Vor ihm lag ein quadratisches Blatt Papier.

»Was ist das für eine Landkarte?«

»Das ist keine normale Landkarte. Es ist eine Karte des geomilitärischen Instituts, 1:25000. Von Florenz. Wir backen kleine Brötchen. Sie ist 1986 neu herausgekommen, aber die Gegend ist so unwegsam, dass sie sich kaum verändert haben dürfte«, erklärte Gherardini.

Farinon warf einen Blick darauf. Es handelte sich um eine Region an der Grenze des Gemeindegebiets. Darauf waren Wege, Saumpfade, Wildbäche und sogar Quellen eingezeichnet. Nicht alles stimmte mit den tatsächlichen Gegebenheiten überein, aber im Großen und Ganzen entsprach die Karte der Lage.

Er hatte ein kleines Gebiet gelb eingekringelt, in der die Höhenlinien besonders nah nebeneinander verliefen. Was bedeutete, dass es zu der markierten Stelle steil bergauf ging.

»Und du glaubst, dass er da oben ist?«

»Ich bin fast sicher. Kennst du die Gegend?«

Farinon sah sich die Karte noch einmal genau an. »Nein, da war ich noch nie. Da oben sind nur Schluchten und Steilhänge. Keine Menschenseele.«

»Magst du?«, fragte Marco und deutete auf das Glas.

»Den versprochenen Kaffee mag ich.«

Marco machte Farinon einen Kaffee, und während beide tranken, informierte Marco seinen Kollegen über den unnützen, nassen Tag.

»Na ja, ganz unnütz auch wieder nicht. Morgen früh dürfte das bescheuerte Katz- und Mausspiel mit Adùmas vorbei sein.«

»Bis zum Nachmittag ist Regen angesagt.«

»Gut so. Dann bleibt er, wo er ist. Alles in Ordnung auf dem Revier?«

»Im Rahmen. Soll ich mitkommen?«

»Nicht nötig. Es reicht, wenn einer nass wird.«

19

Ca' del Bicchio

Manchmal sind die Wettervorhersage und das Wetter zwei Paar Stiefel. Um fünf Uhr morgens war der Himmel klar. Nass würde er trotzdem werden, aber nicht vom Regen. Von den Tropfen auf den Blättern entlang der Pfade, auf denen er laufen würde.

Wie auch sonst fuhr er so weit, wie es mit dem Geländewagen zu schaffen war, bis ein paar Kilometer vor seinem Ziel. Er stieg aus, setzte seine Mütze auf, hängte den Rucksack um …

Viel hatte er nicht eingepackt, eine Feldflasche mit Wein… Wasser würde er unterwegs mehr als genug finden. Ein Kanten Brot und ein Stück Käse, zwei Äpfel, Taschenmesser, die 1:25000-Karte und einen Kompass für den Fall, dass sich das Wetter gemäß Vorhersage verschlechterte und die Wolken so weit herunterkamen, dass sich die Sicht verringerte.

Außen am Rucksack hing ein Pickel mit kurzem Griff. Seiner Erinnerung nach lag die Stelle, zu der er wollte, auf halber Höhe eines steilen Hangs, da würde ihm der Pickel gute Dienste leisten.

Vielleicht waren die Vorsichtsmaßnahmen übertrieben, aber den Bergen darf man nicht blind vertrauen.

Er bog in einen Pfad ein, den er nur deshalb fand, weil er in der Karte eingezeichnet war. Nach wenigen Schritten blieb er stehen. Der Weg war längst mit Bodenvegetation zugewachsen.

Er fluchte leise. Das Wandern mochte er, er war immer

schon gern durch seine Wälder gewandert, aber was er wegen dieser Geschichte laufen musste, war ein bisschen zu viel.

Wo steckte er bloß, der kauzige Alte, dieser Anarcho?

Das Gemeindegebiet erstreckte sich über vierundsiebzig Quadratkilometer, und mehr als neunzig Prozent davon waren Wald. Es war die Suche nach der berühmten Stecknadel im bekannten Heuhaufen.

Gherardini blieb stehen, um Atem zu schöpfen und nachzudenken.

Der Wald ist ein Labyrinth, wenn du ihn nicht kennst.

Nun, er kannte ihn gut, den Wald, er hatte ihn oft erkundet, er wusste, wo die Bäche und die Kastanienhaine waren und wo sich die Pflanzen änderten und dass es früher wenig Tiere gegeben hatte und jetzt viele, aber Teufel noch eins, vierundsiebzig Quadratmeter sind kein Pappenstiel.

Das war so viel, dass sogar die Deutschen im Krieg Mühe hatten, die Partisanen aufzuspüren, und als sie mit der Säuberung begannen, da hatte dieser Typ, der Held, wie hieß er noch mal, Giovanni Balboni, kaum zwanzig, verwundet, die Deutschen – die *crucchi* – oben am Pass mit einem Maschinengewehr und einem Stapel Munitionsgurte in Schach gehalten, tödlich verwundet, aber noch lebendig genug, und er hatte den anderen Partisanen zugeschrien: »Verschwindet, haut ab, ich geb euch Deckung!«

Als er die Munition verschossen hatte, starb er. Er musste dran glauben, weil er an ein Italien glaubte, das anders war als das, zu dem es dann werden sollte.

Die anderen hatten ihr Leben gerettet, weil sie sich im Schutz dieses mutigen Mannes absetzen konnten, aber nicht alle waren geflohen, so hatte man ihm erzählt.

Dort gab es die Buca del Fosso, eine natürliche Aushöhlung seitlich einer Bachböschung, keine richtige Grotte, aber fast. Ein Mann passte hinein. Ein Unterschlupf, wie ihm plötzlich einfiel, und genau da hatte Adùmas' Vater sich verkrochen.

Wetten, wie der Vater, so …

Jetzt war er sicher.

Beschwingt setzte er seinen Weg fort.

Vage erinnerte er sich, wo die Stelle war. Er ging das Bachbett entlang, auf das er gestoßen war, und stieg noch ein Stück hangaufwärts.

Er entdeckte den weißen Gedenkstein auf dem Pass.

Bloß eine Erinnerung an dieses Ereignis und die so lang zurückliegende Tat.

Er ging weiter am Wasser entlang, erst bergab und dann erneut hinauf.

Da endlich meinte er, die Buca del Fosso gefunden zu haben. Der Bach machte hier einen Sprung, ein schmales Rinnsal fiel herunter, das im Winter wahrscheinlich ein richtiger, wilder Wasserfall war.

Eine Erle stand fast im Wasser, aber die war zu Kriegszeiten bestimmt noch nicht da gewesen. Dafür gab es blühende Ginsterbüsche, die ihren starken, ein wenig unangenehmen Geruch verströmten. Seitlich davon entdeckte er die Aushöhlung.

Um hinzugelangen, zog er seinen Rucksack und die Mütze aus und hängte beides an einen dicken Aststumpf, holte den Pickel aus dem Rucksack und begann abzusteigen. Unten waren frische Stiefelspuren.

Er bückte sich, steckte den Kopf in die Höhle und sah hinein. Drinnen waren die gleichen Spuren.

Die Buca del Fosso hatte kürzlich Besuch gehabt.

Adùmas war nicht da.

Er war da gewesen. Bussard war wieder mal zu spät gekommen.

Wieder mal ausgetrickst.

Ihm fiel nichts mehr ein, wo er Adùmas noch suchen sollte. Es schwand auch die Hoffnung, dass er nicht noch mehr Mist bauen würde.

Er stieg wieder hinauf und rastete kurz, um Atem zu schöpfen, bevor er sich den Rucksack wieder umhängte.

Als er das Auto erreichte, stand die Sonne schon hoch.

»Diese Wettervorhersage… Das Wetter macht einfach, was es will, und unsere Vorhersage sagt vorher, so gut sie kann.«

Er setzte sich auf einen Felsbrocken und machte Brotzeit, umgeben von der Stille der Berge und einer Natur, die scheinbar noch ursprünglich war.

Scheinbar, denn in Wirklichkeit war auch dort der Krebs angekommen, der die Natur fraß: die Umweltverschmutzung.

Trotzdem wäre es schön gewesen, wenn er nicht das Problem mit Adùmas gehabt hätte. Das ihn darüber nachdenken ließ, wohin der Alte nach der Buca del Fosso hätte gehen können.

Er studierte die Karte.

Die Buca del Fosso war grob geschätzt zwei, drei Kilometer Luftlinie von Ca' del Bicchio entfernt. Genauso weit wie die anderen Plätze, an denen Adùmas nachts untergeschlüpft war: die Ca' Storta und Purgatorio.

Er suchte einen Weg, der ihn ohne allzu große Anstrengung ans Ziel führte. Er hatte sich schon zu sehr verausgabt, und der Tag war noch lang.

»Also dann, auf nach Ca' del Bicchio…«, beschloss Bussard.

Ihm wurde bewusst, dass er bei seiner Suche nach Adùmas eine falsche Strategie angewandt hatte. Er hätte ihm voraus sein, nicht ihm folgen müssen. Überlegen, wo er wohl hingehen würde, und dann vor ihm da sein.

Auch Ca' del Bicchio war nicht mit dem Auto, sondern nur zu Fuß zu erreichen.

»Warum zum Teufel suchen die sich keine bequemeren Orte!«

Elena hätte geantwortet: »Weil wir Elben sind und alles Bequeme auf der Suche nach einer anderen Lebensart verlassen haben.«

Ca' del Bicchio. Ein winziges Dorf am Rand des Gemeindegebietes, weit abgelegen auch von der nächsten Straße. Ein paar Steinhäuser, aneinandergedrängt, als würden sie sich gegenseitig stützen, verlassen bis vor vielen Jahren. Die letzten Bewohner waren Bauern gewesen, ein Ehepaar, das Gherardini ab und zu in Casedisopra gesehen hatte. Von Geburt an hatten sie möglichst weit weg vom Dorf entfernt gelebt. Die weiteste Reise hatten sie auf einer Bahre auf den Schultern des Totengräbers von Casedisopra bis zu einem Ochsenkarren zurückgelegt, der auf dem Fahrweg unten im Tal wartete. Gemeinsam mit Gigi trugen die Bahren drei Freiwillige, die die Verstorbenen in ihrer Jugend gekannt hatten. Einer war Adùmas, der damals noch nicht in Rente und voll bei Kräften war.

Den Weg vom Dorf zum Friedhof waren die Verstorbenen, als sie noch lebten, nie gegangen. Vielleicht hatten sie keine Toten gekannt. Oder wenn sie welche gekannt hatten, hatten sie nie die Gräber besucht. Eine zu weite Wanderung für jemanden, der nicht mal für die Lebenden Zeit hatte.

Die Jahre hatten Ca' del Bicchio schwer zugesetzt. Zufällig entdeckt hatte das Dorf ein junges Elbenpärchen, er aus Österreich, sie aus Schweden. Sie hatten sich in Stabbi niedergelassen, wo schon ein paar Elben lebten.

Stabbi war für ihren Geschmack dann zu voll geworden, und sie hatten sich nach einem anderen Ort zum Wohnen umgesehen. Den hatten sie in Ca' del Bicchio gefunden. Ihnen schien der Ort ideal. Vor allem weil es in der Mitte des Dorfes noch einen Brunnen gab, aus dem Wasser in den Waschtrog lief. Auch wenn weitere Elben kommen sollten, wären es nie so viele wie in Stabbi, denn es gab nur sechs Häuser. Mit Schafstall und Heuboden sieben.

Am späten Nachmittag kam Marco an. Der Weg führte direkt ins Dorf, und er entdeckte gleich Armonia, die junge Frau, die er auf der Versammlung in Stabbi kennengelernt hatte. Sie stand über den Waschtrog gebeugt und wusch ein paar Sachen durch.

»Hallo!«, rief er schon aus einiger Entfernung.

Nicht gewohnt, eine fremde Stimme zu hören, fuhr Armonia herum. Sie erkannte den Forstinspektor, lächelte und fragte: »Immer noch wegen dem Toten?«

»Nein, diesmal wegen einem Lebenden. Das Leutesuchen ist mein neuer Beruf.«

Aus einem der Häuser trat der blonde Junge mit den Rastalocken. »Was machst du hier, Inspektor?« Er kam näher. »Hast du eine Zigarette?«, fragte er und setzte sich auf den Rand des Waschtrogs.

Der Inspektor hielt Armonia, die kopfschüttelnd ablehnte, und Biondorasta die Schachtel hin und setzte sich neben den Jungen.

Seit fünf Uhr morgens war er gelaufen, meine Güte. Er hatte sich eine Rast und eine Zigarette verdient.

Zwischen zwei Zügen sagte er: »Ihr habt mir von einem jungen Mann erzählt, der erst vor kurzem gekommen ist. Wie hieß der noch mal?«

Biondorasta sah Armonia an, er konnte sich nicht erinnern. Sie erinnerte ihn daran: »Solitario. Wir haben ihm von Solitario erzählt.«

»Wo wohnt er?«

Biondorasta deutete auf zwei Gebäude, die abseits vom eigentlichen Dorf standen, ein Bauernhaus mit Schafstall und Heuboden. »Er hat sich provisorisch im Stall eingerichtet. Im Sommer lässt es sich da gut aushalten. Diesen Winter wird er sich was einfallen lassen müssen«, erklärte er und grinste. »Falls für ihn der Winter überhaupt kommt.«

»Wieso?«

»Ich hab dir doch gesagt, dass er nicht gerade topfit ist.«

»Gehst du mit?«

Wortlos zog Biondorasta noch mal an der Zigarette, warf sie weg und stand auf.

Marco hatte auch zu Ende geraucht. Er machte die Zigarette im Wasser des Trogs aus, anschließend warf er sie auf den Boden und zertrat sie. »Bis nachher, Armonia«, sagte er und folgte dem Jungen.

20

Das Horn bläst für Adùmas

Vor dem Schafstall blieb Biondorasta stehen und zeigte auf die Lattentür. Marco Gherardini dachte daran, dass die letzten Bewohner des Hofs wohl das Bauernpaar gewesen waren. Später hatte es keine Kuh mehr zu versorgen gegeben. In der Tat war die Holztür in Stroh gepackt.

Früher machte man das so: In der warmen Jahreszeit war die Tür bloß, so dass der Schafstall durchlüftet war. Im Herbst bepackte der Hirte die Zwischenräume zwischen den einzelnen Stangen mit zusammengerollten Strohbündeln, damit die Tiere in der Winterkälte geschützt waren.

»Jemand da?«, rief Gherardini. Er wartete und drückte dann das Tor auf.

Solitario hatte sich in der ersten Bucht im Stall eingerichtet.

»Eingerichtet« war ein Euphemismus. Er hatte sich mit Stroh ein Lager gebaut und seine Habseligkeiten in ein paar Mauernischen verstaut: Teller und Besteck, eine Pfanne, ein Kleiderbündel, aus dem die Absätze von einem Paar Sandalen hervorschauten, ein Transistorradio, ein kleiner Bücherstapel, eine Umhängetasche, ein leeres Handy…

In einer Ecke ein Packen alte Zeitungen, eine Plastiktüte mit Lumpen, eine Dose Weißleim und ein paar kleine Farbtöpfe.

»Wozu braucht er das Zeug?«, fragte er Biondorasta.

»Er macht Sachen aus Pappmaché. Er ist richtig gut«, sagte Biondorasta und deutete auf ein paar Masken, die in der nächsten Bucht an einem Holzbalken hingen. »Das sind seine neuesten. Sie hängen zum Trocknen da.«

Gherardini sah sie sich näher an. Biondorasta hatte recht, sie waren gut gemacht. Er erkannte einige Karikaturen von Politikern und von Schauspielern aus alten Kinofilmen, die Solitario sichtlich gut kannte – Gary Cooper, John Wayne … –, er glaubte auch Marilyn Monroe zu erkennen.

»Wirklich gut«, sagte er und sah sich weiter um. Er entdeckte eine Taschenlampe, die er anzuknipsen versuchte. Leer.

»Mit der kann er nicht viel sehen. Ist das alles?«

Biondorasta zuckte die Schultern. »Er braucht halt noch Zeit, bis er sich eingerichtet hat. Das war bei uns allen so.«

»Hast du ihn heute gesehen?«

Biondorasta überlegte. »Nein«, sagte er, »aber gestern Abend, da saß er hier draußen. Mit einem Buch. Er saß auch noch da, als man schon nichts mehr sehen konnte, und ist spät schlafen gegangen. Kannst die anderen fragen.« Als er das besorgte Gesicht des Inspektors sah, fragte er: »Stimmt was nicht?«

»Ich fürchte, ja.«

Marco inspizierte den ganzen Schafstall und trat wieder hinaus. Er wartete, dass auch Biondorasta herauskam, und machte dann die Tür zu.

Armonia war fertig mit Waschen und packte die nasse Wäsche auf einen Haufen. »Hast du ihn gefunden?«

Marco schüttelte den Kopf und setzte sich für eine zweite Zigarette wieder auf den Rand des Trogs. Er bot dem jungen Mann auch eine an.

»Habt ihr Adùmas hier irgendwo gesehen?«

»Adùmas?«, fragte Armonia.

»Stimmt, ihr wohnt so weit weg, dass ihr die Leute in Casedisopra nicht kennt.«

Er beschrieb Adùmas und sagte zum Schluss: »Er müsste am Vormittag oder am frühen Nachmittag hier vorbeigekommen sein. Ah ja, er ist mit einem Jagdgewehr und einem Patronengurt unterwegs.«

Die beiden überlegten. Armonia schüttelte den Kopf, und Biondorasta sagte: »Ich glaube nicht. Ich hab so jemanden unten gesehen, im Dorf, aber ohne Waffen.«

»Ich habe ihn gesehen«, sagte jemand hinter ihnen.

»Hallo, Bosco. Wo denn?«

»Krieg ich auch eine?«, fragte Bosco und deutete auf Biondorastas Zigarette.

Marco reichte ihm eine und gab ihm Feuer.

Ein tiefer, genüsslicher Zug. Er hatte ein paar Tage nicht geraucht. »Also, ich habe ihn bei Fhüllers aus dem Haus gehen sehen«, sagte er und zeigte auf das hinterste Haus.

»Wann?«

»Eine halbe Stunde nach dem Horn.«

»Was heißt das?«

Die drei tauschten einen Blick und lächelten, und Armonia fragte: »Kennst du das nicht?« Marco breitete die Arme aus, er kannte es nicht. »Das heißt, dass dein Adùmas mittags bei den Fhüllers gegessen hat. Sie sind die Einzigen, die noch das Horn blasen. Sie legen Wert auf Traditionen. Du kennst doch die Nordeuropäer, oder?« Gherardini stand auf dem Schlauch. Sie fuhr fort: »Seit sich die ersten Leute hier in den verschiedenen Dörfern niedergelassen haben, blies man ins Horn, wenn mittags oder abends das Essen fertig war. Wer im Garten oder auf dem Feld oder im Wald arbeitete, wurde so zum gemeinsamen Essen gerufen. Aber auch wer zufällig gerade vorbeikam, denn bei uns wird niemandem ein Teller Suppe verwehrt.«

»Das klingt nach einem schönen Brauch.«

Biondorasta sagte: »Früher, so vor zehn, fünfzehn Jahren, machten das alle. Jetzt bläst kaum mehr jemand. Die Fhüllers machen es noch …«

Marco fiel ihm ins Wort. »Woher weißt du das? Vor fünfzehn Jahren warst du noch in der Grundschule.«

»Nicht ganz, aber du hast schon recht, damals war ich noch nicht da. Giacomo hat es mir erzählt. Kennst du ihn?«

»Wenn es der ist, der alle mit Sandalen versorgt, ja«, sagte Bussard und deutete auf Boscos Schuhe.

»Genau, der. Das hat er in Deutschland gelernt, bei einem Schuster aus dem Piemont. Giacomo ist unser Gedächtnis. Er müsste Vorträge über die Anfänge und die Geschichte der Elben von Valle halten.«

Marco rauchte zu Ende, stand auf und sagte, zu Bosco gewandt: »Bring mich zu den Leuten mit dem Horn.«

Bosco ging los, Marco folgte ihm.

Armonia und Biondorasta kamen auch mit. Solitarios Schicksal betraf alle Elben von Ca' del Bicchio.

Die Familie hatte sich in der Behausung in der Mitte des Dorfes niedergelassen, die Tür war angelehnt, drin war es still.

Marco klopfte, die Tür ging weiter auf, heraus strömte der Duft nach kochendem Obst. Er sah zwei Kinder, die auf der Arbeitsfläche neben dem Holzherd saßen. Sie lasen. Die beiden hoben nur kurz den Kopf und blickten den Inspektor an, der »Darf ich?« gefragt hatte.

Eine Frauenstimme antwortete. »Es ist offen!«

Das blonde Haar zu einem Zopf geflochten, der bis fast zum Gürtel reichte, und in einem geblümten Baumwollkleid, stand sie am Herd und rührte in einem Topf.

»Sei willkommen«, sagte sie, aber sie erschrak beim Anblick von Gherardinis Uniform und der jungen Leute, die ihn begleiteten. »Ist Barthold etwas zugestoßen?«

»Nein, nein«, beruhigte Armonia sie. »Der Forstinspektor will dir nur ein paar Fragen stellen.«

Die Frau schob den Topf in eine Ecke des Herdes, wo die Hitze geringer war, und ging den vieren entgegen. »Ich heiße Colomba.«

Die beiden Kinder hatten die Lektüre wieder aufgenommen.

»Ich koche Marmelade ein … es gibt frischen Kaffee …«

Sie goss vier Gläser ein. »Ich hatte gerade erst einen«, erklärte sie.

Marco stellte sich vor, dass sie nur vier Gläser hatte.

Bosco fing an. »Er sucht den Mann, der auf das Horn hin bei euch war.«

»Er heißt Adùmas, und ich muss ihn unbedingt finden.«

Die Frau erklärte in gutem Italienisch, dass ein alter Mann, ob er Adùmas hieß, wusste sie nicht, bei ihnen zu Mittag gegessen und dann nach einem jungen Mann gefragt hatte, der Solitario ähnelte, und Barthold hatte ihm den Schafstall gezeigt.

»Hatte er ein Gewehr und einen Patronengurt?«

Ja, und er hat was dagelassen, eine Flasche, eine Flasche … »Ich weiß nicht, wie das heißt«, sagte sie und holte die Flasche.

Sie war noch halb voll, und Marco schnupperte. »Grappa. Sein eigener, gar kein Zweifel.«

Der eben erwähnte Barthold tauchte im Türrahmen auf, den er zu einem guten Teil ausfüllte. Er trat ein, sah die Leute an und sagte etwas zu Colomba, die ihm antwortete und dann den Besuchern erklärte: »Er kann noch nicht so gut Italienisch. Ich habe ihm gesagt, wer ihr seid, und er heißt euch willkommen.«

Barthold, ein großer, kräftiger Kerl, wirre, lange braune

Haare, ebenso der Bart, schenkte allen ein Lächeln, nahm eines der Gläser, in denen es den Kaffee gegeben hatte, und goss eine gute Portion Grappa ein. Er hob es und sagte: »Prosit.«

Vor dem Weggehen deutete Marco auf die beiden Kinder. »Wie macht ihr das mit der Schule? Ihr wohnt weit weg vom Dorf…«

»Das mache ich«, antwortete Colomba. »Ich bin Lehrerin und unterrichte auch noch einen anderen Jungen, der hier wohnt. Sein Vater ist Zahnarzt, er hat sich aber entschieden, im Einklang mit der Natur zu leben.« Sie legte die Hand auf die Schulter ihres Mannes. »Wie wir.« Sie trat wieder zu den Kindern. »Das ist Sole, er ist zehn. Delfina ist acht. Sie lernen drei Sprachen, Italienisch, Deutsch und Schwedisch, meine Muttersprache. Wenn sie groß sind, kommen sie überall in der Welt zurecht.«

Als Gherardini das Dorf verließ, hatte er mehr Probleme als bei seiner Ankunft: Erstens hatte Adùmas Solitario mitgenommen. Was wollte er mit ihm? Außerdem musste er ihn unbedingt finden, bevor irgendein anderes Problem eine sowieso schon viel zu komplizierte Geschichte noch komplizierter machte.

Er war schon wieder zu spät gekommen.

Während er neben dem Auto auf einem Felsblock gesessen und Brotzeit gemacht hatte, war Adùmas zum Mittagessen bei der Familie Fhüller gewesen.

Farinon hörte, wie der Wagen vor dem Revier zum Stehen kam, und ging an die Tür. Er machte sich langsam Sorgen. Inzwischen war es dunkel, und den ganzen Tag keine Nachricht von Bussard. Er hatte versucht, ihn am Handy zu erreichen, aber *der Teilnehmer ist derzeit leider nicht erreichbar.*

Bitte versuchen Sie es später wieder. So viel zum Nutzen des Handys in den Bergen.

Bussard stieg nicht aus, also ging Farinon zu ihm hinaus.

Im Licht der Laterne auf dem Torpfosten saß ein müder Bussard. Das kam selten vor.

»Fehlanzeige?«, fragte Farinon.

Marco Gherardini nickte nicht mal. Farinons Bemerkung war mehr eine Feststellung als eine Frage gewesen. So antwortete er nur: »Er hat sich nicht blicken lassen, nehme ich mal an.« Und auf das Schweigen des Polizeihauptmeisters hin fügte er hinzu: »Ich hatte gehofft, ihn hier zusammen mit Solitario anzutreffen.«

»Der Stabsgefreite hat dich zu erreichen versucht, aber das kann bis morgen warten.«

Marco blieb am Steuer sitzen und rekapitulierte Farinon rasch den Tag. Am Ende sagte er: »Ich fahre jetzt nach Hause.«

Er hatte keine Lust, zu Fuß zu gehen, obwohl es nur zwei Kilometer waren.

Er fuhr nicht nach Hause. Als Farinon gegangen war, kam ihm ein Verdacht, dem er sofort auf den Grund gehen wollte. Das kostete ihn nur wenig Zeit mehr.

Bertos Haus lag im Dunkeln, da war nur der matte Schein der Lampe an der Tür. Damit man wusste, dass er zu Hause war.

Er hielt auf dem Hof. Die Scheinwerfer, die auf die Fassade gerichtet waren, beleuchteten auch die Fenster im ersten Stock, wo die Wohnräume lagen.

Er öffnete die Autotür und schrie: »Berto! He, Berto!«

Ein paar Sekunden später sah Berto aus dem Fenster.

»Was ist los, Bussard? Was ist denn, so spät in der Nacht?«

»Es ist zehn …«

»Für mich ist es Nacht. Und, was ist?«

»Hast du ihn gesehen? Weißt du irgendwas?«

Das Gespräch ging zwischen Auto und Fenster weiter.

»Er hat mich noch um ein paar Tage Geduld gebeten …« Er merkte, dass er sich nicht klar ausgedrückt hatte. »Warte, ich komm runter.«

»Das brauchst du nicht. Ich bin müde und will nach Hause. Heißt das, dass du ihn gesehen hast?«

»Heute Nachmittag, gegen fünf. Er hat gesagt, ich müsste noch ein paar Tage Geduld haben, wegen dem Garten und den Tieren. Er müsste jemanden von was überzeugen, im Guten oder im Bösen …«

»Wo?«

»Das weiß ich nicht.«

»Gut, Berto, geh wieder schlafen.«

»Ja, ciao, ich schlafe jetzt.«

Er brauchte nicht nach Vinacce zu fahren, was er ursprünglich vorgehabt hatte. Wenn Berto sich weiter um Garten und Vieh kümmern musste, war Adùmas noch nicht zurück.

Immerhin etwas.

21

Von Wildschweinen, Schweinen und dem Borghetto dei Ricchi

Er schlief nicht so, wie es normal gewesen wäre nach dem zermürbenden Marsch in den Bergen und geplagt von einem Wust an Gedanken.

Er stand zeitig auf, frühstückte und trödelte dann herum, weil er nicht gleich aufs Revier wollte. Als er um neun ankam, traf er den Stabsgefreiten Gaggioli an. Bei einem Kaffee mit Ferlin. Auf dem Tisch lag neben seinem dampfenden Tässchen eine Ledertasche.

»Was Dringendes?«, fragte er den Carabiniere mit Blick auf die Tasche.

»Wenn Sie zu tun haben, komme ich später noch mal«, erwiderte Gaggioli.

»Ist schon in Ordnung, Stabsgefreiter.«

»Für dich gibt's auch einen Espresso, Inspektor«, verkündete sein Polizeimeister.

»Hatte schon einen, danke.« Zu Gaggioli sagte er: »Trinken Sie aus, ich erwarte Sie drüben«, und ging dann in sein Büro.

»Setzen Sie sich, Stabsgefreiter«, sagte er, als Gaggioli kam.

Gaggioli nahm Platz, stellte sich die Tasche auf die Knie und holte mehrere Fotos heraus, die er dem Inspektor hinlegte. Vier Schwarzweißfotos DIN A4.

Gherardini sah sie sich an und lächelte. »Woher kommen die?«

»Von mir. Ich bin ab und zu unterwegs und mache Fotos.

Es kommen so viele Leute aus allen Ecken der Welt hierher, da gibt es immer irgendwelche üblen Typen. Ich habe mir die Bilder genau angesehen und diese Details vergrößert, und ich denke, Sie können was damit anfangen.«

»Allerdings, danke, Stabsgefreiter. Lassen Sie mir die Bilder da?«

»Natürlich, Inspektor.«

Als er allein war, rief Gherardini Farinon zu sich. Er legte ihm die Fotos hin. »Was sagst du dazu?«

»Jetzt wissen wir endlich, dass ihn jemand gesehen hat, den Streicher. Und sogar mit ihm geredet hat.«

»Sollen wir uns mal mit ihm unterhalten?«

»Das machen wir.«

Es war Sonntag, und die Piazza war voller Menschen.

Sämtliche Tischchen vor Benitos Bar waren besetzt, und Amdi lief hin und her.

»Heute wird er ja wohl nicht jammern«, meinte Farinon.

»Er jammert immer.«

Auch drinnen saßen Gäste, bedient von Adele, denn zum Kochen war es noch zu früh, und Benito stand hinter der Theke. Er grüßte die beiden Forstpolizisten mit einem Kopfnicken und sagte dann: »Dafür geben wir also unser Geld aus. Damit ihr euren Kaffee kriegt.«

»Fehlanzeige. Wir sind dienstlich hier«, entgegnete der Inspektor und breitete die vier Vergrößerungen vor ihm aus. »Kennst du da jemanden?«

»Sollte ich?«, fragte Benito, ohne einen Blick auf die Bilder zu werfen.

»Ich weiß nicht. Sag du.«

»Mein lieber Freund, wir arbeiten hier. Wir arbeiten, Bussard«, und als er sich abwandte, um sich mit seiner Kaffeemaschine zu beschäftigen, packte Marco ihn am Arm.

»Schau dir die Fotos bitte kurz an.«

Bussard meinte es ernst, und Benito gab klein bei. Er sah sich die Bilder an.

Das erste war vor der Trattoria-Bar aufgenommen worden, und er, Benito, sprach mit einem Elben, der mit dem Rücken zur Kamera stand. Das zweite zeigte den gleichen Ausschnitt mit Benito, der zuhörte, und dem Elben, immer noch von hinten, der zu gestikulieren schien. Das dritte Foto war von der Seite aufgenommen, der Elbe war im Profil zu sehen. Auf dem letzten, mit dem gleichen Bildausschnitt, waren beide von hinten zu sehen, und Benito deutete ins Innere der Trattoria.

»Willst du wissen, wie viele Abzüge ich haben will?«, erkundigte sich Benito zur Abwechslung mal spöttisch.

»Sollte ich?«, äffte Marco ihn nach. »Ich will wissen, warum du nichts davon gesagt hast, dass du den Streicher getroffen hast. Denn das, mein Lieber, ist der Streicher, den angeblich kein Mensch gesehen hat.«

Benito sah sich die Fotos noch mal an und rief, bevor er antwortete, nach Adele. »Stell du dich hinter die Theke, die beiden hier haben zu viel Zeit, Mannomann, und mich halten sie auch noch auf.«

Er schob die Fotos zusammen, kam hinter der Theke hervor und setzte sich an einen Tisch abseits, im Halbdunkel. Er breitete die Fotos wieder aus, tippte mit dem Zeigefinger auf das erste Bild und fing an: »Hier fragt mich der Typ, den du Streicher nennst, Näheres zur Speisekarte, und ich erkläre es ihm, obwohl ich genau weiß, dass er nie zum Essen kommen wird.« Benito ging zum nächsten Foto über. »Hier fragt er, ob das Wildschwein, das ich den Kunden serviere, wirklich Wildschwein oder etwa auf Wildschwein getrimmtes Schweinefleisch ist, und ich antworte ihm, wie ich allen antworte, die mich verarschen.« Er sah Bussard an. »Und zwar: Mein Lieber, du kannst mich mal… mit allem, was dazugehört und was ich euch aus Respekt vor eurer Uniform erspare.« Er setzte kurz ab und fragte dann: »Soll ich weitererzählen?«

»Ja, wenn es dir nichts ausmacht«, antwortete Marco.

»Hier fragt er, wer mir das Wildschwein liefert, weil er gern mal mit auf die Jagd gehen würde«, erklärte er und kam zum letzten Foto. »Und da zeige ich ihm Adùmas. Der saß drin beim Essen.« Und zu Farinon: »Was meinst du, warum ich ihn ihm gezeigt habe?«

Er wartete die Antwort nicht ab. »Weil ich sehen wollte, wie Adùmas ihm einen Arschtritt verpasst. Ich weiß, dass er diese versifften Typen auf dem Kieker hat. Bist du fertig, oder brauchst du sonst noch was?«

»Warum hast du mir nichts davon gesagt, dass du mit ihm geredet hast?«

»Mann, Bussard! Du hast mich nie danach gefragt. Du rennst durch die halbe Welt und zeigst Gott und der Welt die Fotos von dem armen Kerl, nur Benito nicht. Woher sollte ich denn wissen, dass es um diesen Kerl geht?«

Gherardini nahm die Bilder an sich und stand auf. »Welche Sprache spricht er denn?«

»Deutsch. Sein Italienisch ging so. Schlecht, aber es ging.«

Auf dem Rückweg zum Revier sagte keiner etwas.

Marco hielt bei den Elben, die auf der Piazza zugange waren, nach Elena Ausschau. Er sah sie nicht und hörte sie auch nicht singen.

Mittags aß er nichts. Später setzte er sich in den Wagen und fuhr noch einmal zur Piazza. Elena musste eigentlich dort sein, mit ihrer Gitarre und ihren getrockneten Blumensträußchen für die Touristen.

Touristen? Es kam kaum noch jemand außer denen, die eine Zweitwohnung besaßen, Bergbewohner in der zweiten Generation. Bei gutem Wetter kamen sie, sie kauften ein, hatten ihren Spaß mit den Elben, die jonglierten, Musik machten, Sachen verkauften …

Und dann sah er sie, sie saß auf der Bordsteinkante, neben ihr die Gitarre, die Blumensträuße zu ihren Füßen auf dem Boden verstreut, und sie sah traurig und genervt aus.

Gherardini hielt vor ihr an.

»Wie laufen die Geschäfte?«

»Es ist zum Kotzen. Seit heute Morgen singe ich mir hier die Kehle heiser, und was kommt dabei raus?« Sie zeigte ihm die Mütze, in der ein paar Münzen lagen. »Fast nichts, es ist einfach die Krise, auch im Urlaub.«

Er stieg aus. »Vielleicht mögen die Leute deine Lieder nicht.« Er wich einem Blumenstrauß aus, mit dem Elena auf ihn gezielt hatte. »Du solltest deine kostbare Ware nicht verschwenden. Was hast du denn jetzt vor?«

»Nichts, es ist gleich fünf, die Leute müssten eigentlich unterwegs sein, vielleicht war der Tag doch nicht ganz umsonst.«

»Lass es gut sein, komm mit mir!«

»Wohin?«

»Komm schon, es wird ein interessanter Tag und vielleicht ein ausgiebiges Abendessen. Na?«

Elena nahm die Gitarre, legte die Blumen in einen Korb, hob ihren Rucksack auf, packte alles ins Auto und stieg ein. »Wo fahren wir hin?«

»Wirst schon sehen.«

Sie verließen das Dorf. Nahmen die Straße ins Tal.

»Ein bisschen Ferien von den Gedanken«, sagte Marco. »Ein halber Tag Ablenkung. Wie läuft's bei euch oben?«

»Wie immer, das übliche Elbenleben. Gibt's was Neues?«

»Nein, leider nicht. Ich stecke bis zum Hals in diesem verfluchten Fall drin. Maresciallo Barnaba musste ja ausgerechnet jetzt auf dieses verfluchte Fortbildungswasweißich für Carabinieri, Gott soll ihn verfluchen, ihn und die Carabinieri ...«

»Da ist zu viel ›verflucht‹. Wolltest du dich nicht entspannen?«

»Hast recht, der Streicher reicht völlig.«

»Und was ist mit Josephs Pistole?«

»Jetzt ziehst du mich wieder rein. Ich werde drüber nachdenken. Jetzt lass uns wirklich entspannen.«

Sie schwiegen eine Weile.

Gherardini sah sie immer wieder verstohlen an. Das lange schwarze Haar, das im Licht des späten Nachmittags glänzte, das hübsche ovale Gesicht, das die schwarzen gebogenen Augenbrauen noch betonten, eine kleine gerade Nase und ein Mund ...

Er hatte Lust, sie zu küssen.

»Schnall dich an«, sagte er stattdessen.

»Zu Befehl, Herr Inspektor.«

»Sehr witzig. Wir fahren jetzt runter von der Landstraße auf eine Straße, wenn man sie so nennen mag, die alles andere als angenehm ist. Die Wege rauf zu euch, ganz zu schweigen von den Pfaden, sind im Vergleich dazu Autobahnen, wirst gleich sehen, was das für eine Schotterpiste ist.«

»Aber wo fahren wir denn hin?«

»In was Ähnliches wie eure Dörfer, aber dort leben keine Elben. Es ist eine Gruppe von Fachleuten, die unten in der Klinik an der Hauptstraße arbeiten, Ärzte und Krankenpfleger. Einer von ihnen hat ein verlassenes Dorf entdeckt und wollte da leben. Ich habe es *Borghetto dei Ricchi* getauft, Reichendorf. Sie haben Geld und haben die Häuser von Maurern und Bauzeichnern renovieren lassen, vielleicht hatten sie auch einen Architekten. Sie haben Strom und Wasser legen lassen. Heizung haben sie auch. Sie leben abgelegen, aber nicht wie die Elben. Sie pflegen mit ihrer Gemeinschaft einen ganz eigenen Lebensstil, weit weg vom Rest der Welt, aber doch noch nah, in der Welt.«

Bei jedem Stein oder Schlagloch riss es die beiden hoch. Ein Karrenweg ohne Steinpflaster, der sich bei jedem Regen mit Sicherheit in einen Bach verwandelte, und dann schwemmte das Wasser Erde und Steine weg.

Das Auto schaffte es ganz gut, aber in den Haarnadelkurven musste man rangieren, und daneben der Steilhang.

Gherardini fluchte immer wieder leise.

»Sie haben die Häuser renoviert, aber die Straße haben sie vergessen. Wie schaffen die das jeden Tag in die Klinik? Man kann sich vorstellen, wie die unten ankommen.«

Nach einer letzten Kurve dann das Dorf. Ein Dutzend Häuser und eine kleine Piazza, die Häuser aus Naturstein, schön hergerichtet, Obstbäume und eine lärmende Schar, die rund um einen großen Tisch zugange war. Die Leute versahen ihn mit Besteck und Gläsern, andere standen plaudernd in der Nähe eines kleinen Baggers.

Auf einem ein Meter hohen Baumstumpf stand eine große Ballonflasche, ein Mann hatte sie mit einem Gummischlauch angezapft und befüllte gerade eine Zweiliterflasche.

Gherardini wurde mit großem Hallo begrüßt.

»Da bist du ja endlich, Bussard! Die Arbeit überlässt du wie immer uns Trotteln!«, rief einer.

»Du schiebst eine ruhige Kugel, was?«, meinte ein anderer.

»Trink ein Glas, solang Renzo noch bei Sinnen ist. Er füllt schon den ganzen Tag Wein ab, aber großteils hat er ihn selber intus. Musst schauen, ob er noch in der Lage ist, dir ein bisschen was einzuschenken.«

»Komm her, klar bin ich dazu in der Lage! Hier, ein Glas für dich und eins für deine Freundin. Schau, wie sicher meine Hand ist!«

»Da hab ich schon sicherere gesehen, aber ist schon in Ordnung. Elena ist übrigens nicht meine, sondern eine Freundin. Auf dein Wohl!«, sagte Gherardini.

Elena brauchte kurz, bis sie »Bin ich nur eine Freundin?« fragte.

»Ich weiß es wirklich nicht. Wer bist du?«

»Ehrlich gesagt hatte ich gehofft, mehr zu sein oder was anderes als nur eine Freundin. Aber du, wer bist eigentlich du? Und was?«

Sie schwiegen. Sie hatten den Wein ausgetrunken.

Marco fragte: »Noch ein Glas?«

»Ja, aber ich muss langsam tun. Er scheint gut zu sein, ist aber stark. Wo kommt der her?«

»Hier sind wir tiefer als in Casedisopra oder oben bei euch. Die Buckel kannst du vergessen. Weiter unten gibt es sonnige Gegenden, in denen Wein angebaut wird. Eine Kellerei macht gar nicht schlechte Weine. Früher haben sie bei uns oben auch Wein angebaut, aber die Trauben sind nicht immer reif geworden. Das war fast Essig, aber bei der Armut damals hat man so einen Wein eben auch getrunken.«

Sie lachte. Gherardini sah sie an. »Wer bist du nur?«, fragte er wieder.

Ein Mann kam angelaufen. »He, ihr Trödler, macht mal zu, wir essen gleich!«, rief er und lief weiter zu der mit Erde bedeckten Stelle bei dem Bagger. »Das ist unser Meisterwerk!«

Renzo hatte eine Zweiliterflasche in der Hand und nahm

ab und zu einen Schluck. Er erklärte: »Ein Zwei-Zentner-Schwein, gefüllt mit zwanzig Kilo Huhn, Würsten und Kartoffeln. Wir haben ein großes Loch ausgebaggert, glühend heiße Steine reingefüllt, dann das Schwein in Alufolie gewickelt. Wir haben die Steine mit Wellblech bedeckt, das Schwein draufgelegt, darauf wieder Wellblech und glühend heiße Steine. Dann haben wir alles mit Erde abgedeckt. Seit heute früh um sieben Uhr ist es da drin.« Er sah auf die Uhr. »Es gart jetzt seit zwölf Stunden vor sich hin. Wir holen es gleich raus, mit dem Bagger. Kommt, schaut zu!«

22

Eine denkwürdige Nacht

Unter Applaus kletterte ein Mann auf den Bagger, und der Löffel begann vorsichtig zu graben. Das Blech und die Steine wurden freigelegt und herausgeholt, und schließlich erschien das Schwein, das mit Jubelgeschrei begrüßt wurde.

Behutsam nahm der Löffel es hoch und lud es auf dem Tisch ab, und als die Alupackung entfernt war, lag da das noch dampfende Tier. Als der Bauch des Schweins mit einem großen Messer aufgeschnitten wurde, ergoss sich ein Haufen Hühner, Würste und Kartoffeln auf den Tisch. Die Tischgesellschaft setzte sich, und bald waren die Teller mit Würsten und Kartoffeln gefüllt und mit Stücken, die einige fachkundige Helfer von den Hühnern und vom Schwein abschnitten.

Der Wein machte die Runde. Es gab Besteck, aber die meisten aßen mit den Fingern und bissen in dicke runde Fladenbrote hinein, die eine Frau gebracht hatte; sie waren in einem Holzofen gebacken worden, der wahrscheinlich in einem der Häuser im Dorf stand.

Gherardini sah Elena an, in der Hand ein großes Stück Fleisch. »Man fühlt sich wie auf einem heidnischen Fest, findest du nicht?«

»Warst du schon öfter auf heidnischen Festen?«

»Ich könnte mir vorstellen, dass sie so waren. Das Zeug ist köstlich. Wie findest du es?«

»Nichts dagegen zu sagen, es ist wirklich gut«, antwortete Elena, die an einem Hühnerflügel nagte. »Ist es viel besser als das, was du bei mir bekommen hast?«

»Na ja, das war auch gut. Sagen wir ... es war ein bisschen einfacher, fast klösterlich. Trink noch einen Schluck«, sagte er und schenkte ihr ein.

Das Abendessen ging seinem Ende zu. Alle waren ein bisschen angesäuselt, Gelächter füllte den Abend zusammen mit Scherzen und leicht heiseren Stimmen.

Gherardini betrachtete seine triefenden Hände. »Die sollte man besser waschen, komm mit, hier ist ganz nah ein Brunnen.« Sie gingen hin und bespritzten sich mit Wasser, anschließend tranken sie gierig aus dem Hahn.

»Um den Tag würdig ausklingen zu lassen, könntest du doch Gitarre spielen und singen, oder?«, fragte er.

Elena schob eine Haarlocke zurück, die ihr in die Stirn gefallen war. »Hast du Lust, mich singen zu hören?«

»Klar, ich hab dich noch nie richtig gehört. Bist du gut?«

Sie hob die Schultern und ging nach kurzem Zögern zum Auto und holte die Gitarre.

Bei den ersten Akkorden bildete sich ein Kreis um sie.

Sie sangen alle und alles an diesem Sommerabend, zufrieden vom Essen und vom Wein, der immer noch rumging, die Stimmen nicht geschult, aber aus voller Kehle und mit der Lust am Grölen, auch auf diese Weise eine Freude explodieren zu lassen, die alle erfüllte. Dann wurden die Stimmen wie von selbst ruhiger, die Dunkelheit hatte sich herabgesenkt.

Gherardini sagte: »Ich glaube, es ist Zeit zu gehen.«

Nachdem sie sich von allen verabschiedet hatten, stiegen sie schweigend in den Wagen und fuhren auf dem Schotterweg in Richtung Hauptstraße.

Unweit eines kleinen Hochplateaus, das von Bäumen umgeben war, hielt Marco an und schaltete den Motor aus. »Lass uns kurz Pause machen, der Wein muss erst mal durch, es wäre zu komisch, wenn die Carabinieri mich anhalten würden.«

Sie legten sich ins Gras.

Elena rutschte zu ihm. »Es war ein schöner Tag. Ich hab mich wohlgefühlt.«

»Ich auch. Wenn nicht diese Geschichte wäre ...«

»Der Streicher?«

»Tja, genau der.«

»Also ...«, meinte sie, nachdem sie eine Weile geschwiegen hatten. »Vielleicht ... Ich weiß nicht, ob das irgendwie wichtig ist, aber es könnte dir helfen, ich weiß nicht, ob er es war, aber wenn ich an die Sache mit Josephs Pistole denke, na ja ...« Sie hielt inne.

Gherardini setzte sich auf und sah sie an. »Was meinst du? Was hast du gesehen? Was weißt du?«

»Vielleicht gar nichts ... Eines Abends, es war schon dunkel, oben in Stabbi, da habe ich einen Streit zwischen zwei Leuten mitgekriegt, ich habe aber nichts gesehen und weiß nicht, um wen oder was es ging.«

»Was haben sie denn gesagt?«

»Keine Ahnung, sie haben Deutsch geredet, ich habe nichts verstanden, nur dass sie gestritten haben.«

»Und du hast nicht gesehen, wer es war?«

»Nein, sag ich doch, mehr weiß ich nicht.«

»Und dann? Hast du danach niemanden gesehen?«

»Nein, nur dass ... warte ... oben bei uns, bei dem kleinen Platz, wo die Versammlung stattgefunden hat, ist kurz nach dem Streit Joseph vorbeigekommen.«

»Hast du mit ihm geredet?«

»Nein, wieso sollte ich. Dann hätte ich ja auch mit Nicola reden müssen. Er ist kurz zuvor auch da vorbeigekommen.«

»Spricht er Deutsch?«

»Wer?«

»Nicola Benelli.«

»Nein, er kann sich ja kaum mit Helga verständigen. Zwischen den beiden herrscht… Sympathie, würde ich sagen. Und mit Joseph… die beiden arbeiten ja zusammen an dem Haus. Nicola möchte, dass Helga bei ihm einzieht. Aber auch mit Joseph reden sie nur Italienisch.« Sie dachte nach über das, was sie Marco gerade berichtet hatte. »Keine Ahnung, woher die beiden an dem Abend kamen, Joseph und Nicola. Ich hab dir alles gesagt, was ich weiß.«

Gherardini dachte ebenfalls nach. »Sonst gibt es nichts?«

Elena schüttelte den Kopf. »Tut mir leid.«

»Warum muss ich dir eigentlich alles aus der Nase ziehen, Elena? Erst die Pistole, jetzt der Streit… Was gibt es denn sonst noch? Warum machst du das?«

»Ich muss erst wissen, ob du was mit diesen Sachen anfangen kannst.«

»Dann erzähl doch einfach, und ich entscheide selber, ob ich was damit anfangen kann…«

»… außerdem will ich nicht, dass meine Freunde, die nichts mit deinem Kram zu tun haben, Scherereien kriegen.«

Marco merkte, dass er zu grob gewesen war, und nahm sie in den Arm. »Entschuldige… diese Geschichte macht mich fix und fertig.«

Sie umarmte ihn auch, und eine Weile lagen sie eng beieinander und schwiegen.

Dann stand Marco auf.

»Ich glaube, es ist zu spät, um nach Stabbi raufzufahren. Magst du bei mir schlafen?«

Elena sah ihn an und lächelte. »Gern.«

Der Mond leuchtete voll und rund, als sie bei Marco ankamen.

»Magst du was essen?«, fragte er, als sie ausstiegen.

»Machst du Witze? Nach der Völlerei will ich nur noch ins Bett.«

»Ich auch«, sagte Marco grinsend. »Vor allem wenn du in diesem Bett liegst.«

»Das werde ich, aber zum Schlafen.«

»Ich hatte eigentlich andere Absichten.«

»Böse, nehme ich an.«

»Kommt drauf an«, erwiderte er und fing an, Elenas Sachen auszuladen.

Gitarre, Korb, Rucksack …

»O verdammt!«, rief er und hielt mit dem Rucksack in der Hand inne.

»Was ist denn?«

»Ich bin so blöd. Was ist das hier?«

»Das siehst du doch, mein Rucksack.«

»Und was hast du da drin?«

»Sachen, die ich brauchen könnte.«

»Eben. Wie Adùmas.«

»Adùmas?«

»Bitte entschuldige, aber ich kann dir im Bett keine Gesellschaft leisten …«

»Was heißt das?«

»Dass ich wegmuss. Fühl dich wie zu Hause, warte nicht auf mich und …«, sagte er und öffnete ihr die Tür, schaltete das Licht an, umarmte sie … »Entschuldige, bitte entschuldige.« Er lief hinaus.

Von der Tür rief Elena ihm nach: »Was ist denn eigentlich los?«

»Das ist eine lange, komplizierte Geschichte.« Marco stieg

ins Auto und rief, bevor er die Tür zumachte: »Fühl dich wie zu Hause!«

»Blöder Inspektor«, murmelte sie. Aber mit einem Lächeln.

Sie sah den Rücklichtern nach, bis sie hinter der Kurve verschwanden. Ein Blick zum Mond, dann kehrte sie ins Haus zurück.

Sie schliefen. »Tut mir leid«, rechtfertigte er sich, »aber es ist ein Notfall.«

Er hielt den Finger auf der Klingel gedrückt, bis in der Diele das Licht anging. Er drückte immer noch, während drinnen friaulisches Gefluche erklang.

Gherardini musste grinsen, auch wenn es fehl am Platz war.

»Ist ja gut, ich hab's gehört!«, erklang es von innen, und dann wurde die Tür aufgerissen. »Herrgott noch mal, was ist denn los!«, rief Farinon, in Unterhosen. Da erkannte er Gherardini, der am Gartentor stand. »Ah, du bist das«, sagte er und drückte auf den Türöffner.

»Zieh dich an und komm mit«, sagte der Inspektor und blieb am Gartentor stehen.

»Gibt's Probleme?«, fragte er, bevor er wieder hineinging, um die Anordnung zu befolgen.

»Ich hoffe nicht. Beeil dich.« Gherardini wartete am Wagen auf ihn.

»Soll ich meine Waffe mitnehmen?«, fragte der Polizeihauptmeister, als er in Uniform inklusive Mütze wieder in der Tür erschien.

»Nicht nötig«, antwortete Gherardini und dann, leise: »Das hoffe ich wenigstens.«

»Wo soll es denn um die Uhrzeit hingehen?«, erkundigte

sich Farinon, als er saß und das Auto sich bereits in Bewegung setzte. »Und so eilig?«

»Wir holen uns Adùmas.«

»Da hätte ich wenigstens die Pistole einstecken sollen«, meinte Farinon angesichts der Neuigkeit. Er fragte nicht wohin, wie und warum. Er rechnete damit, dass Bussard ihn aufklären würde, bevor sie das Wohin erreichten.

So war es. »Erinnerst du dich an den Rucksack auf dem Heuboden in der Ca' Storta? Ich bin sicher, dass Adùmas ihn wieder geholt hat.«

»Ausgerechnet heute Nacht?«

»Gestern am frühen Nachmittag hat er Solitario entführt, und er ist noch nicht nach Vinacce zurück, weil er zwei, drei Tage Zeit braucht, um jemanden zu irgendwas zu überreden, bevor er wieder nach Hause fährt. Und wo kann er sein? Dort, wo er seinen Rucksack gelassen hat.«

Sie fuhren schnell, und die Scheinwerfer beleuchteten eine Straße, die Marco Gherardini auch mit geschlossenen Augen hätte fahren können.

Farinon fragte nicht, wer Solitario war. Wenn die Zeit gekommen war, würde Bussard es ihm sagen. Er war nun mal so, und das wusste Farinon. Er arbeitete seit Jahren mit dem jungen Inspektor zusammen.

Wie beim vorigen Besuch ließ Marco den Wagen in einem Sicherheitsabstand von der Ca' Storta stehen. Sie nahmen die beiden Taschenlampen mit und näherten sich zu Fuß, schweigend, auf der anderen Seite der Hecke, die den letzten Straßenabschnitt säumte: Adùmas' Augen waren an das Halbdunkel im Unterholz gewöhnt. Und in dieser Nacht lag der Weg im hellsten Mondlicht. Ihre scharf umrissenen Schatten folgten dem Verlauf des Bodens.

Adùmas' Kleinwagen stand unter dem Vordach des Stalles, und Marco gab Farinon ein Zeichen, er solle neben der Haustür auf ihn warten. Erst als er in den Heuboden gestiegen war, schaltete er die Taschenlampe an. Er ging an die Stelle, an der seiner Erinnerung nach der Rucksack versteckt sein musste. Das Heu war hochgehoben, der Rucksack war nicht mehr da. Er stieg wieder hinunter.

»Er ist im Haus«, flüsterte er Farinon zu. »Geh hinter das Haus, für den Fall, dass er durchs Fenster abhaut.«

Er wusste, dass die Tür in den rostigen Angeln ächzen würde, und versuchte, sie sehr langsam zu öffnen. Ein leichtes, aber langgezogenes Quietschen war nicht zu vermeiden.

Der Lichtstrahl der Taschenlampe stöberte in den Winkeln der Küche, hinter Möbeln und angelehnten Türen. Vorsichtig stieg der Inspektor die Treppe hinauf. Auch die alten, wurmstichigen Holzstufen kündigten sein Kommen auf ihre Art an.

Bevor er den Treppenabsatz erreichte, schaltete er die Taschenlampe aus. Die Zimmertür war angelehnt. Er drückte sie auf …

»Kannst das Licht anmachen, Bussard«, sagte Adùmas.

Der Lichtstrahl der Taschenlampe beleuchtete ihn, er saß angezogen auf dem Bett, mit dem Rücken an das Kopfteil gelehnt, die Arme verschränkt. Er trug seine Militärstiefel.

Bevor er am Lichtschalter drehte, ließ Gherardini den Lichtkegel durch den Raum wandern, bis er auf das Gewehr stieß, das samt Patronengurt an dem Eisenknauf am Fußteil des Bettes hing. Außerhalb von Adùmas' Reichweite.

Er schaltete das Licht an.

Neben Adùmas lag Solitario und schlief tief und fest. Er war ebenfalls in Kleidern und trug Bergstiefel.

»Du hast ganz schön lang gebraucht«, sagte Adùmas. »Die Fahrt hättest du dir sparen können. Ich wäre bei Tagesanbruch zu dir gekommen.«

Er stand auf, ging um das Bett herum und wollte Gewehr und Patronengurt an sich nehmen.

»Lass das«, sagte Gherardini. »Ich nehme alles mit. Ist zu schwer für dich.«

»Pass auf, Bussard, du irrst dich gewaltig.«

»Ich weiß, aber die Waffe trage trotzdem ich.«

Adùmas zuckte mit den Schultern. »Wie du meinst.« Er trat zu Solitario, der trotz Lärm und Licht ruhig weiterschlief. Er betrachtete ihn, brummte: »Glückliche Jugend«, und schüttelte ihn grob. »Los, Junge, wach auf, wir fahren.«

Eine denkwürdige Nacht, denn mit ihr endete die albtraumhafte Befürchtung, Adùmas könnte auf dumme Gedanken gekommen sein. Und wegen Elena und der aufgeschobenen Liebesnacht, auf wer weiß wann und ob überhaupt.

23

Adùmas berichtet: der Tag mit den zwei Schüssen

Auf der Rückfahrt sprach niemand. Am ruhigsten schien Adùmas zu sein, am nervösesten Solitario.

Auf dem Revier waren die beiden zurückgebliebenen Forstpolizisten, Goldoni und Ferlin, wach und in Alarmbereitschaft. Sie wussten nicht, was los war, und warteten auf telefonische Anweisungen des Inspektors.

Die nicht kamen.

Dafür kamen die vier.

Der Inspektor übergab Ferlin Gewehr und Patronengurt. »Unter Verschluss«, sagte er, »und der junge Mann hier… nennt sich Solitario. Den jungen Mann ins Büro des Polizeihauptmeisters und im Auge behalten.«

Der Inspektor wies Adùmas einen Stuhl, aber der blieb stehen, im Eingangsbereich neben dem Tisch, an dem Ferlin sonst saß. Er bat Goldoni um Kaffee für alle, bedeutete Farinon, ihm zu folgen, und ging in sein Büro.

»Wir trinken den Kaffee und schauen mal, ob wir diese schlimme Geschichte klären können.« Sie sprachen sich ab, wie sie vorgehen wollten.

Goldoni kam mit zwei Tassen herein.

»Hol Adùmas und bring ihm auch einen Kaffee.«

Sie tranken schweigend.

»Wo fängst du an, Adùmas?«

»Ich würde bei den zwei Schüssen anfangen. Erinnerst du dich an den Tag, Bussard? Es war der zwölfte Juni…«

… und er bahnte sich gerade seinen Weg durch eine Macchia aus blühendem Ginster, der, als er vorsichtig hindurchging, seinen intensiven und leicht süßlichen Duft verströmte. Er war sicher, dass in der Nähe der Bau eines Fuchses war, der seinem Hühnerstall einen Besuch abgestattet und zwei Hühnern den Garaus gemacht hatte. Am helllichten Tag, ganz gegen die sonstigen nächtlichen Gewohnheiten des Tieres, ausgerechnet als er, Adùmas, beim Mittagessen saß.

Wildes Gegacker machte ihn argwöhnisch, und als er hinausstürzte, um dem Geschehen auf den Grund zu gehen, sah er das rötliche Tier in einem Federwirbel mit einem der beiden Opfer.

Beim Auftauchen des Mannes flüchtete der Fuchs und ließ ihn ohnmächtig zurück. Er konnte nur noch zuschauen, wie er sich schleunigst aus dem Staub machte und dabei flink über anderthalb Meter Metallzaun sprang.

Adùmas wusste oder glaubte zu wissen, wo der Fuchs seinen Bau hatte. Jetzt suchte er brauchbare Spuren, er hatte vor, eine Falle aufzustellen. Vorbei waren die Zeiten der Fuchsjäger, die die Füchse töteten und dann mit dem Pelz des Opfers von Hof zu Hof gingen, um sich von den Bauern mit Eiern oder einem Huhn belohnen zu lassen.

Der Räuber in seinem Hühnerstall hatte sich allerdings allzu dreist benommen. Am helllichten Tag, und er beim Essen. Er fühlte sich verhöhnt. Er hatte beschlossen, sich zu rächen.

Da knallten zwei Schüsse.

Er blieb stehen. Wer hatte geschossen?

Die Jagdzeit war vorbei.

Ein Wilderer?

Zu der Jahreszeit und um diese Uhrzeit?

Die Schüsse waren aus der Gegend von Campetti gekommen. Vielleicht auch von etwas weiter unten. Paolino, der in Campetti wohnte, wusste bestimmt etwas.

Der Inspektor und der Polizeihauptmeister hörten schweigend und aufmerksam zu. Adùmas sah sie an. »Also bloß dass ihr das wisst«, sagte er dann, »bloß dass ihr das wisst, ich hab den Bau gefunden und meine Falle aufgestellt …«, und er ließ den Inspektor, der etwas einwerfen wollte, nicht zu Wort kommen. »Ich weiß schon, Bussard, ich weiß, dass man das nicht darf. Aber soll ich mich von einem Fuchs dermaßen verarschen lassen? Ich finde nicht. Ihr verpasst mir das Bußgeld und Schwamm drüber!«

»Da kannst du Gift drauf nehmen, dass wir dir ein Bußgeld verpassen«, sagte Farinon. »Und zwar eines, das du nicht so schnell vergisst. Und dann?«

»Dann … ich war neugierig, ich wollte wissen, wer da zweimal geschossen hat, aber es war spät geworden, und ich hab mir gesagt: ›Paolino läuft mir nicht davon. Zu dem gehe ich ein andermal.‹ Die Schüsse kamen aus der Gegend von Campetti, kurz unterhalb. Ihr wisst, ich täusche mich selten, wenn es um die Wälder geht …«

»Auch du kannst dich täuschen, wie alle«, wies Farinon ihn zurecht.

»Mit dir gehe ich jede Wette ein. Jederzeit.«

»Bleib bei der Sache, Adùmas«, mahnte Gherardini. »Wir müssen unbedingt wissen, was passiert ist.«

»Das sagt sich so leicht, Bussard. Zwei Tage nach den Schüssen bin ich wieder in der Gegend. Und zwar auf dem Pfad unterhalb von Campetti, und da läuft mir Paolino über den Weg, und was für ein langes Gesicht er macht. ›He, Paolino‹, frage ich, ›ist deine Katze gestorben?‹ ›Viel schlimmer, Adùmas‹, sagt er. ›Cornetta ist verschwunden. Seit vorgestern ist sie weg, und diese jungen Leute … die Elben … die verarschen mich.‹«

Adùmas hob grüßend die Hand, als er auf dem Pfad weiterwollte, der nach seiner festen Überzeugung ungefähr dorthin führte, wo die Schüsse gefallen waren. Er hielt inne.

»Sag, Paolino, hast du zwei Schüsse abgegeben, so gegen Abend?«

»Nein, aber gehört. Ich hab sie auch gehört. Sie kamen von weiter unten.«

»Was machst du dann mit der Flinte, die du umgehängt hast?«

»Die Wölfe, Adùmas. Ein Elbe aus Borgo hat erzählt, dass Wölfe in der Gegend sind.«

»Die suchen doch sofort das Weite, wenn sie dich sehen, Paolino«, sagte Adùmas und wandte sich zum Gehen. »Wenn mir deine Cornetta begegnet, sage ich ihr, dass du dir Sorgen machst.«

»Verarschst du mich jetzt auch noch?«

»Du wirst sie schon finden, keine Sorge. Wölfe sind auch nicht mehr das, was sie mal waren. Die fürchten sich heutzutage sogar vor den Ziegen.«

Der Pfad führte zwischen einem jungen Eichenwald linkerseits und rechts an einem ziemlich steilen, mit Gestrüpp bewachsenen Hang hinunter. Dünne Sonnenstrahlen schienen zwischen den Ästen hindurch auf den Weg und tauchten das Gras in ein intensives Grün, wie es typisch ist für feuchte Böden.

Ein Sonnenstrahl ließ etwas aufblitzen an einer Stelle, an der das Gras wie frisch niedergetreten aussah. Adùmas bückte sich, hob das Ding auf und stieß einen leisen Fluch aus.

»Das … das ist ja eine von meinen!«

Prüfend sah er sich um.

»Die auch.«

Er suchte weiter, und etwas unterhalb des Weges, dort, wo der Abhang begann, entdeckte er das Gewehr, der Lederriemen war an einer aus dem Boden ragenden Wurzel hängen geblieben.

»Das ist ein starkes Stück«, brummte er.

Er befreite das Gewehr, drehte und wendete es in den Händen, wischte mit dem Taschentuch den Dreck vom Schaft und von den Läufen, kontrollierte das Magazin: leer.

Adùmas setzte sich an den Wegrand und zündete sich eine Zigarette an.

Er rauchte sie nicht in aller Ruhe, wie er es eigentlich wollte. Er blickte sich unentwegt um, als könnte von der einen oder der anderen Seite des Weges plötzlich jemand auftauchen. Vielleicht um die Waffe zu holen.

Adùmas rätselte, wie um alles in der Welt zwei seiner Patronen und seine Flinte hierhergekommen waren.

Er versuchte sich zu erinnern, wann er das letzte Mal hier vorbeigekommen war.

»Das ist ein paar Jahre her«, sagte er sich.

Es war keine Gegend, die er frequentierte.

Adùmas rauchte und blickte sich um, und weil er einfach nicht fassen konnte, was ihm da widerfuhr, kontrollierte er noch mal die Stelle, an der er die Flinte gefunden hatte, und da sah er es …

Adùmas war über seine Entdeckung so beunruhigt gewesen, dass es ihm nicht sofort aufgefallen war, aber an der Kante des Abhangs war der Pfad über ein ganzes Stück abgebröckelt und weiter unten war das Gestrüpp geknickt oder abgerissen, als wäre etwas Schweres darübergerutscht …

»Ich hatte recht«, sagte Adùmas leise zu den beiden, die ihm, ohne ihn zu unterbrechen, zugehört hatten. »Ich bin runter und hab ihn gefunden.« Er hielt inne und kramte in seiner Jackentasche. Und blickte die beiden Forstpolizisten an. »So war das alles.« Adùmas deutete mit dem Kopf zur Tür. »Den Typ da nennen sie Solitario. Der weiß mehr als ich. Fragt ihn.« Er zog eine Schachtel Zigaretten hervor. »Ich muss jetzt eine rauchen. Wenn du mich rauslässt ...«

»Kannst hier rauchen«, sagte Gherardini. Er selbst nahm sich eine von seinen eigenen.

Farinon machte das Fenster weit auf.

In der Morgendämmerung wurden die Straßen des Dorfes langsam heller. Ein Tag brach an, der für einige Leute, die in die Geschichte um den Streicher verwickelt waren, kompliziert werden sollte. Angefangen von Adùmas über Solitario, Gherardini, Farinon und den Stabsgefreiten Gaggioli bis hin zur ermittelnden Staatsanwältin Michela Frassinori.

Bevor es Abend würde, sollte auch Eugenio Baratti, leitender Forstdirektor und Chef des Provinzkommandos der Forstpolizei, seinen Teil dazu beigetragen haben.

Der Inspektor sah auf seinem Handy nach der Uhrzeit. »Wir bräuchten noch einen Kaffee.«

Adùmas kramte wieder in seinen geräumigen Jackentaschen und stellte eine kleine Bierflasche auf den Schreibtisch. »Ich hätte das hier zu bieten.«

Marco zog den Korken, schnupperte an der Flasche, füllte seine schon eine geraume Weile leere Espressotasse und reichte die Flasche Farinon. Der tat es ihm nach. Ebenso Adùmas.

»Du hast dir für deinen Ausflug einen Grappavorrat mitgenommen, Adùmas. Eine halbe Flasche hast du der Familie mit dem Horn dagelassen.«

»Gastfreundliche Leute. Mein Grappa war aufgebraucht. Ich bin nach Hause, um Nachschub zu holen.«

»Wenn ich das gewusst hätte, hätte ich in Vinacce auf dich gewartet und mir viel Mühe gespart.« Ein Schluck, dann sagte er: »Dann hast du ihn also umgelagert.«

»Wen umgelagert?«

»Den Leichnam des Streichers. Wahrscheinlich um an den Patronengurt zu kommen.«

»Ich hätte dem Toten eher den Gurt gelassen, als ihn anzufassen. Nein, den habe ich auf dem Weg gefunden. Er hatte ihn nicht umgeschnallt. Wahrscheinlich hatte er ihn sich um die Schulter gehängt.«

Sie zogen ein paarmal an ihren Zigaretten, dann sagte Gherardini: »Eigentlich hättest du sofort zu den Carabinieri gehen und Anzeige erstatten müssen ...«

»Logisch. Die hätten mir bestimmt eine Medaille um den Hals gehängt. Sie finden eine Leiche, mein Gewehr, meinen Patronengurt, zwei von meinen Patronen, gezündet, und der Maresciallo glaubt mir meine Geschichte. Mensch, Bussard! Ich war überzeugt, dass der arme Kerl erschossen wurde!«

Sie rauchten zu Ende und tranken den Fingerbreit Grappa aus, den sie sich genehmigt hatten.

24

Solitario berichtet: der Tag mit dem Gewehr

»Aber jetzt sagst du mir, welcher Teufel dich geritten hat, dass du vom Erdboden verschwunden bist … Deinetwegen bin ich durch die Berge marschiert wie schon seit Jahren nicht mehr.«

Adùmas sah ihn fest an. »Das hat dir sichtlich gutgetan. Den ganzen Tag auf dem Revier im Sessel hocken … Du hast zugelegt, Bussard. Schau mich an, kein Gramm Fett.«

»Du hast meine Frage nicht beantwortet.«

»Ich brauchte jemanden, der meinen Bericht bestätigt. Ich hab dir doch gesagt: Kein Mensch hätte mir geglaubt. Die Leute haben mich schon jahrelang wegen dem Wildschwein mit dem Fuß im Maul verarscht. Und dann wegen dem toten Geologen, der in Realdos Waldhaus verschwunden war …«

»Moment mal, Adùmas«, fiel Gherardini ihm ins Wort. Wenn Adùmas erst mal Fahrt aufgenommen hatte, war er nur schwer zu bremsen. »Hat dieser junge Mann drüben was mit deiner Geschichte zu tun?«

»Klar hat er das. Frag ihn.«

»Das werde ich tun, aber eine Sache leuchtet mir immer noch nicht ein.«

»Na ja, da gibt es mehr als eine«, erwiderte Adùmas. »Dann erzähl mal deine.«

»Hast du nicht gemerkt, dass deine Flinte verschwunden war? Das kann ich mir kaum vorstellen. Sie hängt an einer Stelle, an der du hundertmal am Tag vorbeigehst …«

Diesmal unterbrach Adùmas ihn. »Warum sollte ich da

hinschauen? Ich weiß, dass sie da hängt, also hängt sie da. Mir kommt niemand einfach so ins Haus und klaut was. Die beiden Typen, der Streicher und Solitario, sind immer um mein Haus geschwirrt wie Bienen um den Honig. Einmal habe ich sie mir vorgeknöpft, und wenn Berto nicht dazwischengegangen wäre … Aber wie hätte ich denn auf die Idee kommen sollen, dass sie wegen meinem Gewehr da herumschleichen?«

Der Inspektor sah Farinon an. Der Polizeihauptmeister hob die Schultern. Für ihn gab es weiter nichts zu klären.

»Jetzt setz dich rüber, das verhärmte Kerlchen soll kommen. Mal hören, was er zu sagen hat.«

»Da würde ich gerne zuhören. Es hat mich einiges gekostet, ihn herzubringen, und ich will nicht, dass er ausgerechnet jetzt seine Meinung ändert.«

»Eben deswegen kannst du nicht dableiben, wenn wir ihn befragen.«

Der Inspektor legte Adùmas eine Hand auf die Schulter und deutete auf den Stuhl hinter dem Tisch im Eingangsbereich. »Du setzt dich jetzt da hin und wartest.« Er sah ihm fest in die Augen. »Adùmas, bau nicht wieder irgendeinen Mist, denn diesmal … Haben wir uns verstanden?«

»Ich hab dich verstanden. Und du, hast du mich verstanden?«

»Das sage ich dir, wenn ich mit deinem Gefangenen geredet habe.«

»Quatsch Gefangener, Bussard. Ich hab ihn nicht angefasst. Wenn ich mich von meiner Wut hätte hinreißen lassen … Du weißt doch, wenn ich an dem Tag nicht an dem Steilhang vorbeigekommen wäre, würde ich jetzt im Knast verfaulen.«

»Du bist jetzt auf dem Revier der Forstpolizei …«

»Nicht mehr lang, ihr seid bald alle Carabinieri! An wen

soll ich mich dann wenden, wenn ich Gestrüpp verbrennen will? An Barnaba, den Süditaliener, den marokkanischen?«

»Das werden wir schon sehen«, erwiderte Gherardini und ging in sein Büro. »Was meinst du dazu?«, fragte er Farinon.

»Das passt alles zusammen. Es stimmt mit dem überein, was Benito sagt. Der Streicher will von ihm wissen, wer ein Jagdgewehr hat. Benito zeigt auf Adùmas, der Streicher folgt ihm und weiß damit, wo er wohnt. Was Berto berichtet, rundet das Bild ab: Adùmas sieht die beiden mehrmals um sein Haus herumschleichen und ist stinksauer. Da liegt die Vermutung nahe, dass der Streicher sein Gewehr gestohlen hat.«

»Dann hören wir mal, was Solitario zu sagen hat.« Der Inspektor sah in den Flur hinaus. »Ferlin, bring den jungen Mann her und bleib dann bei Adùmas!«

Ferlin brachte Solitario und sah sich um. »Adùmas?«

»Hast du ihn nicht gesehen?«

Er war weg. Adùmas war weg, und durch die angelehnte Tür drang der Schimmer des anbrechenden Tages herein.

Gherardini stürzte hinaus und schrie: »Adùmas!«

»Was ist?«

Direkt neben der Tür lehnte Adùmas an der Wand und zog in aller Ruhe an einer Zigarette.

Gherardini sah ihn an, schüttelte den Kopf und murmelte: »Nichts.« Er füllte seine Lunge mit der frischen Morgenluft. »Komm rein, wenn du fertig bist.«

Farinon kam herbeigelaufen. »Was ist los?«

»Nichts«, sagte Gherardini.

»Reg dich ab, Bussard, im Büro ist Rauchen verboten. Oder nicht?«, mischte sich Adùmas ein. »Ich hau nicht ab. Ich hab keine Lust mehr, irgendwo anders zu essen und zu schlafen, und die ganze Gartenarbeit ist liegen geblieben.«

Farinon hatte den jungen Mann schon ins Büro gesetzt.

Der stand vom Stuhl auf, als die beiden, Inspektor und Polizeihauptmeister, den Raum betraten.

»Bleib sitzen«, sagte Gherardini.

Gherardini hatte schon von mehreren Seiten gehört, dass Solitario blass war und kränklich aussah. »Was hast du uns zu erzählen?«

»Ich weiß nicht. Was wollt ihr denn wissen?«

»Erst mal deinen Namen.«

»Solitario.«

»Solitario ist der Elbenname. Den richtigen Namen. Und auch den Familiennamen, wenn es dir nichts ausmacht.«

Bevor er antwortete, blickte er die beiden an. Dann flüsterte er: »Muss das sein?«

»Na ja, schon. Aber wenn du uns erst mal vom Streicher erzählen willst, machen wir das mit dem Namen später.«

»Was muss ich sagen?«

»Erst mal, ob du ihn kennst, was du über ihn weißt, wann und wie du ihn getroffen hast, was ihr zusammen gemacht habt, wo ihr gewohnt habt... Und dann, wie sich der Streicher ein Jagdgewehr beschafft hat und vor allem warum.« Er sah dem jungen Mann an, dass er zunehmend nervös wurde, und versuchte ihn zu beschwichtigen. »Eins nach dem anderen, keine Sorge. Wir beginnen damit, wie ihr euch kennengelernt habt.«

Solitario holte tief Luft und fing mit dünner Stimme an: »Hier, in Casedisopra. Ich war seit ein paar Monaten hier und wohnte in der Ca' Storta.«

»Warum ausgerechnet in der Ca' Storta?«

»Weil das Haus unbewohnt war und alles Notwenige vorhanden war. Ich hatte nichts mit...«

»Wie alt bist du?«

»Siebzehn.«

»Wissen deine Eltern, wo du bist?«

Er überging die Frage und nahm den Faden da wieder auf, wo er stehen geblieben war. »Ich hatte nichts dabei, und in der Ca' Storta gab es sogar eine Gasflasche. Ich bin gern allein.« Er machte eine Pause. »Ich habe mich dort eingerichtet und bin ein paar Tage später zurück ins Dorf…«

Er kehrte zurück, weil er Material für seine Arbeiten brauchte. Solitario stellte Masken her, Handpuppen, Karikaturen von Politikern, die bei Sommergästen und Touristen bestens ankamen … alle aus Pappmaché.

Daher brauchte er alte Zeitungen und Zeitschriften, ein paar Stoffreste und mehrere Dosen Weißleim. Die Zeitungen waren kein Problem. Die hatte er schon im Tabakladen bekommen, wo auch Zeitungen verkauft wurden.

Dort stand Roberta, ein hübsches Mädchen um die achtzehn, zwanzig Jahre, dunkler Teint und dunkles Haar, klein, aber eine resolute, unerschrockene Erscheinung. Er mochte sie, weil sie ihm schon Packen von Altpapier geschenkt hatte. Und von Robertas Tante Nerina hatte er Stoffreste bekommen, die sie nicht mehr brauchte.

Im Tabakladen gab es auch Leim. Den würde er bezahlen. Er hatte noch ein bisschen Geld, das ihm reichen musste, bis er anfangen konnte, seine Arbeiten zu verkaufen, die ihm bestimmt ein bisschen was einbringen würden. Und wenn es nur fürs Essen war. Er hatte keine großen Ansprüche.

Roberta wollte er auch nach dem Weißleim fragen.

Bevor er zu ihr ging, drehte er eine kleine Runde durchs Dorf. Es waren schon viele Elben da, die sich mit ihren jeweiligen Angeboten überall verteilt hatten. Und sie machten viel Trubel. Das war auch der Grund dafür gewesen, dass er ein abgelegenes, ruhiges Haus gesucht hatte. Er hatte es schon von weitem gesehen, und es hatte ihm gleich gefallen. Es sah windschief aus, hatte aber dicke, feste Mauern. Den Hintergrund bildete das Grün eines sich selbst überlassenen und daher verschlungenen, dichten Waldes.

Er fand ein Plätzchen an einem Straßenwinkel mit niedrigen Häusern, wo das Dach des einen Hauses das Dach des Hauses gegenüber berührte. Der Platz war noch nicht besetzt, und er schien ihm ideal, um dort seinen Stand aufzubauen. Wenn er seine Kreationen fertig hatte.

Solitario wandte sich in Richtung Tabakladen. Da klopfte ihm jemand auf die Schulter.

»Woher Schuhe?«, fragte in gebrochenem Italienisch der blonde Elbe, der ihn aufgehalten hatte. Er trug eine Jeansweste und Jeans. »Woher Schuhe?«, wiederholte er und zeigte auf Solitarios Sandalen.

»Die hat Giacomo mir gegeben.«

»Wo finden ihn? Meine Schuhe nicht gut«, sagte er und stampfte wiederholt auf dem Pflaster auf. Er trug schwere Bergstiefel, anscheinend ohne Strümpfe.

»Er wohnt weit von hier.«

»Sehr weit?«

Solitario überlegte kurz und sagte dann: »Ich bring dich hin, aber nicht sofort.«

»Danke. Ich heiße Peter.«

»Und ich Solitario.«

»Komische Name, Solitario. Weißt du Wohnung? Ich kenne nichts.«

Peter gefiel ihm. »Du kannst mit zu mir kommen. Ich habe genug Platz.«

Bevor sie sich auf den Weg zur Ca' Storta machten, gingen die beiden bei Roberta vorbei, um Altpapier zu holen. Roberta war sehr nett. Sie gab ihnen einen dicken Packen und dazu Stoffreste und Leim. Sie wollte nichts dafür, und er versprach ihr im Tausch eine seiner Arbeiten.

Die beiden blieben ein paar Tage in der Ca' Storta.

Peter erzählte ihm, er sei erst seit kurzem da und suche einen Freund, der zum Rainbow-Festival habe kommen wollen. Daher bat er Solitario, ihn in die Orte zu bringen, wo es Elben gab.

Solitario begleitete ihn, aber Peter wollte sich dort nicht sehen lassen. Er beobachtete die Leute aus einer gewissen Entfernung und sagte dann: »Ich will nicht, er mich sehen. Will Überraschung.«

»Deswegen hat ihn also nie jemand gesehen«, sagte Marco leise zu Farinon. »Wart ihr in allen Elbendörfern?«, fragte er Solitario.

»Wir haben in Pastorale angefangen, anschließend waren wir in Ca' del Bicchio. An einem anderen Tag in Campetti und Borgo, die ziemlich nah beieinander sind, und dann in Stabbi. Wir wollten eigentlich auch nach Collina rauf, wo viele Elben von hier vorübergehend wohnen, um das Rainbow vorzubereiten. Da gehen auch die hin, die neu ankommen, aber als wir aus Stabbi zurückkamen, sagte Peter, wir bräuchten nicht nach Collina.«

»Warum nicht?«

»Das hab ich ihn auch gefragt. Er sagte, er hätte gefunden, wen er gesucht hat.«

»Wie habt ihr euch verständigt?«

»Ein bisschen mit meinem Schuldeutsch und ein bisschen mit seinem Italienisch. Kann ich ein Glas Wasser haben?«

Farinon brachte es ihm.

»Ich habe die Zeitungen und die anderen Sachen gesehen, oben in Ca' del Bicchio«, sagte Gherardini.

»Ich musste dort schnell weg, Adùmas hat mich gescheucht.«

»Das kann ich mir vorstellen. Wozu brauchst du die Sachen?«

»Ich stelle wie gesagt Pappmaché her und arbeite damit. Masken der Commedia dell'Arte, Karikaturen von Politikern und Theaterleuten, für Kinder Handpuppen, von denen sich manche bewegen können ... Jedenfalls kaufen die Leute sie, und ich brauche nicht viel.«

Gherardini hatte seine Strategie: keinen Druck ausüben. Er wollte die Reaktion des jungen Elben sehen. Er stand auf und sagte: »Das ist alles.«

Überrascht, dass das Gespräch schon zu Ende sein sollte, sah Solitario Gherardini an. »Willst du nichts über das Gewehr wissen?«

Marco setzte sich wieder hin. »Welches Gewehr?«

»Ein paar Tage nach dem Besuch in Stabbi hat Peter mich gebeten, ihn nach Vinacce zu bringen. Wir sind dann noch ein paarmal hin. Eines Tages hat Adùmas uns erwischt. Ich hatte Angst, dass er uns verprügelt. Auch als er in den Schafstall kam, in Ca' del Bicchio. Da hatte er das Gewehr umgehängt, und ich dachte schon, jetzt erschießt er mich.« Er trank einen Schluck und fuhr ruhiger fort. »Eines Morgens haben wir uns versteckt und gewartet, bis Adùmas weggefahren ist. Peter ist ins Haus rein, ich hab draußen Schmiere gestanden. Er kam mit Gewehr und Patronen wieder raus. Keine Ahnung, woher er wusste, dass Adùmas ein Gewehr im Haus hat. Zum Glück waren wir wieder weg, bevor er zurückkam. ›Wozu brauchst du denn das Gewehr?‹, hab ich ihn gefragt. Er hat gesagt, er hätte im Wald hinter dem Haus Wölfe gesehen. Ich hab versucht, ihn zu überreden, dass er es wieder zurückbringt, aber keine Chance.«

»Peter… er heißt Peter, hast du gesagt, nicht wahr?« Solitario nickte. »Was hat Peter mit dem Gewehr dann gemacht?«

»Nichts, er hat es mit dem Patronengurt am Balken an einen Haken gehängt. Da hing es, bis eines Morgens…«

»Weißt du das Datum noch?«

Er brauchte nicht zu überlegen. »Zwölfter Juni.«

Die beiden Forstpolizisten tauschten einen Blick: An dem Tag waren die beiden Schüsse gefallen. Allmählich passten die Dinge zusammen.

»Wieso weißt du das noch so genau?«

»Das ist mein Namenstag«, sagte Solitario und bereute es sofort.

»Jetzt will ich deinen Namen. Zwing mich nicht, den Kalender nach dem zwölften Juni durchzublättern…«

Solitario dachte erst nach, bevor er leise sagte: »Guido, wie der selige Guido von Cortona. Meine Eltern kommen aus Cortona.«

»Und sie heißen?«

»Was passiert, wenn ich es nicht sage?«

»Ich komme von selbst drauf, früher oder später.«

»Dann warte ich das ab.«

Gherardini ließ es vorerst dabei bewenden. Es gab anderes, das ihn mehr interessierte. »Was ist an diesem Morgen passiert?«

»Am zwölften Juni bin ich früh ins Dorf runter. Ich wollte was zum Feiern kaufen. Als ich zurückkam, war Peter nicht da. Er war oft allein unterwegs. ›Damit ich weiß, wo ich eigentlich bin und wo ich hinwill‹, hat er gesagt. Er war also nicht da, und das Gewehr war auch weg.«

Der Junge hielt inne.

»Weißt du, wo er an diesem zwölften Juni mit dem Gewehr hingegangen ist?« Solitario schüttelte den Kopf. »Du hast die Ca' Storta auch verlassen. Warum?«

Der Elbe schluckte, bevor er antwortete: »Ich hatte gehört, dass er tot ist, und mir war klar, dass es was mit dem Gewehr zu tun haben musste. Ich bin abgehauen. Ich bin nach Ca' del Bicchio, ich bin weit weg, auf die andere Seite vom Fluss, weil ich hoffte, dass ...«

»Adùmas hat dich gefunden.«

Sie ließen ihm Zeit, bis er sich wieder gefangen hatte.

»Gibt es noch was, das uns weiterhelfen könnte?«

Der Junge überlegte. »Ja«, sagte er. »Einmal kam Peter ganz aufgeregt zur Ca' Storta zurück. Er sagte, er hätte mit einem Typen gestritten, und auf dem Heimweg ist ihm dann jemand gefolgt. Er hat ihn abgeschüttelt, weil er vom Weg ab ins Gestrüpp gelaufen ist. Er hat mir seine zerkratzten Hände gezeigt, von den Brombeeren. Er hatte Angst.«

»Von wo kam er?« Solitario zuckte mit den Schultern. »Hat er dir nicht gesagt, wer ihm gefolgt ist?«

Solitario versuchte nicht mehr, die Tränen zurückzuhalten. »Krieg ich jetzt Probleme?«

Die beiden Forstpolizisten antworteten nicht.

25

Eine unangenehme Überraschung

Farinon klappte die Fensterläden auf, und die Zehn-Uhr-Sonne schien hell ins Büro.

Gherardini öffnete die Tür und sagte zu Solitario: »Geh mit Ferlin rüber.«

»Muss ich dableiben?«

Er bekam immer noch keine Antwort.

Adùmas stand im Eingang und sagte entschlossen: »Ich geh nach Hause.«

»Hast du es so eilig?«

»Ich hab's dir doch schon gesagt, die Tiere ...«

»Um die kümmert sich Berto. Jetzt setz dich hin und warte«, sagte Gherardini und wollte die Tür schließen.

Adùmas stellte einen Fuß in die Tür. »He, Bussard, weißt du, dass du dich jetzt schon zum Carabiniere entwickelst?«

Gherardini sah ihn an. »Du behandelst mich wie einen Verbrecher. Als ob wir uns nicht schon ein Leben lang kennen würden. Als ob du mich noch nie auf einen Kaffee eingeladen hättest. Als ob ...«

»Als ob ich nicht wüsste, dass du unschuldig bist? Willst du das damit sagen?«

»Auch.«

Gherardini sah Solitario an, der auf das Ergebnis des Geplänkels zu warten schien. Vielleicht würde er davon profitieren. Wenn er Adùmas gehen ließ, gab es auch für ihn Hoffnung. Der Inspektor deutete auf Ferlin, der in der Tür zu Farinons Büro stand. Dann wandte er sich wieder

Adùmas zu. »Komm rein, ich muss dir ein paar Sachen erklären.«

Sie gingen ins Büro, und Gherardini schloss die Tür.

»Weißt du, Adùmas, wir sind noch nicht aus dem Schlamassel raus, und wenn ich dich nach Hause schicke, bevor ich weiß, was genau Stand der Dinge ist, kann ich womöglich noch mal von vorn anfangen. Ich würde eine Anzeige wegen Fahrlässigkeit riskieren, mindestens.«

»Was heißt mindestens?«

»Zum Beispiel auch wegen Unterlassung einer gebotenen dienstlichen Handlung oder sogar wegen Strafvereitelung. Denn du stehst nach wie vor unter Verdacht, Adùmas, das ist dir doch klar, oder? Also gedulde dich und ertrag's, so wie auch wir es ertragen.«

Er ließ den Verdächtigen hinaus, tätschelte ihm die Schulter und brachte ihn an die Tür. »Ich gebe dir eine halbe Stunde Ausgang. Geh zu Benito frühstücken. Die Rechnung geht auf mich, Alter!«

»Du bist hier der Alte«, brummte Adùmas und ging in Richtung Tor.

»Denk dran: Du hast eine halbe Stunde!«, rief Gherardini ihm nach.

»Angenommen, ich komme nicht zurück: Du weißt ja, wo du mich findest.«

»Untersteh dich!«

Der Inspektor sah Adùmas nach, wie er sich entfernte.

Die Straßen des Dorfes lagen im hellen Morgenlicht. Es war angenehm draußen. Die beste Zeit, um in Ruhe spazieren zu gehen.

Wenn man konnte.

»Und unser Frühstück?«, fragte er sich beziehungsweise den Polizeihauptmeister, als er ins Büro zurückkam.

»Na ja, ein bisschen was haben wir schon im Kühlschrank, Bussard.«

Goldoni machte Frühstück, und sie nahmen es gemeinsam in der kleinen Küche ein: Brot, ein Stückchen gereifter Käse und Kaffee. Reichhaltig.

Sie schwiegen.

Geredet und zugehört hatten sie mehr als genug, in der Nacht und bis in den Morgen hinein. Es war Zeit, Bilanz zu ziehen.

Das taten sie im Büro des Inspektors.

»Ich glaube Adùmas' Version«, sagte Gherardini. »Was meinst du?«

»Wir wissen jetzt sicher, dass meine Vermutungen nach dem Gespräch mit Adùmas richtig waren.«

»Was bedeutet, dass wir von vorn anfangen können.«

»Ich fürchte, ja. Ich fürchte auch, dass dieser Anfang Paolino ist.«

Daran hatte er auch schon gedacht, und dass Ferlin ebenfalls daran gedacht hatte, bestätigte ihn darin, dass er auf dem richtigen Weg war.

Paolino aus Campetti. Adùmas hatte ihn am Tag mit den zwei Schüssen gesehen, an dem verfluchten zwölften Juni, das Gewehr umgehängt, nicht weit von dem Steilhang. Und er hatte sich ziemlich über die Elben geärgert.

Paolino aus Campetti. Gherardini war sicher, dass er, als er ihn besuchte, den Kolben eines Gewehrs gesehen hatte, das an der Wand hing. Beim nächsten Besuch war das Gewehr nicht mehr da gewesen. Nicht nur das. Er hatte beteuert, nie eines besessen zu haben.

Paolino aus Campetti. »Mal angenommen, er hat den Streicher getroffen, der seine Cornetta spazieren führt. Er war sowieso schon wütend auf die Elben, die sich über ihn lustig gemacht haben. Er wird noch wütender und … dann passiert, was passiert ist«, schloss Gherardini.

Beide hingen ihren Gedanken nach. Dann sagte Farinon: »Wir sind also von Adùmas abgekommen und haben dafür Paolino im Visier. Der wäre mir ja nie und nimmer in den Sinn gekommen. Überzeugungen sind manchmal …« Er stand auf und wandte sich zum Gehen. »Was machen wir mit den beiden?«

Der Inspektor antwortete nicht sofort. Er warf einen Blick auf die Uhr. »Bald ist Essenszeit. Ich gehe am Nachmittag zu Paolino.« Er sah seinen Kollegen an, der in der Tür stand und auf Anweisungen wartete. »Eine Idee hätte ich ja, Farinon«, sagte Gherardini und grinste. »Sag Goldoni, er soll auch für Adùmas was zu essen machen.«

»Falls er zurückkommt.«

»Er kommt bestimmt. Gebt ihm und Solitario was zum Essen. Ich gehe auf eine Fiorentina zu Benito, und dann bringe ich die beiden persönlich … rat mal, wohin.«

»Ich kann es mir vorstellen«, sagte Farinon und grinste ebenfalls.

Die halbe Stunde Ausgang war längst vorbei, und weit und breit kein Adùmas.

Gherardini schien sich nichts dabei zu denken.

Um halb eins verließ er das Büro mit der Anweisung, den wegen weiterer Ermittlungen Festgehaltenen etwas zu essen zu geben.

»Im Moment ist nur einer da«, präzisierte, mit leisem Spott, der an dem Tag für die Küche zuständige Forstpolizist Goldoni.

Gherardini entdeckte Adùmas auf halbem Weg zwischen dem Revier und Benitos Trattoria-Bar. Er saß auf den Stufen des Tabakladens und rauchte in aller Ruhe eine Zigarre, als hätte er keine Probleme.

Er stellte sich vor ihn hin. »Langes Frühstück, Adùmas.«

»Ich hab mir noch eine Zigarre gegönnt. Mensch, Bussard, ich hab schon seit Jahren keine mehr geraucht. Zur Feier des Tages.«

»Was feierst du denn? Du gehst jetzt aufs Revier, du wirst zum Essen erwartet.« Er ging weiter. »Und wenn ich eine halbe Stunde sage, dann meine ich eine halbe Stunde!«

»Ich hab keine Uhr, Bussard.«

»Wenn du glaubst, du kannst tun und lassen, was du willst, hast du dich geschnitten. Gesetz ist Gesetz …«

»… na dann, Prost Mahlzeit! Guten Appetit, Bussard.«

»Danke gleichfalls. Du isst auf dem Revier.«

»Wer sagt denn, dass ich komme?«

»Ich. Wetten?«

Adùmas stand auf, zog an der Zigarre und trollte sich. Ohne Wette.

Benito empfing den Inspektor mit einem »Sieh an, du lebst ja noch!« und trat an seinen Tisch. Er blickte ihm ins Gesicht: »Du machst einen ruhigeren Eindruck als neulich. Gibt's Neuigkeiten?«

Gherardini nickte.

Benito rückte einen Stuhl vom Tisch ab und setzte sich. »Lass hören.«

»Eine Fiorentina, wie Adele sie macht, und einen halben Roten.«

Benito war enttäuscht. »Mein Lieber, Fiorentina bestellst du zweimal im Monat.«

»Stimmt.«

»Und die Neuigkeit?«

»Es ist die dritte diesen Monat.«

Benito stand auf und schob den Stuhl sorgfältig wieder an seinen Platz. »Verstehe. Ich glaube, du wirst nie rausfinden, was dem Streicher zugestoßen ist.«

»Dann weißt du also etwas, das ich nicht weiß. Wie immer.«

»Ich sage jetzt wegen deiner Fiorentina Bescheid.«

»Gut. Und sag Amdi, er soll mir einen guten Roten bringen.« Unnötige Präzision. Benito führte zwei Weine, einen weißen und einen roten. Ob gut oder schlecht, andere gab es nicht. »Ich habe die ganze Nacht mit zwei Vorbestraften geredet und habe einen Riesendurst.«

Benito blieb auf halbem Weg stehen. »Die ganze Nacht?«

»Die ganze Nacht.«

Bevor er wieder zu seinen Leuten ging, schaute er bei den Carabinieri vorbei. Er informierte den Stabsgefreiten Gaggioli über die letzten Entwicklungen und sprach sich mit ihm über den Fortgang der Ermittlungen ab.

»Wir fangen an, uns gegenseitig zu ertragen«, sagte er am Ende. »In ein paar Monaten werden wir miteinander leben müssen.«

Der Duft nach gutem Essen wehte ihm schon im Eingang der Forstpolizei entgegen.

»Hat es euch geschmeckt?«, fragte er die beiden »Vorbestraften«, die bei Farinon im Büro saßen und auf ihn warteten.

»*Penne all'arrabbiata*. Köstlich«, antwortete Adùmas. »Der junge Mann hier wollte keine und hat die Nudeln ohne Soße gegessen. Wenn er so weitermacht …« Er stand auf. »Danke für das Mittagessen, aber ich muss jetzt wirklich los.«

»Eine kleine Formalität gibt es noch. Wir müssen das Protokoll eurer Aussagen schreiben und euch zur Unterschrift vorlegen. In der Zwischenzeit …«

In der Zwischenzeit verfrachtete er die beiden »Vorbestraften« in den Wagen und brachte sie zur Kaserne der Carabinieri. Gaggioli nahm sie in Empfang.

»Wir sehen uns morgen früh zur Unterschrift«, sagte er zu den beiden, als er ging.

»Wie bitte?«, rief Adùmas hinter ihm her.

»Die Forstpolizei ist nicht dafür ausgerüstet, Personen in Erwartung weiterer Abklärungen über Nacht aufzunehmen.«

Er wusste, dass Adùmas ihm das nachtragen würde.

Er würde es mit ein paar Abendessen bei Benito wettmachen.

Das war es wert. Dieser verfluchte Adùmas hatte ihn verrückt gemacht. Ein paar Höllentage, die Wege im Apennin bergauf und bergab, bei Regen und Sonne.

Er hörte das Gebrüll von Adùmas, der in der Arrestzelle eingesperrt war, bis das Auto weit genug entfernt war.

Gherardini hatte vorgehabt, Farinon auf dem Revier abzuholen und nach Campetti raufzufahren. Paolino war ihm einige Erklärungen schuldig.

Es kam anders.

Er sah das Auto vor dem Revier stehen.

Adieu Campetti und adieu Paolino.

Er wappnete sich innerlich für das Treffen mit Baratti, seinem Vorgesetzten, dem leitenden Forstdirektor und Chef des Provinzkommandos der Forstpolizei.

Er hätte sich auch auf das Aufeinandertreffen mit der Frassinori wappnen sollen.

Durch die weit geöffnete Tür sah er die beiden in seinem Büro sitzen.

Schon im Eingangsbereich merkte er, dass dicke Luft herrschte. Ferlin saß am Computer, in irgendeine Arbeit vertieft; Farinon redete am Telefon leise auf jemanden ein;

Goldoni sortierte im Regal auf dem Flur Kisten mit Aktenordnern.

Die Aktenordner waren seit Jahren im Flur. Sie konnten auch noch bleiben.

»Warum hast du nichts gesagt?«, flüsterte er Farinon im Vorbeigehen zu.

Der zuckte mit den Schultern.

»Dottoressa«, grüßte er, als er sein Büro betrat. »Comandante«, und dann stand er da, zur Verfügung.

»Setz dich«, forderte Baratti ihn auf.

Gherardini setzte sich auf den Stuhl, den er sonst Fremden anbot. Sein eigener Platz am Schreibtisch war von seinem Chef belegt.

»Wie weit sind wir?«

Rasch überlegte er, ob er die Wahrheit sagen oder eine Spur erfinden sollte, die er nicht hatte. Er entschied sich für eine dritte Variante.

»Ich habe zwei Tatverdächtige festgenommen. Einen dritten vernehme ich heute Nachmittag.« Und er setzte hinzu: »Oder heute Abend, wenn es hier länger dauert.«

»Besteht die Möglichkeit, in kurzer Zeit zu einem konkreten Ergebnis zu kommen?«

Die Frassinori hatte den Mund bislang nur aufgemacht, um den Rauch ihrer Zigarette einzuatmen und wieder auszustoßen. Sie drückte die erst halb gerauchte Zigarette im Aschenbecher auf dem Schreibtisch aus. Dort lag, zerknüllt, auch die leere Schachtel. Ihr Auftritt ging so:

»Comandante, reden Sie nicht um den heißen Brei herum. Wochen sind vergangen, und Ihr Inspektor hat nicht den Hauch einer Idee, wie der Fall zu lösen wäre.«

Sie nahm eine neue Schachtel aus ihrer Handtasche, öffnete sie und steckte sich eine weitere Zigarette an. Gherardini fielen ihre fahrigen Bewegungen auf und der feste Griff, mit dem ihre Hände Zigarette und Feuerzeug hielten. Eine harte Frau, ohne Gefühl oder Sorge um die Wirkung ihrer Worte.

Sie nahm einen kurzen, nervösen Zug und fing, den Inspektor fest im Blick, wieder an: »Keine Sorge, es wird nicht so lang dauern, Inspektor.« Noch ein Zug. »Ich beabsichtige, Maresciallo Barnaba einzuberufen, damit er den Fall rasch abschließt. Sie werden ihm die bislang gesammelten Informationen zukommen lassen … In wenigen Monaten gehören Sie sowieso beide zum selben Corps. Es ist eine Generalprobe für die Übernahme der Forstpolizei durch das Corps der Carabinieri.« Sie schlug die – wie Gherardini feststellte, übrigens ziemlich schönen – Beine übereinander, rauchte etwas entspannter und gab dem Kommandanten ein Zeichen, er könne fortfahren.

Baratti dachte nach, betrachtete seinen Untergebenen und wandte sich direkt an die Staatsanwältin. »Ich pflichte Ihnen bei, dass wir mit der Forstpolizei einen schlechten Eindruck machen. Und das ausgerechnet jetzt, wo die lange, ehrenvolle Geschichte der Einheit im Dienst der Gemeinden, besonders hier in den Bergen, dem Ende zugeht. Ich kenne Inspektor Gherardini seit Beginn seiner Karriere in der Einheit und habe vollstes Vertrauen in sein Tun. Ich bin sicher, dass Maresciallo Barnaba keine bessere Arbeit geleistet hätte als mein Inspektor und auch nicht leisten wird. Aber wenn Sie, Dottoressa Frassinori, so entschieden haben …«

Gherardini unterbrach ihn. »Ich wiederhole, ich habe zwei Tatverdächtige. Ein weiterer möglicher Täter kommt bald dazu.« Das war gelogen, aber es ärgerte ihn, dass die Carabinieri sich in eine Angelegenheit einmischen sollten, die seiner Ansicht nach jetzt von Rechts wegen ihm zustand. »Die

Elben sind eine große Gemeinschaft und ziemlich speziell. Der Kontakt mit ihnen erfordert große Behutsamkeit. Sie legen allergrößten Wert auf ihre Unabhängigkeit ...«

Auch Marco wurde unterbrochen. Von der Staatsanwältin. »Genau deshalb können wir uns nicht erlauben, dieses Rainbow-Festival abzuwarten, ohne die Umstände der Ereignisse und die eventuelle Verantwortung abgeklärt zu haben. Vielleicht leben Sie, Inspektor, hier am Rande der Zivilisation und lesen keine Zeitungen. In dem Fall bringe ich Sie jetzt auf den Stand der Dinge: Man fragt sich, ob es angebracht ist, die Durchführung des Festes zu gestatten; ob man in der Lage sein wird, bei Tausenden von Elben, die aus allen Teilen Europas kommen, die öffentliche Ruhe zu bewahren. Man fragt, warum wir es immer noch nicht geschafft haben, die obskure Episode mit dem Tod eines jungen Elben zu klären, und was wird noch alles passieren, wenn die Elben jetzt in unseren Apennin einfallen?« Sie drückte die Zigarette aus und erhob sich. »Wenn Sie sichere Tatverdächtige haben, erwarte ich Ihren Bericht. Morgen, auf meinem Rechner.« In der Tür präzisierte sie: »Andernfalls ...«, und verließ die Gesprächsrunde.

Als er der Staatsanwältin hinterher- und am Inspektor vorbeiging, flüsterte Baratti: »Mensch, Ghera, wenn du sie dazu bringst, dass sie zurücknimmt, was sie gesagt hat, schlage ich dich für eine feierliche Belobigung vor ...« Und bevor er draußen war, fügte er hinzu: »... und sie wird bei der Verleihung dabei sein.«

26

Auf ein Neues

»Andernfalls?«, fragte der Polizeihauptmeister in der Tür zu Gherardinis Büro. »Was passiert andernfalls?«

»Wir werden es erfahren ... andernfalls«, sagte Gherardini, setzte seine Mütze auf und ging.

Die beiden, die den Carabinieri »ausgeliefert« worden waren, waren bereits in der Arrestzelle untergebracht. Er öffnete die Zelle selbst und hob, Adùmas' Reaktion vorhersehend, die Hände vor sich. »Ganz ruhig, ich erkläre dir alles.« Zu Solitario sagte er: »Soll ich dich zu den Elben raufbringen?«

»Ich gehe allein.«

»Da kommst du spät an.«

»Zeit hab ich«, sagte Solitario und nahm die Straße, die aus dem Dorf hinaus- und in die Berge führte.

»Ich komme dann mit wegen der Unterschrift fürs Protokoll!«, rief Gherardini noch.

Solitario nickte, ohne sich umzudrehen.

»Jetzt habe ich mir in ein paar Minuten zwei Feinde gemacht«, meinte Gherardini. »Wozu darf ich dich einladen, damit du mir verzeihst?«

»Nichts, von dir nichts.«

»Wenn du dich wieder abgeregt hast ...«

»Das wird dauern.«

»Ich sollte dir wohl erklären, was los ist. Das geht besser im Sitzen und mit Kaffee. Um die Uhrzeit ... Apropos, du hast gesagt, dir hätte das Mittagessen bei der Forstpolizei geschmeckt.«

»Zu Hause hätte es mir besser geschmeckt. Apropos, du könntest mich heimfahren, der Kaffee geht aufs Haus. Mit Zyankali, Bussard, mit Zyankali, und wenn das nicht reicht…«

Wenn, dann war gutes Zyankali im Kaffee, denn Gherardini schmeckte er.

»Jetzt lass hören«, sagte Adùmas.

»Wie viel Zeit bleibt mir, bevor das Zyankali seine Wirkung tut?«

»Genug.«

Der Inspektor sammelte seine Gedanken und sprach über die Situation, in der er sich bewegen musste, das Desinteresse und die Lügen, besonders von Seiten der Elben, die sich abgesprochen zu haben schienen, um ihm die Ermittlungen zu erschweren. Über die Probleme, auf die er gestoßen war und weiterhin stieß, einschließlich den Besuch der Frassinori…

»Wenn ich auch noch daran denke, dass du eingebuchtet worden wärst… Du hast recht, ich hätte nicht im Entferntesten an dich als Schuldigen denken dürfen, aber deine Flucht war da echt nicht hilfreich. Jedenfalls…«

»Jedenfalls steckst du bis zum Hals in der Scheiße.«

»So ungefähr«, sagte Gherardini und stand auf. »Danke für den Kaffee.«

»Den hast du nicht verdient.«

»Deshalb bedanke ich mich ja.«

Der Hausherr brachte ihn zum Auto.

Von Norden kam ein leichtes, angenehmes Lüftchen, der Abend ließ sich ruhig an. Nach einem Tag, wie der Inspektor selten einen erlebt hatte.

Schweigend lehnten die beiden an der Seite des Geländewagens, und Gherardini holte seine Zigaretten hervor. Er reichte sie Adùmas, der ihm bedeutete, er könne die Schachtel wieder einstecken, und seine Zigarren hervorholte.

»Ich hab heute die Spendierhosen an«, sagte er und bot Gherardini eine an.

»Das Zeug habe ich noch nie geraucht.«

»Dann ist es Zeit, dass du damit anfängst.«

Er gab Bussard Feuer. Beim ersten Zug raubte ihm ein Anfall von Krampfhusten fast den Atem.

»Mensch, Bussard, das ist keine Zigarette. Eine Zigarre raucht man nicht auf Lunge«, warnte Adùmas ihn.

Als der Husten nachließ, trocknete Gherardini sich die Augen mit einem Papiertaschentuch und brachte immerhin ein »Danke, Adùmas, dass du mich gewarnt hast« über die Lippen.

Schweigend genossen sie das Rauchen und die Ruhe des Abends.

»Wir stecken ganz schön im Schlamassel, Bussard.«

»Wir?«

»Wir, ja. Wir alle. Stell dir vor, eines Tages fragen mich die Carabinieri, ob ich eine Genehmigung habe, mein Reisig und den Rebschnitt abzufackeln. Oder sie stoppen mich, wenn ich mit einer kleinen Wildsau im Kofferraum heimkomme …«

»Das gilt für die Forstpolizei schon auch, Adùmas …«

Adùmas machte eine vage Geste, und dann schwiegen sie wieder. Als der Inspektor ins Auto einsteigen wollte, fragte Adùmas: »Wenn ich dir behilflich sein kann …«

»Das wäre schön, es wäre wirklich schön, wenn mir jemand helfen würde. Ich wüsste aber nicht, wie.«

»Ich habe gehört, du bräuchtest jemanden, der Deutsch kann, möglichst einen Elben. Ich überleg mir was, Bussard. Mach's gut.«

Er hatte eine harte Nacht vor sich. »Ich erwarte Ihren Bericht. Morgen, auf meinem Rechner«, hatte die Frassinori gesagt. »Andernfalls …«

Morgen war bald.

Ja, die Nacht war hart.

Um zwei löste Marco Gherardini Ferlin am Bildschirm ab. Er las die viel zu vielen Seiten des Berichts, machte ein paar Korrekturen und überließ den Platz wieder dem Polizeimeister.

»Schick ihn an die Frassinori und an Baratti. Mir reicht's jetzt mit dem Bericht und allem anderen. Mir geht das alles dermaßen auf den …«

»Mir auch«, stimmte Ferlin zu, bewegte den Cursor auf *Senden* und klickte. Er sah unter *Gesendet* nach und lehnte sich entspannt zurück. »Auftrag ausgeführt, Inspektor. Können wir jetzt schlafen gehen?«

»Du kannst machen, was du willst. Ich hau mich hier aufs Ohr.«

Er schlief vier Stunden und frühstückte. Die Tankstelle, mit der sie einen Tankvertrag abgeschlossen hatten, öffnete um halb sieben. Inspektor Gherardini war der erste Kunde.

»Du fängst heute ja früh an, deinen Mitmenschen auf den Sack zu gehen, Bussard. Wen trifft es denn?«, fragte der Tankwart.

»Leider niemanden. Die anderen gehen mir auf den Sack.«

Zwanzig Minuten später stieg er aus dem Auto. Die Sonne, noch tief, trocknete hier und da, wo sie schon durchdrang, das Gras und das Gebüsch am Weg vom Tau.

Er wollte möglichst bald raus aus dem Fall, egal wie. Maresciallo Barnaba sollte selbst zusehen, wie er zurechtkam. Mit der feierlichen Belobigung konnte er nichts anfangen. Aber ihn wurmte gewaltig, dass die Frassinori ihre Wut an ihm ausgelassen hatte. Und die Beleidigungen, die sie von sich gegeben hatte: »Vielleicht leben Sie, Inspektor, hier am Rande der Zivilisation und lesen keine Zeitung. In dem Fall bringe ich Sie jetzt auf den Stand der Dinge…«

Zeitungen zu lesen bedeutet nicht unbedingt, dass man in der Zivilisation lebt. Er jedenfalls las Zeitung. Nicht immer, denn manchmal ließ ihm die Arbeit keine Zeit dazu, aber er las genug, um über die Geschehnisse in der Welt informiert zu sein.

Dann trugen ihn seine Gedanken, ohne dass er es merkte, zu Elena, von ihr zu dem Streit, von dem sie ihm erzählt hatte, und damit zu den beiden Elben, die ihn vom Zaun gebrochen hatten. Die beiden sprachen Deutsch.

In diese Richtung hatte er wenig nachgehakt. Von den Elben in Stabbi sprachen Helga und Joseph Deutsch, aber die Rede war von zwei Männern gewesen, also…

Einer könnte Joseph gewesen sein, der andere der Streicher, schloss Gherardini.

Also musste er Joseph ausquetschen. Der übrigens eine Pistole besaß. Das war nicht unerheblich. Vorausgesetzt, von Paolino kam keine andere Vermutung.

Über all das dachte er nach, als er mal wieder den Weg nach Campetti ging. In der Hoffnung, dass es das letzte Mal war. Und wenn nicht, dann tat er es das nächste Mal zu seinem eigenen Vergnügen. Oder um sich bei Paolino nach Cornettas Gesundheit zu erkundigen. Und nicht um ihn mit Fragen hereinzulegen, die nur einen Zweck hatten: Wo hast du das Gewehr hingetan, das bei dir an der Garderobe hing?

Er beschloss, nicht um den heißen Brei herumzureden, sondern gleich zum Eigentlichen überzugehen.

»Wo hast du das Gewehr hingetan, Paolino?«

Paolino hatte ihn nicht kommen hören, er stand im Gemüsegarten über den Spaten gebeugt und stach das Gras aus, das immer wieder nachwuchs, egal, was er machte. In der Nähe stand Cornetta, das Maul in einem Korb, und hatte den Kopf bei der Ankunft des Unbekannten gehoben, ihn für harmlos befunden und weitergeknabbert an den Obst-, Gemüse- und Kartoffelresten und was Paolino ihr sonst noch serviert hatte.

»Mensch, Bussard, bin ich erschrocken!« Er richtete sich auf und verzog das Gesicht. »Verfluchter Rücken«, brummte er. »Von welchem Gewehr redest du?«

»Von dem, das an der Garderobe hing und von einem Mantel aus Wachstuch verdeckt war.«

»Ah, das.«

»Du hast gesagt, du hättest kein Gewehr. Weißt du noch?«

Paolino stützte sich auf den Stil des Spatens und zündete sich eine Zigarette an. »Ja, ich weiß noch. Weißt du auch noch, was genau du mich gefragt hast? ›Hast du ein eigenes Gewehr?‹, hast du gefragt.«

»Ich habe aber auch ein gutes Gedächtnis, Paolino. Du hast geantwortet: ›Nein, Bussard, ich hatte nie ein eigenes Gewehr.‹ Stimmt doch, oder?«

»Stimmt. Das Gewehr, das du gesehen hast, ist tatsächlich nicht meines. Es ist von meinem Vater. Es hing seit ewigen Zeiten da …«

»Bis du es mitgenommen hast, als du Cornetta gesucht hast.« Paolino sah ihn überrascht an. »Ja oder nein?« Paolino nickte. »Du warst auch ziemlich sauer auf die Elben. Bist du vielleicht einem begegnet und hast einen Streit angefangen?«

»Das würde gerade noch fehlen, dass ich mit denen streite. Ich hab ihnen gezeigt, wie man einen Garten bestellt, Tiere hält, essbare Pilze erkennt … Und jetzt streiten. Ich war sauer, weil einer was gesagt hat und ein anderer was anderes. Sie haben sich über mich lustig gemacht. Da wärst du auch sauer geworden.« Er hielt inne, um ein paarmal an der Zigarette zu ziehen und um nachzudenken. »Jetzt läuft es darauf raus, dass ich den armen Kerl umgebracht habe.«

»Das habe ich nicht gesagt. Zeigst du mir mal das Gewehr deines Vaters?«

Paolino stieß mit einem knappen Hieb den Spaten in die noch weiche Erde und ging zum Stall. Er wühlte in einem Trog im Heu und reichte dann dem Inspektor ein Bündel, das in Plastiktüten eingewickelt war, wie man sie zum Einkaufen verwendet. Nachdem die Tüten abgenommen waren und das Zeitungspapier, in das es noch eingeschlagen war, weggerissen war, hielt Gherardini endlich das verfluchte Gewehr in den Händen.

Er untersuchte es.

Eine alte Doppelflinte Kaliber 12, eine vorsintflutliche Waffe, aber noch funktionsfähig. Er öffnete sie und besah die Läufe, sie waren sauber und glänzten.

»Du hältst es gut in Schuss, das alte Gerät.«

»Ich habe sie gereinigt, bevor ich los bin, um Cornetta zu suchen. Ich hab dir doch gesagt, dass Giacomo von Wölfen und Kadavern von Damwild und Eseln erzählt hat…«

»Und die Patronen?«

Paolino kramte im Zeitungspapier und in den Tüten und holte eine Handvoll Patronen hervor, die er Gherardini zeigte. Sie waren in schlechtem Zustand, alt, und die Pappe war mit den Jahren von der Feuchtigkeit aufgequollen. Der Deckel war am Rand stellenweise ausgefasert, so dass die Kugeln offen lagen. Das Wichtigste: Es waren nicht der Typ und die Marke der Patronen, die Gigi, der Totengräber, gefunden hatte.

»Ein Glück, dass du damit nicht geschossen hast, Paolino. Die wären dir um die Ohren geflogen. Bring die Patronen bitte unbedingt zu einem Büchsenmacher, er soll sie entladen. Nein, weißt du was? Du sammelst sie zusammen und gibst sie mir.«

Die Prozedur nahm ein paar Minuten in Anspruch, aber am Ende war der Inspektor sicher, dass sich in dem Wust von Zeitungspapier und Tüten keine einzige Patrone mehr befand.

Die alte Doppelflinte durfte wieder in Campetti im Heu ruhen. Unschuldig.

»Warum hast du sie versteckt?«

»Als ich gehört habe, dass du dich überall nach einem Gewehr umhörst, bin ich erschrocken. Und nachdem du jetzt wegen dem Gewehr gekommen bist, hatte ich schon ein bisschen recht.«

Borgo erreichte er auf einem anderen Weg. Zu Fuß, damit er das Laufen nicht vergaß.

Die ganze Zeit über dachte er an nichts anderes als an Giacomo, einen der Aktivsten in der Elbengemeinschaft. Er kümmerte sich um das Festival und hatte alle Hebel in Bewegung gesetzt, um es in diesem Jahr nach Collina di Casedisopra zu holen.

Außerdem, überlegte Gherardini weiter, *war er in Deutschland, und da hat er ja wohl Deutsch gelernt. Außer dass er Sandalen gemacht hat.* Apropos, auch da war Giacomo ihm noch eine Erklärung schuldig. Zu etwas, das in Solitarios Bericht zwischen den Zeilen aufgetaucht und gleich wieder verschwunden war.

Allmählich rückten einige Details in Gherardinis Ermittlungsmuster auf einen festen Platz.

Er war schon bei Giacomo vorbeigegangen und hatte ihn nicht angetroffen.

Er klopfte. Wieder vergebens.

Wie bei den Elben üblich, war die Tür nicht abgeschlossen. Gherardini drückte sie auf und rief.

Keine Antwort.

Er trat ein. Aber was suchte er eigentlich?

Der herbe Geruch von gegerbtem Leder schlug ihm entgegen.

In einer Ecke befand sich auf einem niedrigen Tisch, wie ihn früher die Schuster benutzten, das Schusterwerkzeug. Daneben lagen auf dem Boden ein Haufen Lederstreifen und ein paar Rollen Leder für die Sohlen der Sandalen.

Er wandte sich ab und wollte schon gehen.

»Bist du wegen den Sandalen da, die du haben möchtest?«, fragte Giacomo in der Tür.

»Auch. Entschuldige, dass ich einfach reingegangen bin, aber ich war schon ein paarmal da und wollte dir eine Nachricht hinterlassen.«

»Kein Problem, die Tür ist immer offen.« Er nahm den Rucksack ab, stellte ihn auf den Boden, ging an die Spüle und stillte seinen Durst. »Magst du auch?«, fragte er und hielt ihm eine Kupferkelle hin.

»Danke, ich habe an der Quelle getrunken.«

Giacomo nahm seine bestickte Kappe ab, löste den Pferdeschwanz, wusch sich die Hände und trocknete sie nicht ab. Er fuhr sich damit durch die Haare und über den Bart. »Du bist also wegen der Sandalen gekommen.«

»So ist es. Außerdem suche ich jemanden, der Deutsch kann.«

»Ich spreche es so lala. Ich war ein paar Jahre in Deutschland, bevor ich herkam, um so zu leben, wie es mir gefällt.«

»Mit wem hast du vor einiger Zeit in Stabbi gestritten?«

Giacomo überlegte, schüttelte den Kopf, wusch sich noch mal die Hände und trat an den Tisch. »Ich habe vor bestimmt zehn Jahren aufgehört zu streiten. Als ich festgestellt habe, dass es nichts bringt.«

»Das werden wir sehen. Ich weiß von Solitario, dass er wegen einem Paar Sandalen mit dem Streicher bei dir war.«

»Falsch«, sagte er und setzte sich ohne weitere Erklärung vor eine Schüssel, über die eine zweite gestülpt war. Er deckte sie ab. Darin lagen ein Stück Brot und ein bisschen Salami.

»Magst du auch was?«

»Hab schon gegessen.«

»Du bist so erfrischend, Bussard. Setz dich.«

»Ja, wenn du die Absicht hast, das Rätsel aufzuklären. Nein, wenn du vorhast, mir nicht zu antworten. In dem Fall bin ich gezwungen ...«

»Kein Zwang, Bussard. Solitario kann das gar nicht gesagt haben. Du hast es einfach mal versucht«, sagte er und schnitt dabei die Salami auf und zog die Haut ab. »Ich habe Solitario vor ein paar Tagen getroffen, oben in Collina, wo wir das Fest am neunundzwanzigsten August vorbereiten.« Er schnitt auch das Brot auf und goss sich einen Schluck Rotwein ein, der so hell war, dass er wie Rosé wirkte. »Apropos, du bist eingeladen ...«

»Ich würde sowieso kommen. Zu meiner Arbeit gehört auch die Kontrolle, ob der Naturschutz eingehalten wird, kein Feuer ausbricht und Collina nach dem Festival nicht in eine Müllhalde verwandelt ist.«

»Alles Dinge, die in unserem Statut stehen ...«

»Ihr habt sogar ein Statut?«

»Nur ein imaginäres, Bussard. Zurück zum Thema. Ich habe Solitario getroffen, er hatte meine Sandalen nicht an.«

Da sah Gherardini klar wie auf einem Dia das Bild des Jungen in der Ca' Storta: schlafend und in Kleidern. An den Füßen Bergstiefel.

»Ich habe ihn nach den Sandalen gefragt, die ich ihm gegeben hatte, und er hat wortwörtlich geantwortet: ›Die hab ich gegen die Bergstiefel des Streichers eingetauscht. Der arme Kerl litt Höllenqualen mit den Dingern. Mir passen sie gut.‹ Wortwörtlich, Bussard.«

Er hätte Solitario fragen müssen.

Das hatte er nicht getan, und jetzt passte alles zusammen.

Leider.

27

Joseph, der nicht Joseph ist

So langsam brauchte er etwas zwischen die Rippen. Es war ein Fehler gewesen, bei Giacomo Brot und Salami abzulehnen. In Stabbi würde er Elena antreffen, vielleicht lud sie ihn ja wieder zu einem Elbenessen ein. Falls sie nicht mit ihrer Gitarre ins Dorf runtergegangen war.

So war es. Er traf Helga an.

»Ciao«, grüßte er.

»Ciao«, erwiderte sie.

»Ist Elena da?«

»Elena ist im Dorf, singen und spielen«, radebrechte sie auf Italienisch.

Er hob grüßend die Hand. Dann überlegte er es sich anders, vielleicht konnte er sich ja doch verständlich machen. Er versuchte es noch mal: »Du kennen Elbe, der Deutsch sprechen?« Helga sah ihn an und breitete die Arme aus. Gherardini fragte sich, aus welchem Grund er Verben im Infinitiv verwendete. Aus gar keinem. Er versuchte es mit Gesten. Er deutete auf Helga, sagte: »Du sprichst Deutsch«, und zeigte hinaus. »Sprechen hier noch andere Leute Deutsch?«

Helga lächelte. *»Ja«*, sagte sie auf Deutsch, *»Joseph spricht Deutsch. Sollen wir zu ihm gehen, damit er für uns übersetzt?«*

Überrascht stellte Marco fest, dass er den Sinn der Sätze verstanden hatte. Von dem Deutsch, das er in der Mittelschule und dann auch in den höheren Klassen gelernt hatte, war doch etwas hängen geblieben. Er versuchte zu sprechen.

Erst murmelte er den Satz, den er sagen wollte, auf Italienisch vor sich hin, dann verwandelte er ihn langsam in Deutsch: »*Joseph spricht Deutsch, ich weiß. Noch wer?*«

Wieder lächelte Helga: »*Du sprichst Deutsch*«, dann überlegte sie und schüttelte den Kopf. »*Hier spricht es niemand außer Joseph. Es gibt jemanden in Ca' del Bicchio, bei Campetti und in Borgo.*«

Sie hatte ihm nichts erzählt, das er nicht schon wusste, nämlich dass in Ca' del Bicchio Barthold, seine Frau Colomba und die beiden Kinder Deutsch sprachen. Auch Biondorasta sprach es ganz passabel. Armonia gar nicht, und Bosco konnte *Ich liebe dich* sagen und noch ein paar kurze Sätze. In Campetti wusste er von Pietra, den Paolino Pietro nannte, und seiner Familie. Wie auch von Giacomo in Borgo.

Er hatte mehr als einen Grund zu bezweifeln, dass darunter der Mann war, den er suchte. Blieb noch Joseph aus Stabbi.

Warum nicht er?

Er sagte: »*Danke, Helga*«, und verabschiedete sich.

Das Gespräch mit ihr hatte ihm nicht weitergeholfen.

Und er hatte wieder kein Mittagessen abgekriegt.

»Joseph, wir müssen reden.«

Gherardini überragte den Deutschen, der auf den Stufen zu seinem Haus saß und entspannt, die Augen halb geschlossen, an der Mauer lehnte.

Joseph sah ihn an, ohne aufzustehen. »Was willst du denn noch von mir, Inspektor?«

»Wissen, wozu ein Elbe, der ein Pazifist sein dürfte, eine Pistole braucht. Und auch, ob dieser Elbe wirklich ein Elbe oder was anderes ist.«

Joseph erhob sich. »Wer sagt, dass ich eine Pistole habe?«

»Es spielt keine Rolle, wer das sagt. Hast du eine, ja oder nein?«

»Mit welcher Befugnis stellst du mir diese Frage?«

»Mit der Befugnis eines Inspektors der Forstpolizei, der dem Inspektor der Staatspolizei entspricht. Du bist hier in Italien, hast dich also an die italienischen Gesetze zu halten. Wenn du keine Genehmigung zum Tragen einer Waffe hast, und die hast du nicht, sitzt du in der Patsche, denn das lasse ich dir nicht durchgehen.«

Joseph dachte kurz nach. Dann sagte er: »Komm rein.«

Sie betraten das Haus. Tageslicht drang ins Innere, ein Sonnenstreifen beleuchtete ein einfaches Zimmer und ließ ein wenig Staub tanzen. Joseph zog eine Schublade auf und holte ein Bündel heraus, das er auswickelte, zum Vorschein kam ein Holster mit Pistole. Er reichte es Gherardini.

»Helga hätte auch den Mund halten können«, sagte Joseph.

Der Inspektor warf ihm einen Blick zu. »Manche Freundschaften sind mit Vorsicht zu genießen.« Aufmerksam besah er sich die Waffe. »Gratuliere! Eine Walther P99«, sagte er. »Kaliber 9x19 oder 9x21 mit zweireihigem Magazin, wiegt knapp über 600 Gramm …«

»Stimmt«, sagte Joseph, »du bist gut informiert.«

»Na ja, lesen kann ich auch, unter anderem, und ich halte mich auf dem Laufenden. Ich weiß auch, dass sie zur Ausrüstung der deutschen Polizei gehört. Was bedeutet das?«

Joseph schwieg, dann kramte er in der Jackentasche und holte einen Ausweis mit Dienstabzeichen heraus. »Darf ich mich vorstellen, lieber Kollege? Ich heiße Joseph Müller und bin Polizeibeamter in Düsseldorf, gleicher Rang wie du, nein, vielleicht habe ich ein paar Streifen oder Sternchen oder was auch immer mehr als du.«

Gherardini sagte eine ganze Weile nichts, er wog die Pistole in den Händen und drehte sie hin und her. »Und was macht ein Beamter der Düsseldorfer Polizei bei den Elben, wenn ich fragen darf?«

»Das ist eine lange …«

»… und komplizierte Geschichte, ich weiß. Der Satz stammt von mir, gilt also nicht. Aber ich habe jede Menge Zeit, sie mir anzuhören.« Er zog einen Stuhl zu sich heran und setzte sich.

»Das ist jetzt wirklich eine lange, komplizierte Geschichte. Vor ein paar Jahren war ein Mädchen tot gefunden worden, sie war an gestrecktem Heroin gestorben. Die Kollegen suchen schon lange die Quelle dieser Droge, aber nicht die kleinen Dealer, sondern die Organisation, die hinter dem Handel steckt, diese Leute muss man kriegen und der Bande den Kopf abschlagen …«

»Was haben die Elben und dieser Teil Italiens damit zu tun?«

»Warte. Das Mädchen hatte einen Bruder, den wir befragt haben. Er sagte, er wüsste, wer in Düsseldorf den Drogenhandel organisiert. An den Handlanger zu kommen hieß, an die Organisation zu kommen, von der wir wussten, dass sie sich in Italien befindet. Dorthin hatte sich nach Aussage des Bruders der Typ nach dem Tod des Mädchens geflüchtet. Der Bruder hat sich sehr im Vagen gehalten, aber wir ahnten, dass er ihm nach Italien folgen würde, um sich zu rächen. Willst du was trinken?«

Gherardini hätte gern etwas getrunken und auch was gegessen. »Nein danke. Und weiter?«

»Da ich Italienisch spreche, wurde ich beauftragt, dem Handlanger zu folgen, um an die Organisation zu kommen, die die Drogen nach Italien weiterleitet. Klar jetzt?«

»Überhaupt nicht. Weißt du was von dem Bruder?«

»Natürlich. Ich wusste, wer er war, und habe ihn hier wiedergesehen«, sagte Joseph und lächelte. »Das heißt, ausgerechnet du hast ihn mir gezeigt.«

Gherardini ahnte allmählich, wohin ihn der Deutsche führte, der so gut Italienisch sprach. Und das Finale gefiel ihm nicht. Ein Toter war im Spiel, und er wollte nicht, dass man darüber witzelte.

»Joseph, hör auf, hier den Oberschlauen zu spielen. Sag einfach, was Sache ist. Wer ist dieser Bruder, auch wenn ich einen vagen Verdacht habe, es zu wissen?«

»Wer er war. Er ist tot. Er hieß Peter Probst. Dreiundzwanzig Jahre alt.«

Er hatte es erwartet. »Der Streicher«, murmelte er. »Der Elbe, von dem niemand etwas wusste, den niemand gesehen hatte. Du hast ihn gekannt und hast gewusst, wer er war. Meine Güte, wir hätten den Fall längst gelöst und …«

»Wir hätten nichts gelöst, denn es war nicht meine Aufgabe, in Erfahrung zu bringen, ob Peter Probst, euer Streicher, umgebracht wurde und von wem. Das ist eure Sache. Mein Ziel ist die Zentrale, die die Drogen zu uns bringt.«

Gherardini hielt immer noch die Pistole in den Händen, unschlüssig, was er mit ihr machen sollte. »Vermutlich weißt du auch, wer der Dealer ist, der dich zur Organisation bringen soll, und wo er sich aufhält.« Joseph nickte lächelnd. »Und vermutlich weißt du auch, dass er der direkte oder indirekte Grund für den Tod des Streichers ist.«

»Wie gesagt, das ist eure Sache.« Joseph merkte, dass Gherardini sich ärgerte und etwas entgegnen wollte. »Warte, nicht sauer sein. Ich habe mein Möglichstes getan, um die beiden voneinander fernzuhalten, aber es ist mir nicht gelungen. Ich habe sie bei einem Streit überrascht. Der Streicher wollte, dass mein Mann sich stellt. Er hat ihm übel gedroht und gesagt, dass ihm schon was einfallen würde, ihn dazu zu zwingen. Ich habe mich nicht gezeigt, und als Peter, euer Streicher, gegangen ist, bin ich ihm gefolgt. Ich wollte wissen, wo er sich versteckt, um ihn unter irgendeinem Vorwand von den Carabinieri festnehmen und nach Deutschland bringen zu lassen. Er hat gemerkt, dass ich hinter ihm her war, ist im Wald verschwunden, und dann habe ich ihn aus den Augen verloren.« Er hatte alles gesagt. Oder fast alles. »Paolino aus Campetti hat ihn gefunden.«

Der Inspektor gab ihm die Pistole zurück. »Hast du eine Genehmigung, hier in Italien als Polizist tätig zu werden?«

»Keine Sorge, die habe ich. Informier dich, Bussard, es ist eine internationale Operation.«

»Du wirst mir nicht sagen, wer dein Mann ist, aber ich werde ihn finden und verhaften.«

»Du bist auf dem Holzweg. Dein Täter ist nicht mein Handlanger.«

»Woher weißt du das?«

»Ganz einfach: Von den Elben hat niemand ein Gewehr.«

»Ich weiß. Habe ich was davon gesagt, dass der Streicher mit einem Gewehr erschossen wurde?«

»Wie denn sonst?«

»Ich rekonstruiere die Sache so: Der Streicher besorgt sich ein Gewehr und versucht, deinen Handlanger zu den Carabinieri zu bringen. Unterwegs versucht der Handlanger, ihm das Gewehr abzunehmen, sie ringen miteinander, zwei Schüsse lösen sich, der Handlanger stößt den Streicher den Abhang runter ...«

»Die Vermutung entbehrt jeglicher Grundlage.«

»Die Vermutung gründet auf glaubwürdigen Zeugenaussagen. Und zwar vor allem auf deiner.«

»Nämlich?«

»Das erfährst du, wenn du als Zeuge vor Gericht aussagst.« Der Inspektor wartete kurz, bevor er schloss: »Deshalb werde ich rauskriegen, wer es ist und wo er sich versteckt hält, und dann nehme ich ihn fest, deinen Handlanger.«

Joseph schüttelte langsam und lange den Kopf. »Triff keine Entscheidung, die du bereuen könntest. Wie gesagt sind Interpol und italienische und deutsche Dienste involviert. Ihn festnehmen … Mit welcher Beschuldigung denn? Der Anwalt wird versichern, dass es sich um einen Unfall handelt. Sie haben gekämpft, Peter ist abgestürzt … Fahrlässige Tötung. Wie viel würde er dafür kriegen? Wenig oder gar nichts. Mein Mann käme davon, aber gleichzeitig wäre es das Aus für eine Operation, in die zwei Polizeieinheiten eingebunden sind. Wenn du willst, dass es so endet, tu dir keinen Zwang an. Ich kann nur sagen: Lass es bleiben.« Joseph ging hinaus und knüpfte da an, wo das Gespräch mit Bussard begonnen hatte: auf den Stufen zu seinem Haus sitzend und entspannt an die Mauer gelehnt, die Augen halb geschlossen.

Auf dem Weg hinaus ging Gherardini an ihm vorbei. Ohne die Augen zu öffnen, murmelte Joseph: »Hör auf mich, lass die Finger davon.«

»Dazu braucht es immer noch die Dienstanweisung eines Vorgesetzten.«

»Wie du willst. Bist ein guter Typ, Bussard.«

Gherardini ging nicht noch mal zu Helga. Es gab viele Punkte zum Nachdenken, und sie gingen ihm auf dem Weg zum Auto einer nach dem anderen durch den Kopf.

Die Ereignisse fanden zu einer eigenen logischen Ordnung. Angefangen bei dem Streit zwischen zwei Deutsch sprechenden Männern, von dem Elena berichtet hatte: dem

Handlanger und dem Streicher. Joseph war in der Nähe gewesen und bestätigte den Vorfall.

Elena ebenfalls, sie hatte ihn gesehen.

Joseph bestätigte auch die Aussage von Solitario: Jemand war dem Streicher gefolgt, eben Joseph, und Peter war ihm entkommen, indem er sich in die Büsche schlug. Was die Kratzer und die blauen Flecken auf seinem Körper erklärte, die bei der Obduktion festgestellt wurden und die auf etwa eine Woche vor seinem Tod zurückgingen.

Er verstand auch, warum der Streicher Adùmas' Gewehr gestohlen hatte: Er wollte den Handlanger zwingen, mit ihm zu gehen und sich zu stellen.

Er hatte das Gefühl, der Wahrheit nah zu sein.

Sofern das ein Trost war.

Es blieb der Zweifel, ob der Sturz ein Unfall oder Absicht war. Und noch eine Kleinigkeit stand aus: Den Handlanger finden, den Mann, mit dem Peter Probst, genannt der Streicher, erst gestritten und dann am Rand des Abhangs gerungen hatte. Und ihn festnehmen.

Joseph konnte davon halten, was er wollte: Man hatte Marco Gherardini, noch für kurze Zeit Inspektor der Forstpolizei, mit einer Aufgabe betraut.

28

Eine unerwünschte Rückkehr

Gegen Abend kam er nach Hause. Mit Mordskohldampf und ohne Lust zu kochen. Erst eine lange, erholsame Dusche und dann in Benitos Trattoria, wo Benito ihn mit einem »Schön, dass du wieder da bist, Bussard« begrüßte und an den Tisch brachte, an dem Gherardini meistens saß. Er wischte den Tisch mit dem Lappen ab, den er über der Schürze am Hosenbund trug. Er staubte auch den Stuhl ab und stellte ihn zurecht, damit Gherardini sich gleich hinsetzen konnte.

»Neuigkeiten?«

»Woher weißt du, dass ich den ganzen Tag unterwegs war?«

»Du kennst doch die Buschtrommeln im Dorf. Was nimmst du?«

»Erst mal eine kleine Flasche Roten. Und dann werfe ich mal einen Blick in die Speisekarte.«

»Du bist immer zu einem Scherz aufgelegt, auch wenn es nicht so läuft, wie du gern hättest. Die Speisekarte ist dieselbe, seit ich das Lokal geöffnet habe. Überlässt du das mir?«

»Mir wäre es lieber, du überlässt es Adele.« Benito verschwand in der Küche, um den Auftrag weiterzugeben.

Er kam mit dem Roten und zwei Gläsern zurück, ließ sich am Tisch nieder und schenkte ein. Gemeinsam nahmen sie den ersten Schluck.

»Heute Morgen haben sie nach dir gefragt«, sagte Benito.

»Wer?«

»Deine Leute.« Er machte eine Pause, bevor er mit dem

Neuesten herausrückte. »Vor allem die Carabinieri. Was hast du denn angestellt, Bussard?«

Der Inspektor antwortete nicht sofort. Er antwortete überhaupt nicht. Er sagte: »Wenn sie was von mir wollen, sollen sie mich anrufen.«

»Du hattest kein Netz. Was gibt es denn so Dringendes?«

»Sag du's mir, du weißt ja sichtlich mehr als ich.«

Benito wies zur Tür. »Das kann er gleich selbst übernehmen.«

Gerade war Farinon hereingekommen, mit finsterem Gesicht. Er hob nur knapp die Hand, bevor er sich zu den beiden an den Tisch setzte.

»Isst du mit?«, fragte Gherardini.

»Hab schon gegessen«, sagte Farinon und zu Benito: »Bring mir einen Espresso und lass uns in Ruhe.«

Gherardini wartete, bis Benito sein Glas geleert hatte und abgezogen war, um den Espresso zu machen. »Neuigkeiten?«

»Ja, unangenehme. Und bei dir?«

»Es tut sich was. Ich erzähl's dir nachher.«

»Ich erzähle dir meine sofort.« Und wie Benito wies auch er zur Tür. »Wenn er fertig ist.«

»In Casedisopra sind die Buschtrommeln echt fleißig. Die Carabinieri sind schon da«, bemerkte der Inspektor leise.

Barnaba, der Maresciallo der Carabinieri-Station Casedisopra, steuerte direkt den Tisch an. Auch er ernst und schweigend. Er grüßte, indem er die Hand an die Mütze legte.

»Ich heiße dich jetzt nicht willkommen, Maresciallo«, empfing ihn Gherardini. »Weil du bestimmt schlechte Nachrichten für mich hast.«

»Wir gehen in die Kaserne, Gherardini. Es ist dringend und wichtig.«

»Ich habe seit heute früh nichts gegessen …«

»Du kannst essen, wenn wir geredet haben«, sagte Barnaba und machte auf dem Absatz kehrt.

»Was soll ich machen, Farinon?«

»Ich an deiner Stelle würde gehen.«

»Espresso für den Polizeihauptmeister!«, verkündete Benito und stellte das Tässchen auf den Tisch. »Ich habe dein Essen bestellt«, sagte er noch zum Inspektor.

Gherardini stand auf. »Bestell es wieder ab«, sagte er, und zu Farinon: »Trink nur in Ruhe. Ich komme aufs Revier, sobald …« Er wies mit dem Kopf zur Tür, durch die Maresciallo Barnaba verschwunden war.

Ein paar Jahre zuvor war Maresciallo Stefano Barnaba – ein junger Mann aus dem Salento, mittelgroß, blond, dünnes, an den Schläfen schon lichtes Haar, und, wie die jungen Frauen fanden, in Uniform wie in Zivil ziemlich attraktiv – auf Maresciallo Cruenti gefolgt. Der Wechsel war für die Dorfbewohner ein Gewinn. Ein junger Maresciallo in Casedisopra war etwas Erfreuliches. Das hatte das Dorf den anderen Gemeinden in den Bergen voraus. Alle redeten von Erneuerung und neuen Gesichtern. In diesem Sinne war Casedisopra Vorreiter. Angefangen hatten die Veränderungen mit Inspektor Marco Gherardini, der mit achtundzwanzig Jahren den Posten des Forstinspektors von seinem Vorgänger übernommen hatte. Weitergegangen war es mit Don Stanislao, einem jungen Pfarrer aus Polen, der dem alten Pfarrer zur Seite gestanden und, als der in Pension ging, das Amt übernommen hatte. Das war mehr gewesen als ein Generationswechsel: von den achtundsiebzig Jahren von Don Crescenzio Fallanzani zu den vierundzwanzig des dünnen, blassen polnischen Pfarrers.

Die Abwicklung, wie die Politiker dazu wenig sensibel

sagten, war mit dem Bürgermeister weitergegangen. Der jetzige war ebenfalls um die dreißig, halblange braune Locken, und hieß mit vollständigem Namen Guido Novello Guidotti, zu Ehren von Guido Novello Guido, dem Urahn des Adelsgeschlechts.

Derzeit war Novello der letzte Spross der Guidotti, aber er hatte alle Zeit der Welt, um für ein Fortbestehen der Familie zu sorgen.

Als Gherardini das Büro des Maresciallo betrat, fiel sein Blick gleich auf den Schreibtisch mit dem Bericht, den er Dottoressa Michela Frassinori vor etwas mehr als vierundzwanzig Stunden geschickt hatte.

»Und dann heißt es immer, die Bürokratie …«, meinte Gherardini.

»Was meinst du damit?«

»Wenn die was brauchen, geht es ruckzuck.«

»Setz dich«, befahl Barnaba.

»Bist du schon mein Vorgesetzter, Maresciallo?«

»Jetzt hab dich nicht so. Es gibt Dinge, die wir nicht beurteilen können.«

»Zum Beispiel?«

Behutsam legte Barnaba seine Rechte auf den Bericht. »Das hier.« Er lud den Inspektor mit einer Geste ein, sich zu setzen. »Ich habe den Bericht gelesen, ich habe mich mit meinem Stabsgefreiten beraten … Ich weiß, dass er dir hilfreich war.«

»Wie immer.«

»Umso besser. Espresso?«

Gherardini begriff, dass sich die Sache in die Länge ziehen würde, und setzte sich. »Willst du mir die bittere Pille versüßen? Nein danke. Ich wollte gerade zu Mittag essen.«

»Tut mir leid, aber es ist dringend.«

»Kann ich mir vorstellen. Also?«

Bevor er das gerade begonnene Gespräch fortsetzte, bot Barnaba ihm eine Zigarette an.

»Ich sag's ja. Die Pille wird bitter sein, Maresciallo«, sagte Gherardini und nahm die Zigarette an.

»Keine Pille. Es sind einige naheliegende Überlegungen.« Rasch rekapitulierte der Maresciallo die Ermittlungen, die der Forstinspektor in seinem Bericht an die Frassinori im Detail aufgeführt hatte. Er schloss: »Nun ist also diejenige Person, die – direkt oder indirekt – den Tod des Streichers mutmaßlich verursacht hat ...«

»Er heißt Peter Probst«, präzisierte der Inspektor.

Erstaunt blätterte der Maresciallo schnell den Bericht durch. »Hier steht nichts davon, du erwähnst ihn nicht ...«

»Ich habe ihn gerade erst ermittelt«, erklärte Gherardini. »Vergiss Paolino. Seine Patronen sind ein anderer Typ als die, die vor Ort gefunden wurden. Und auch wenn sie gepasst hätten – sie sind nicht mehr zu gebrauchen.«

Barnaba machte sich Notizen und sagte dann: »Bleibt die zweite Hypothese, Unfalltod. Streicher geht dort entlang, hört Cornetta unten am Hang meckern, versucht hinunterzuklettern, rutscht aus, stürzt ab, und dabei lösen sich zwei Schüsse ...«

Gherardini stand auf. »Dann können wir die Sache jetzt getrost zu den Akten legen, Schwamm drüber, wie es so schön heißt«, sagte er, drückte den Rest seiner Zigarette im Aschenbecher aus und ging an die Tür. »Alle sind zufrieden. Besonders Joseph.« Er trat noch mal an den Schreibtisch. »Die Frassinori hat dich gut instruiert.«

Der Maresciallo war ebenfalls aufgestanden. »Kann sein, aber ich diskutiere Anordnungen nicht. Ich führe sie aus. Wer sie mir gibt, wird seine Gründe dafür haben.«

»Toll, Maresciallo! Aber ohne mich«, sagte Gherardini und ging zurück an die Tür.

»Warte mal. Was hast du vor?«

»Sobald ich das weiß, sage ich dir Bescheid«, antwortete Gherardini, ohne stehen zu bleiben.

»Ich erinnere dich daran, dass Anordnungen …«

»… nicht diskutiert, sondern ausgeführt werden, ich weiß.« Er verließ das Zimmer und machte die Tür hinter sich zu.

Hunger hatte er keinen mehr.

Er ging auf direktem Weg nach Hause.

Er hatte eine Nacht darüber geschlafen, wie die Redensart empfiehlt, aber geholfen hatte es nicht. Am Morgen stand er immer noch vor den beiden Möglichkeiten, die sich am Abend zuvor ergeben hatten, nach der Begegnung mit Maresciallo Barnaba.

Andere gab es nicht. Oder ihm fielen keine ein:

Die Einladung, die keine Einladung, sondern eine Anordnung war, annehmen und die Ermittlungen als abgeschlossen betrachten oder aber sie weiter betreiben, gegen die Anordnung von oben.

Er spürte, wie wenig noch bis zur Lösung fehlte, und war sicher, dass er zu ihr gelangen würde, wenn er mit Joseph richtig umzugehen verstand. Er überlegte auch, ob er Farinon über die jüngsten Entwicklungen informieren oder es bleiben lassen und alles für sich behalten sollte, egal wofür er sich entschied. Die Meinung des kundigen Polizeihauptmeisters war ihm schon bei mehr als einer Gelegenheit eine Hilfe gewesen. Im vorliegenden Fall bedeutete das Informieren, dass er Farinon eine Verantwortung aufbürdete, die seine Kompetenzen überstieg.

Ein Auto hielt vor dem Revier und riss ihn aus seinen Gedanken. Ein Blick aus dem Bürofenster: Es war ein Wagen der Forstpolizei. Seine Probleme würden sich mittels Anweisungen von oben lösen.

Baratti erschien in Uniform. Er war ernst und grüßte nur knapp. Er nahm die steife Mütze ab und legte sie auf den Schreibtisch.

»Comandante«, begrüßte Gherardini ihn und stand stramm.

»Wie geht's, Inspektor?«

Die Frage und die Nennung des jeweiligen Ranges waren für ihre Treffen so untypisch, dass der Inspektor nur mit den Schultern zuckte.

»Einen Espresso?«, fragte er.

»Es ist eher die Uhrzeit für einen Aperitif«, antwortete Baratti. »Setz dich doch, ich muss dir ein paar Dinge berichten.«

Gherardini tat, wie ihm geheißen.

Er hatte sie alle erwartet, die »paar Dinge«, die ihm sein Vorgesetzter berichtete.

Er hatte die offizielle Information erwartet, dass Dottoressa Frassinori der Forstpolizei den Fall entzogen hatte; dass Inspektor Gherardini ab sofort seines Amtes enthoben war; dass die Ermittlungen mit dem Bericht von Maresciallo Barnaba offiziell abgeschlossen waren; dass es keinen direkt oder indirekt Schuldigen gab und dass der Tod von Peter Probst, dreiundzwanzig Jahre alt, Deutscher, bekannt als der Streicher, durch einen Unfall verursacht worden war.

»Was sagen Sie dazu, Comandante?«, fragte der Inspektor nur.

»Dass bei dieser verfluchten Affäre höhere Interessen im Spiel sind, die weder meine Wenigkeit noch Inspektor Gherardini ignorieren können.«

»Wenn dies das erste Ergebnis einer künftigen Zusammenarbeit mit den Carabinieri ist, würde ich sagen, das ist ein schlechter Anfang, oder, Comandante?«

»Du kannst sagen, was du willst, aber du musst wissen, dass es sich nicht um Zusammenarbeit handelt. Wir werden nicht in jeder Hinsicht Teil der Carabinieri sein. Vielleicht als Sondercorps, wir werden sehen.« Erleichtert, eine Aufgabe erledigt zu haben, die nicht unangenehmer hätte ausfallen können, stand Baratti auf, nahm seine Mütze und sah auf die Uhr. »Und damit, Ghera, ist es Zeit für eine Einladung zum Mittagessen. Hat Benito offen?«

»Benito hat immer offen.«

29

Zwangsurlaub

Baratti blieb im Eingangsbereich stehen. »Kommt mal alle her!«, rief er. Als sie vor ihm standen – Farinon, Ferlin und Goldoni –, fuhr er fort: »Ich teile euch mit, dass die schreckliche Geschichte, die euch beschäftigt hat, zu Ende ist. Ihr habt gut gearbeitet, und ich lade euch zum Mittagessen ein. Ihr habt es euch verdient. Kommt, wir gehen.«

»Einer muss auf dem Revier bleiben«, sagte der Polizeihauptmeister.

Baratti blickte rasch in die Runde und wies dann auf Ferlin. »Der Jüngste bleibt da. Keine Sorge, Ferlin. Bei Benito ist für zwei im Voraus bezahlt. Es ist gut, in Gesellschaft zu essen.«

Die vier Forstpolizisten entspannten sich beim Mittagessen und ein paar Glas toskanischem Roten. Benito hatte sein Bestes gegeben, um an den Tischen in ihrer Nähe zu hantieren. Er hätte sie gratis essen lassen, nur um den Grund für einen solchen Forstpolizistenaufmarsch zu erfahren.

Als er den Espresso servierte, blieb er an ihrem Tisch stehen. Vorsichtig fragte er: »Alles in Ordnung so weit?«

»Wie immer, Benito«, antwortete Baratti. »Bei dir isst man immer gut. Mein Kompliment an Adele.«

»Danke, Comandante, wenn jetzt nur noch die schlimme Geschichte mit dem ermordeten Elben ein Ende hätte …«

»Wer sagt denn, dass er ermordet wurde?«

»Na ja, was man so hört …«

»Alles unbegründet, Benito. Was zählt, ist das Ergebnis der Ermittlungen.«

»Wo jetzt der Maresciallo wieder da ist, klärt sich das Rätsel mit dem Streicher hoffentlich«, fuhr der Wirt fort.

»Benito«, fiel Gherardini ihm ins Wort, »vergiss nicht, dass es in Casedisopra noch ein paar Monate die Forstpolizei gibt.«

»He, Bussard, denkst du denn, ich hab das im Ernst gesagt?«

»Ob im Ernst oder aus Jux, du wirst den Forstpolizisten Rede und Antwort stehen müssen, wenn wir dich mit ein paar Gramm Pilzen mehr als erlaubt erwischen. Und vergiss nicht, wenn wir dich beim Pilzesammeln eine Stunde und fünf Minuten vor Sonnenaufgang erwischen, konfiszieren wir nicht nur die Pilze, dann brauchst du auch einen Haufen Gäste, bis du das Geld für das Bußgeld beisammenhast.«

»Ich meine nur, dass wegen dieser Geschichte weniger Urlauber kommen. Es gibt Leute, die setzen das Märchen in die Welt, Wölfe hätten den Streicher zerfleischt«, erklärte Benito und kehrte an die Theke zurück. »Was hat dich denn gestochen, dass man keinen Witz mehr mit dir machen kann!«

Baratti hatte sich Gherardinis Tirade angehört, ohne einzugreifen. Er trank seinen Espresso aus und sagte: »Gherardini, du brauchst eine Weile Erholung. Sagen wir zehn, zwölf Tage. Nimm Urlaub, fahr ans Meer … Ich gebe dir die Adresse von meiner Cousine. Sie hat eine Pension in Populonia, hundert Meter vom Meer, man isst gut … Was willst du mehr? Weißt du was? Ich rufe sie an, dann bekommst du einen Sonderpreis.« Er kramte in der Jackentasche nach dem Handy.

»Lassen Sie es gut sein, Comandante. Ich bin lieber in den Bergen. Allein der Gedanke ans Meer macht mich krank.«

»Dann eben Berge, Ghera. Spann aus, denk an die schönen Dinge des Lebens …«

»Zum Beispiel, dass die Forstpolizisten zu Carabinieri werden«, warf Farinon ein.

»So ist es auch wieder nicht. Ihr könnt an einem Kurs teilnehmen, dann werdet ihr verstehen, wie das alles läuft.«

»Kurse machen mich auch krank«, sagte Bussard.

Bevor sie das Lokal verließen, blieben Farinon und Goldoni bei Benito an der Theke stehen. Der Polizeihauptmeister sagte: »Übrigens finden Goldoni und ich die Geschichte von dem Carabinierimaresciallo auch nicht lustig. Um mal Klartext zu reden, wo hast du eigentlich das Wildschwein nach Jägerart her, mit dem Adele die *Crescentine*-Fladen gefüllt hat?«

»Du irrst dich, das ist Schweinefleisch.«

»Was würdest du sagen, wenn wir ein Stückchen analysieren ließen?«

»Farinon, denkst du echt, dass das nötig ist?«

»Im Moment denke ich das nicht. Aber vielleicht in Zukunft.« Er wandte sich seinem Kollegen zu. »Was meinst du, Goldoni?«

»Ich persönlich meine, dass eine Kontrolle hin und wieder in Adeles Küche durchaus in unser Aufgabengebiet fällt.«

»He, Jungs, man macht keine Witze über ernste Angelegenheiten …«

»… wie die Forstpolizei. Stimmt, Benito, darüber macht man keine Witze.«

Draußen, gleich am Eingang zur Trattoria-Bar, hatte Baratti an einem Tisch Platz genommen. Als die beiden Forstpolizisten, die sich noch an der Theke aufgehalten hatten, zu ihm kamen, bot er allen eine Zigarette an.

Entspannt saßen sie im Schatten unter Benitos Sonnenschirmen.

Auch andere Gäste, alles Ortsansässige, nutzten die Schirme.

»Ich will dich frühestens in zehn Tagen wieder auf dem

Revier sehen«, sagte Baratti zu seinem Inspektor. »Verstanden, Ghera? Du bist ab sofort beurlaubt.« Er machte eine Pause und präzisierte dann: »Das ist keine Bitte. Das ist eine Anordnung.«

Anordnungen werden nicht diskutiert, sondern ausgeführt, wie Maresciallo Barnaba bemerkt hatte.

Baratti hatte recht. Hinter Bussard lagen schwierige, arbeitsreiche Monate, er war angespannt und brauchte Erholung.

Gab es für ihn etwas Besseres, als in den Ferien durch seine Berge zu wandern?

Vielleicht mit Elena …

Warum nicht?

Er würde bei ihr vorbeischauen und sie fragen: »Hast du Lust, mit mir durch die Wälder zu wandern und nicht zu wissen, wo wir abends schlafen? Du wirst sehen, wie die Sonne hinter dem Monte del Paradiso aufgeht und im Westen den Picco Alto beleuchtet, den oberen Gipfel des Monte della Vecchia. Am Abend siehst du die letzten Sonnenstrahlen, langsam wie die Zeit, die große Felstreppe raufklettern, die in den Himmel führt, und erlöschen, wenn sie den Gipfel des Paradiso streifen.«

Er konnte sie bestimmt überzeugen.

Marco blieb auf dem Revier, um Anstehendes zu erledigen und Anweisungen für die Zeit seiner Abwesenheit zu notieren.

»Was meinst du, wann du zurückkommst?«, erkundigte sich Farinon vor dem Abschied.

»Du hast es ja gehört: ›Ich will dich frühestens in zehn Tagen wieder auf dem Revier sehen.‹«

»Lass ab und zu von dir hören.«

»Hast du Angst, ich könnte mich verirren?«

Der Polizeihauptmeister antwortete nicht. Er wusste, wie angespannt sein Chef war.

»Ich nehm's nicht mit«, sagte er und legte sein Handy auf Ferlins Schreibtisch. »Wenn ich schon im Urlaub bin, dann ganz und gar.«

»Und das GPS?«, fragte der junge Mann.

»Hat du auch Angst, dass ich mich verlaufe?«

Er traf Giacomo bei sich zu Hause an, er saß am Küchentisch, vor sich zwei Gläser, eines benutzt, das andere sauber, und eine halbleere Bastflasche Rotwein.

»Möchtest du ein Glas?«, fragte Gherardini den Besucher.

»Die Tür war offen, bist du schon wie die Elben?«

»Nicht ganz. Ich schätze es zum Beispiel, wenn man anklopft, bevor man reinkommt.«

»Ich habe geklopft«, sagte Giacomo, schenkte Wein in das saubere Glas und schob es Marco hin. »Schluck die bittere Pille, Bussard, so übel ist das Leben auch wieder nicht, und eine kleine Pause ist genau das, was du brauchst«, meinte er und hob sein Glas zu einem stummen Prost.

Gherardini setzte sich und tat es ihm nach. »Was willst du?«, fragte er dann.

»Dich aufmuntern«, antwortete Giacomo und wollte die Gläser nachfüllen. Bussard bedeckte seines mit der Hand. »Ich nehm noch«, sagte Giacomo. Und erklärte: »Das letzte.« Ein Schluck und: »Sei froh, dass du dich nicht mehr um die öffentliche Ordnung kümmern musst. Lass den Maresciallo das machen.«

»Gratuliere. Ihr Elben habt einen effizienten Geheimdienst.«

»Ich hab nur bei Benito gesessen …«

Gherardini fiel ihm ins Wort. »Warum bitte soll ich froh

sein, dass ich mich nicht mehr um die öffentliche Ordnung kümmern muss?«

»Weil du dich nicht mit den weiteren Problemen herumschlagen musst.«

»Hast du dich deswegen herbemüht?«

»Du bist mir sympathisch.«

»Warum?«

»Du bist mir sympathisch und Schluss.«

»Nein, nein, warum, denkst du, wird es weitere Probleme geben?«

Giacomo leerte sein Glas und stand auf. »Immerhin werden zum Rainbow dieses Jahr oben in Collina mehr als zweitausend Personen erwartet. Wird alles glattlaufen? Identifizier die alle erst mal ...«

»Weißt du, ob sich Leute einschleusen wollen? Ich meine ...«

»Ich weiß, was du meinst. Der Großteil der Leute, die zum Rainbow kommen, sind ganz normal in die Gesellschaft integriert und leben und arbeiten den Rest des Jahres. Diese Treffen sind für sie Urlaub. Es ist eine Möglichkeit, sich zu regenerieren. Natürlich kann es Leute geben, die sich einschleusen, wie du es nennst. Sie kommen, um mit Drogen Geld zu machen. Oder, noch schlimmer, Polizisten, die im Trüben fischen und hoffen, hinter unserem Rücken Karriere zu machen. Beides kann es geben, aber woher sollen wir Elben, wir seriösen Elben, das wissen?« Bevor er hinausging, sagte er noch: »Du kannst deinem Chef danken, dass er dich freigestellt hat.«

Na gut, wenn es so stand ...

Marco sah auf die Uhr. Er hatte genug Zeit, seinen Rucksack zu packen und das Weite zu suchen.

Es kam anders als gedacht. Auch Adùmas kreuzte bei ihm auf.

»Jetzt haben sie dich also unter Quarantäne gestellt.«

»Dafür, dass Casedisopra eine kleine Gemeinde ist, gibt es eine Menge Faulenzer, die sich um anderer Leute Angelegenheiten kümmern und nicht um die eigenen.«

»Da irrst du dich. Die Angelegenheiten meiner Freunde gehen auch mich was an«, erwiderte Adùmas und ging an die Anrichte, um zwei Gläser herauszuholen.

Aus einer Tasche seiner Jagdjacke holte er einen Viertel-Liter-Flachmann. Er schenkte ein und reichte Bussard ein Glas. »Das wird dich aufmuntern«, sagte er.

»Das brauche ich nicht, ich war noch nie so gut gelaunt, jedenfalls …«, sagte er und trank das Gläschen Grappa auf einen Zug.

Entgegen seiner Behauptung fühlte er sich besser. Und mit dem zweiten Glas fühlte er sich in Bestform.

Er beschloss, sich noch vor dem Abend auf den Weg zu machen.

»Ich kann mich nicht erinnern, dass du jemals Urlaub gemacht hast«, sagte Adùmas.

»Für mich ist jeder Tag, den ich in den Bergen verbringe, Urlaub. Aber jetzt muss ich erst mal die Gifte des Gesetzes abbauen.« Er warf einen Blick auf den Flachmann. »Wenn da noch ein Schluck drin ist …«

Es war noch ein Schluck drin. Auch mehr als einer für sie beide. Sie saßen auf den Treppenstufen und tranken, die Gläser stellten sie neben sich.

Adùmas steckte sich eine Zigarre an. Er hielt auch Bussard eine hin.

»Danke, aber das letzte Mal hat mir gereicht«, sagte er und zündete sich eine seiner eigenen Zigaretten an. »Wenn man bedenkt, dass ich so weit gekommen bin«, fuhr er fort. »Ich musste nur einen Elben finden, der Deutsch kann …«

»Warum keine Elbin?«, fragte Adùmas.

»Schwierig.«

»Wenn du das sagst«, gab Adùmas sich zufrieden.

Sie rauchten zu Ende.

Zu Ende war auch Bussards Drang, sich sofort auf den Weg zu machen. Er sagte: »Ich breche morgen ganz früh auf.«

»Das finde ich auch besser. Es ist bald Abend.« Er stand auf. »Wenn ich dir helfen kann …«

»Ich wüsste nicht wie.«

»Na ja, also … Der Wind trägt Flüstern und Geschrei durch den Wald. Und viel Gerede.«

»Auch unter Elben?«

»Vor allem unter Elben«, sagte Adùmas und hob den Flachmann von der Stufe auf. »Den kann man wieder füllen«, meinte er bei sich. »Jetzt muss ich los.«

Bussard hob grüßend die Hand, ohne von der Stufe aufzustehen. Er fühlte sich wohl. Die letzten Sonnenstrahlen wärmten ihn äußerlich. Der Grappa wärmte ihn innerlich.

Adùmas hatte schon die Autotür geöffnet. Bevor er einstieg, hielt er inne und sagte: »Als ich Solitario in den Elbendörfern gesucht habe, habe ich einen gehört, der Deutsch telefoniert und hinterher Italienisch geredet hat.«

»Ja und?«

»Na ja, ein Elbe mit Handy … Aber vielleicht heißt das gar nichts. Jedenfalls hab ich's dir gesagt, man kann nie wissen«, meinte er, nickte zum Gruß und setzte sich ans Steuer.

30

Über die Pässe des Apennins

Dass ihm der Fall entzogen worden war, mit dem er so viel Zeit und so viel Laufen zugebracht hatte, war ärgerlich gewesen. Er war sicher, dass er der Lösung nahe war. Auch wenn er sie erst noch nebelverhangen sah.

Auch der Übergang der Forstpolizei zu den Carabinieri wurmte ihn.

Wenn ich mich zu den Carabinieri hätte melden wollen, dann hätte ich es getan, dachte er. *Ich wollte zur Forstpolizei, und bei der Forstpolizei würde ich gern bleiben.*

Was die Vorgesetzten ihm alles beteuerten, überzeugte ihn nicht. Und warum …

… warum, warum ist die Banane krumm, hatte seine Mutter immer gesagt.

Marco beschloss, ins Bett zu schlüpfen und zu schlafen.

Doch das wollte nicht so recht klappen, wie er gehofft hatte. Er drehte sich hin und her, ihm war heiß.

Er stand auf und öffnete das Fenster und legte sich wieder hin. Er schlief ein, fast ohne es zu merken. Ein unruhiger Schlaf mit seltsamen Träumen …

Er wachte auf. Wie lang hatte er geschlafen?

Es war vier Uhr.

Schluss jetzt.

Er stand auf und machte sich einen Espresso. Er trank ihn und rauchte eine Zigarette, und die Gedanken kehrten zurück.

»Was soll ich jetzt machen?«, sagte er bei sich.

Elena fing an, ihm wichtig zu werden. Es war anders als sonst.

»Weg von der Forstpolizei geht ja noch, aber das wird meinem Leben eine Wende geben …«

Um halb fünf entschied er sich. Er holte seinen Rucksack und den Schlafsack …

Ein Freund, Leutnant beim Heer, hatte ihm K-Rationen geschenkt, Boxen mit Proviant und Genussmitteln zur Verwendung im Feld. Er packte ein, was er brauchte: Dosen mit Fleisch, eine Tube Kondensmilch, ein paar Riegel Bitterschokolade, mehrere Packungen Feldzwieback und Käseecken. Dazu der Esbit-Kocher, Instantkaffee, ein Fläschchen Anis und ein Tütchen Würfelzucker.

Er holte auch die Feldflasche des amerikanischen Heeres hervor …

Nicht dass ihm die italienische Feldflasche nicht gut genug gewesen wäre, aber die amerikanische hatte einen Gurt, den man um die Taille schlingen konnte.

Marco steckte das Marines-Camillus-Messer in eine Jackentasche, ebenfalls das Geschenk eines Freundes, ein praktisches, robustes Messer mit Stahlklinge. Er lud sich den Rucksack auf, es konnte losgehen.

Vor dem Haus, noch bevor er die Tür hinter sich zugemacht hatte, fragte er sich: »Und wohin jetzt?«, und wollte schon wieder zurück ins Haus, er kam sich ein bisschen blöd vor, wie ein kleiner Pfadfinder bei seinem ersten Abenteuer.

Dann plötzlich die Idee, wohin es gehen konnte. Es war weit, über sein gewohntes Areal hinaus, jenseits der Elbendörfer.

Gut so, möglichst weit weg von den Problemen, die ihm die Elben beschert hatten.

Er nahm den Stock aus Kastanienholz, der innen immer an der Wand lehnte, schloss die Tür und machte sich auf den Weg.

Gherardini wanderte seit mehr als einer Stunde, und es war noch kühl. Er war zügig losgelaufen, und jetzt schwitzte er. Oben angekommen war er den Grat entlanggewandert und dann auf der anderen Seite zu einer Schutzhütte der toskanischen Forstpolizei abgestiegen. Er hatte gehofft, einen Kollegen anzutreffen, vielleicht hätte es etwas Heißes zu trinken gegeben.

In der Hütte war niemand, und Essbares war auch nicht zu finden.

Ihr seid so bescheuert, dachte er, *geschieht euch recht, dass ihr Carabinieri werdet!*

Marco holte einen Schokoriegel aus dem Rucksack, schaffte es aber nicht, davon abzubeißen, und musste fluchend das Messer zu Hilfe nehmen. Er steckte ein Stück in den Mund und ging einen schmalen Weg weiter, einen Trampelpfad, der im Lauf der Zeit entstanden war. Oberhalb lag eine Heidegegend mit Blaubeeren. Weiter unten, an der Baumgrenze, wo das Grün eines Buchenwaldes leuchtete, folgte der Weg dem Verlauf des halbkreisförmigen Gebirgskammes. Noch weiter unten öffnete sich das Tal in aufeinanderfolgenden Terrassen, ein Meer an Grün, leicht verblasst in einem dünnen Nebel.

Auf halbem Weg entsprang kräftig sprudelnd eine Quelle, die sich nach unten in eine Rinne verlor.

Gierig trank Gherardini von dem kalten Wasser, wusch sich Gesicht und Hände und füllte die Feldflasche.

Er setzte sich auf einen Felsbrocken und blickte sich um. Im Osten, schon angekündigt von einem diffusen, dann stärkeren Schein, war gerade die Sonne aufgegangen, und mit einem Mal umfing ihn angenehme Wärme.

Ich hätte bei Elena vorbeischauen sollen, dachte er, *wenigstens um mich zu verabschieden. Vielleicht wäre sie auch mitgekommen. Es würde ihr gefallen hier oben.*

Von Elena war er im nächsten Moment beim Streicher. Marco verdankte ihr viel, sie hatte ihm geholfen, und ohne ihre Informationen hätte er keine Fortschritte gemacht.

Erst mal Josephs Pistole. Wenn sie nichts gesagt hätte, hätte er nie erfahren, dass er ein Kollege von der deutschen Polizei war.

Dann die ziemlich lebhafte Diskussion zwischen den beiden Männern, die Deutsch sprachen. Ebenfalls Elena.

Schade, dass sie die beiden nicht gesehen hatte.

War das möglich? Es war dunkel, gut, aber die Neugier zu wissen, wer sie waren? Ein Schatten, der sich hinterher entfernte? Oder man kennt doch die Stimmen? So viele waren sie gar nicht in Stabbi: Helga, Joseph, Elvio, Sottobosco und Verdiana. Und Elena. Nur Helga und Joseph sprachen Deutsch.

Außer …

Außer jemand anderes sprach auch Deutsch, und die Elben wussten es nicht.

Ein anderer Mann, aber vielleicht auch eine Frau?

Der Gedanke, der sich herauskristallisierte, behagte ihm nicht.

Wenn er jetzt auch noch Elena misstraute, was blieb ihm dann noch?

Er entschied sich lieber für einen Elben, der nur vorübergehend in Stabbi war.

Zum Beispiel Solitario.

Warum nicht?

Erstens kann er Deutsch… ein bisschen, behauptet er. Kann ich ihm glauben? Und woher weiß Elena, die kein Wort Deutsch kann, dass die beiden in einem guten Deutsch stritten?

Elena!

Schon wieder, Himmel noch mal!

Er kehrte zu Solitario zurück.

Er war der Einzige, der Streicher getroffen hatte, er hatte ihn sogar bei sich aufgenommen und dann begleitet, auf der Suche nach … nach wem?

Er wirkte so harmlos, so schüchtern …

Das sind die Gefährlichen. Von den Leuten, die ich kenne, war er der Letzte, der Streicher lebend gesehen hat, und wenn es stimmt, was kluge Leute behaupten, ist der Letzte aller Wahrscheinlichkeit nach der Täter. Er hat ihm seine Sandalen gegeben…

Schlagartig sah er mehrere Teller und Besteck vor sich, eine Pfanne, ein Transistorradio, einen kleinen Stapel Bücher, eine Umhängetasche, ein leeres Handy…

Und ein Kleiderbündel, aus dem die *Absätze von einem Paar Sandalen* hervorschauten.

Im Stall von Ca' del Bicchio, in dem Solitario sich eingerichtet hatte.

Hatte er die nicht dem Streicher gegeben?

Solitario!

Vieles war nicht stimmig. Angefangen bei der Tatsache, dass Streicher ihm nie misstraut hätte.

Die Sache verkomplizierte sich, er ließ es gut sein, wollte erst mal weitere Details abwarten.

Gherardini dachte, er sollte etwas essen, bevor er weiterging.

Er bestrich ein paar Stücke Zwieback mit Käse. Das war

ein bisschen wenig. *Heute Abend gibt's was Besseres*, dachte er und stand auf.

Der Weg war beschwerlich, wurde felsiger und steiler, voller kleiner Steine, die unter seinen Füßen wegrollten. Die Talseite war nicht mehr sanft geneigt wie vorher, sondern ein schroffer Steilhang, und er musste aufpassen, wo er seine Füße hinsetzte. Es ging immer steiler bergauf, und Gherardini musste sich immer wieder an vorspringenden Felsen festklammern. Ab und zu glitt er aus und verursachte winzige Erdrutsche.

Schließlich erreichte er eine ausgedehnte Hochebene: Er war am Gipfel des Berges angekommen, dem höchsten der ganzen Gegend. Gherardini blieb stehen, um auszuruhen und sich den Schweiß abzuwischen.

Die Aussicht war fantastisch. Der Blick ging weit in die Ferne auf eine ununterbrochene Reihe von Bergketten. Er wusste, dass man an besonders klaren Tagen im Westen die Silhouette von Korsika erkennen konnte, allerdings nur bei extrem guter Sicht wie an manchen kalten Tagen im Frühherbst. Nicht an diesem Tag, an dem die Sonnenwärme den Horizont schon mit feuchtem Dunst verwischte.

Unten links glitzerte in einiger Entfernung der Spiegel eines kleinen Gletschersees, das Wasser leicht gekräuselt in einer sanften Brise.

Kein Geräusch ringsum, keine menschliche Stimme. Er wusste aber, dass zu der Jahreszeit bald lärmende Touristenscharen am Seeufer einfallen würden, allerdings nicht zum Baden, denn das Wasser war seicht und eiskalt, sondern um auf der Wiese zu picknicken oder in der Hütte, die in Ufernähe stand, etwas zu essen.

Er hatte keine Lust, Leute zu treffen, er war hochgewandert, um allein zu sein und nachzudenken, dabei hätte er ehrlich gesagt am liebsten alles vergessen. Vor allem nach den Überlegungen, die um Elena kreisten und die ihm nicht behagten.

Bergab ging er einen schmalen Pfad voller Felsbrocken. Gherardini wollte zu einem anderen See, und der Weg dorthin war weit. Er erreichte eine geteerte Straße und eine Bucht als Wendeplatz für Autos. Zum Glück waren keine da.

Eine Quelle, eingefasst von einem Steinmäuerchen, spendete Wasser aus einem Eisenrohr, das feucht war vom Kondenswasser. Direkt gegenüber der Quelle begann auf der anderen Straßenseite ein Pfad, der bergab führte, zu einem Wildbach am Ende des Abstiegs.

Gherardini lief mit raschen Schritten hinunter, überquerte den Bach und fand fast sofort den Pfad, der hinaufführte. Kein leichter Weg, sichtlich wenig begangen und ziemlich zugewachsen, was das Laufen erschwerte. Gherardini machte sich mit kräftigen Schritten an den Aufstieg, trotz der Hitze, die schon zu spüren war, und erreichte nach etwa einer Stunde die Vegetationsgrenze.

Es öffnete sich eine ausgedehnte Wiese, hier wuchs nichts außer dichtem, gelblichem Gras, in der Sonne verdorrt, die jetzt am Nachmittag unerbittlich vom Himmel brannte.

Gherardini wandte sich in Richtung Nordwesten, wo er, wie er wusste, auf den kleinen Bergsee treffen würde, kaum größer als ein Weiher, in dessen Mitte wie blühende Inselchen die *Drosera rotundifolia* wuchs, eine kleine fleischfressende Pflanze; seines Wissens nach die einzige dieser Spezies, die in Italien vorkam.

Langsam bahnte er sich einen Weg durchs hohe Gras, nicht mehr ganz so festen Schrittes. Er war einfach müde und wackelig auf den Beinen nach der fast schlaflosen letzten Nacht und der langen Wanderung.

Plötzlich sah er, nicht weit entfernt, eine dunkle Gestalt schnell durchs Gras laufen. Er blieb stehen, schärfte den Blick, indem er den Handrücken schützend gegen das helle Sonnenlicht über die Augen hielt.

Es war ein Pferd, allein und ohne Sattel. In freier Wildbahn. Das Tier sprang herum und wieherte und pflügte im Galopp durchs hohe Gras.

Gherardini war stehen geblieben, um durchzuschnaufen und das Tier zu beobachten, das hier frei herumlief, wie ein Hengst, den er in vielen Western gesehen hatte.

Wie kam das Pferd hierher? Vielleicht gab es irgendwo in der Nähe ein Gehöft, auf dem Pferde gehalten wurden.

Im freien Galopp verschwand das Tier über die Wiese, und Gherardini setzte seine Wanderung fort.

Nach etwa einer Stunde tauchte der See vor ihm auf.

Es war kein richtiger See, mehr ein Moorweiher, vielleicht der einzige in Norditalien. Die Oberfläche des seichten, leicht sumpfigen Wassers kräuselte sich in einer Brise.

Den See der *Drosera* hatte er erreicht, aber er hatte im Moment keine Lust, nach der Blume zu suchen. Er ließ den Rucksack fallen, der ihm allmählich in die Schultern schnitt, holte die Feldflasche heraus und nahm einen tiefen Schluck Wasser. Dann streckte er sich, mit dem Rucksack als Kopfkissen, auf dem Boden aus und sah zum Himmel, der bis auf ein paar weiße Puffwölkchen vollkommen blau war.

Er zündete sich eine Zigarette an und sah dem Rauch nach, wie er nach oben stieg und sich in der Luft verlor. Er dachte nichts, er war müde, aber zufrieden; ein Gefühl von Erschöpfung, von Ruhe und Frieden durchströmte ihn. Irgendwie war er glücklich.

Nicht lange, dann plagten ihn wieder der Streicher und die beiden Gewehrschüsse, mit denen diese komplizierte Geschichte ihren Anfang genommen hatte. Einen Augenblick später war er bei Paolino aus Campetti.

Einen Teil seiner Rente, die er jeden Monat auf dem Postamt abholte, kam aus Deutschland.

Er hat dort gearbeitet, erinnerte er sich. *Da wird er Deutsch gelernt haben…*

War das möglich?

Er durfte niemanden außer Acht lassen!

Auch Stabbi tauchte wieder auf. Er dachte daran, was Solitario erzählt hatte. Er und der Streicher kamen von dort, und Streicher sagte, er habe seinen Freund gefunden, sie müssten nicht länger suchen…

Stabbi: Dort steckte die Lösung. Aber wie sollte er sie finden?

Mit dieser Frage im Kopf rauchte er die Zigarette fertig. Er drückte sie aus, und langsam, ohne es zu merken, schloss er die Augen und schlief ein.

Der letzte bewusste Gedanke war noch eine Frage. Die Frage von Adùmas. *Warum nicht eine Frau?*

Eine Frau!

Schon wieder tauchte Elena auf.

Ihm war es lieber, der Täter wäre nicht bei den Elben zu suchen und käme von außerhalb.

Er würde darüber nachdenken.

31

Unvorhergesehene Rückkehr

Als er aufwachte, war es schon Abend, die Sonne ging unter. Er wusste nicht, wie spät es war, er hatte keine Uhr dabei. Er wusch sich das Gesicht am See; Stille herrschte ringsum, nur ein Vogel kreischte in schneller Folge, nicht weit.

Er hatte Hunger und holte eine Dose Fleisch aus dem Rucksack, dazu gab es Zwieback und ein paar Schluck Wasser. Er bedauerte, dass er kein Obst mitgenommen hatte, also drückte er sich ein bisschen Kondensmilch in den Mund und aß die Schokolade auf.

Er goss etwas Wasser in den Becher, der unten an der Feldflasche steckte, stellte ihn auf den Kocher und zündete das Esbit an. Als das Wasser kochte, gab er den Instantkaffee und das Fläschchen Anis dazu. Er rührte Zucker hinein und trank genüsslich, dazu steckte er sich eine Zigarette an.

Wirklich gut, der Anis vom Pharmainstitut des Militärs, dachte er.

Rauchend legte er sich ins Gras.

Es war längst dunkel und der Himmel voller Sterne. Lange betrachtete er sie und dachte dabei an den vergangenen Tag, an seinen Beruf als Forstpolizist und an die Wanderung, die hinter ihm lag.

Er dachte an Elena. Er bereute, dass er sie nicht eingeladen hatte, aber ob sie den ganzen Weg geschafft hätte?

Vielleicht schon. Sie war wirklich schwer in Ordnung.

Ich mag sie.

Mit Elena im Kopf schlüpfte er in den Schlafsack. Eine

Weile sah er noch zu den Sternen und suchte den Polarstern.

Wie wohl das Kreuz des Südens aussieht?, dachte er.

Er schlief ein.

Am Abend des dritten Tages zwangen mehrere schwere dunkle Wolken Gherardini, vor dem aufziehenden Unwetter Schutz zu suchen. Im Regen zu schlafen war nicht lustig.

Er fand ein halbverfallenes Häuschen, vielleicht eine alte Schäferhütte. Oder eine Einsiedelei.

Früher hatte es Einsiedler gegeben. Die Alten im Dorf konnten die Erinnerung an sie noch weitergeben.

Aus der Ferne hatte es wie ein Steinhaufen ausgesehen. Von Nahem war es eine kleine Behausung, ein provisorischer Unterschlupf. Vier Trockenmauern und als Dach Steinplatten, die im Lauf der Zeit schwarz geworden und mit Moos überwachsen waren.

Ist vielleicht kein Vier-Sterne-Hotel, aber es hält das Wasser ab.

Die Nacht verging ohne Regen. Nur ferner Donner und Wetterleuchten.

Ein Sonnenstrahl, der sich durch einen Spalt in der Mauer schob, weckte ihn.

Gherardini genoss es, im Schlafsack liegen zu bleiben, während der Sonnenstrahl über ihn hinwegwanderte.

Der vierte Tag des Urlaubs war angebrochen, zu dem Baratti ihn ans Meer hatte schicken wollen und bei dem er sich seinem Vorgesetzten zufolge erholen sollte.

Zum Teil traf es zu. Und er langweilte sich nicht, auch die Berge langweilten ihn nicht. Im Gegenteil, er war mittendrin in der Welt, die er liebte: Tiere, Pflanzen, die Stille und die unvermittelten Geräusche des Waldes.

Jeden Abend war er unter dem Schirm des randvoll mit Sternen gefüllten Himmels eingeschlafen, und aufgewacht war er mit dem Schwirren von Flügeln beim Abflug aus einem Nest winziger, fiepender Spatzen.

Er hatte Blaubeeren gegessen, die feucht vom Tau waren.

Er war einem Fuchs begegnet …

Der wollte seinen Weg etwa zehn Meter vor ihm queren. Im Schlepptau vier Fuchskinder. Bei Bussards Anblick blieb der Fuchs stehen, die Kleinen taten es ihm nach. Reglos verharrte er ein paar Sekunden und wartete ab, den Blick auf das Menschentier geheftet, dann querte er den Weg. Er wartete ab, bis auch die kleinen Füchse über den Weg gelaufen und in der niedrigen Vegetation verschwunden waren, und lief dann hinter ihnen her.

Eines Abends, die Sonne ging gerade unter, lag Marco im Gras und betrachtete den tiefblauen, fast dunklen Himmel. Da trat ein Bussard in sein Blickfeld, die Flügel wie Segel im Wind gespreizt. Nach mehreren weiten Kreisen stieß er blitzschnell zur Erde. Er verschwand hinter den Bäumen und tauchte wenige Augenblicke später wieder auf und schoss in Richtung Himmel. In seinen Krallen hing eine Schlange, die sich vergebens wand, um sich aus dem Griff zu befreien. Der Bussard verschwand hinter einem Felsenhaufen, wo er vielleicht ein Nest hatte und die Jungen schon warteten.

Er freute sich über die Fügung. Er, Bussard, schnappte sich die Schlange …

Die Schlange konnte der Täter sein, der Mörder von Streicher.

Ein Omen, würden die Alten im Dorf sagen.

Er sah auch ein Rudel Wölfe, fünf, sechs Tiere. Gherardini blieb stehen. Das war keine angenehme Begegnung. Der Mythos Wolf war nicht totzukriegen.

Der Leitwolf blieb ebenfalls stehen. Er schätzte Gherardinis Präsenz ab und verließ den Weg, gefolgt von den anderen.

Mit einem Wort, es war ihm gut gegangen.

Es wäre ihm gut gegangen, wenn er nicht immer wieder an den Streicher hätte denken müssen. Aus Deutschland angereist aus Liebe zu seiner Schwester, die jemand getötet hatte, den Marco Gherardini niemals finden würde. Gekommen, um Gerechtigkeit zu finden, war er selbst getötet worden.

In der Morgendämmerung dieses vierten Tages fand er, dass es Zeit war zurückzukehren.

Der Sonnenstrahl, der ihn geweckt hatte, war aus dem Unterschlupf, in dem er übernachtet hatte, verschwunden, und ohne dass Gherardini es gemerkt hätte, waren seine Gedanken bei einem anderen Verdächtigen gelandet: Giacomo.

An dem Tag, an dem er, Gherardini, von dem Fall abgezogen wurde, war Giacomo bei ihm zu Hause vorstellig geworden …

Beziehungsweise einfach reingekommen.

Warum?

Was wollte er von ihm?

Was steckte hinter dem Hinweis auf Probleme, die während des Festivals auftreten würden?

Er hatte Solitario mit zwei Paar Sandalen versorgt. Warum hatte er ihm das verschwiegen?

Giacomo sprach Deutsch …

Am späten Abend erreichte er Casedisopra. Nach einer Wanderung, die kein Pappenstiel war, war er entsprechend müde und freute sich auf eine Dusche. Er dachte gar nicht daran, auf dem Revier vorbeizuschauen. Wozu auch?

Schon von weitem sah er, dass bei ihm zu Hause Licht brannte, innen und außen an der Haustür.

Gherardini näherte sich von der Rückseite her und versuchte durchs Küchenfenster festzustellen, wer während seiner Abwesenheit in seinem Haus wohnte. Durch den Spalt drang der Duft von Gewürzkräutern. Da wusste er es, bevor er richtig hingesehen hatte.

»Ciao«, sagte er und öffnete die Tür.

Elena, die über den Herd gebeugt dastand, fuhr zusammen und ließ den Löffel fallen.

»Spinnst du? Mich so zu erschrecken! Macht man das so, einfach reinkommen?«

»In mein eigenes Haus?« Er blieb in der Tür stehen und breitete die Arme aus.

Elena lief zu ihm und erwiderte die Umarmung und die Küsse.

»Ich stinke wie ein Stinktier«, sagte er und löste sich von ihr.

Elena schnupperte amüsiert an ihm. »Ich mag den Duft.«

»Gewaschen habe ich mich schon, aber an eine Dusche reicht das nicht ran, außerdem habe ich einen Viertagebart.«

Sie strich ihm über die Wange. »Ich mag auch den Viertagebart«, sagte sie, und dann stürzte sie, als wäre es ihr gerade erst eingefallen, an den Herd. »Das Abendessen brennt an.«

»Gibt's für mich auch was?«

»Ich habe für zwei gekocht. In zehn Minuten ist es fertig.«

»Erst die Dusche.« Marco ließ den Rucksack auf den Boden fallen und ging ins Bad.

»Ich auch«, sagte Elena leise.

Sie schaltete den Herd aus, lief in den Vorraum zum Bad, zog sich aus und schlüpfte zu Marco hinein.

Dann lag sie wieder in seinen Armen, und es verging einige Zeit, bis sie aus dem Bad kamen.

Die Zeit, um sich zu lieben.

»Einfach so zu verschwinden, ohne ein Wort«, sagte Elena, als sie aßen.

»Ich hatte überlegt, ob ich bei dir vorbeikommen und fragen soll, ob du mitwillst…«

»Das hätte ich gemacht. Ich hab nicht viel zu tun.«

»Tut mir leid. Ich bin aus Verzweiflung weg.«

»Das dachte ich mir schon. Macht es dir was aus, dass ich mich in deinem Haus eingenistet habe?«

»Das macht ihr Elben doch so, oder?«

»Du bist kein Elbe. Keine Sorge, morgen früh bin ich wieder weg. Ich wollte einfach hier auf dich warten. Auch Adùmas ist jeden Abend gekommen und hat nach dir gefragt. Er hat sich Sorgen gemacht und will morgen früh los und dich suchen.«

»Ich war vier Tage weg…«

»Zu lang, wenn jemand dich mag. Du müsstest ihm Bescheid geben, bevor er aufbricht.«

»Dem Spinner würde es recht geschehen, wenn ich ihn einfach machen ließe. Wo will er mich denn suchen?«

»Er hat gesagt, er wüsste schon, wo er dich findet. Ach ja, er hat mir auch alles erzählt.«

»Was denn?«

»Mehr oder weniger, wie alles gelaufen ist.«

Marco schwieg. Er wusste nicht, was er sagen sollte.

Um irgendwas zu tun, ging er ans Telefon und rief Adùmas an.

»Warst du schon im Bett?«

»Wo soll ich um die Zeit denn sonst sein? Beim Tanzen?« Die Stimme klang verschlafen. Vielleicht hatte er noch nicht verstanden, wer ihn geweckt hatte.

»Ich bin's, Bussard.«

Ein paar Sekunden Schweigen. Dann hatte er begriffen, was Sache war. »Wo bist du?«

»Zu Hause. Du musst morgen früh nicht los.«

»Gut so. In meinem Alter einen Bussard suchen, der sich im Wald verirrt hat, wäre nicht das höchste der Gefühle, für mich nicht und für dich nicht.« Marco legte auf und ging ins Schlafzimmer zurück, ein »Gute Nacht« brummend, das etwas anderes bedeutete.

»Erledigt«, sagte Marco und setzte sich wieder an den Tisch. »Was meinst du, gehen wir ins Bett? Ich habe ein großes Nachhol…«

Elena ließ ihn nicht ausreden. Sie nahm ihn an der Hand und zog ihn zur Treppe.

Im Bett schmiegte sie sich an ihn. »Neuigkeiten?«

»Ja, man hat mir den Fall entzogen.«

»Das ist nichts Neues. Alle im Dorf wissen es. Ich meinte, ob du über Streichers Tod was Neues hast.«

Elenas Nachhaken nach Informationen schürte wieder den Verdacht, den er auf seiner Wanderung weggeschoben hatte: Elena. War das möglich?

»Auch wenn ich was Neues hätte, es würde nichts nützen. Der Fall ist zu den Akten gelegt.«

Elena kuschelte sich noch enger an ihn und flüsterte: »Schade.«

»Warum?«

»Meinst du nicht, wir haben was Besseres zu tun?«, fragte sie und kam ihm mit ihrem Gesicht ganz nah.

»Bei solchen Argumenten …« Sie küssten sich. Er flüsterte auf ihren Lippen: »Wir reden nachher.«

32

Richtfest in Stabbi

Nachher, hatte Marco geflüstert.

Nachher nahm sie den Faden wieder auf.

»Schade.«

»Wieso schade?«

Elena antwortete nicht. Sie streifte seine Lippen mit den ihren. »Nur so«, sagte sie. »Ich habe es mir so schön vorgestellt, dass du den Täter festgenommen hättest.« Sie löste sich von ihm und fuhr, auf den Ellenbogen gestützt, fort: »Ich bin nicht nur gekommen, weil ich auf dich warten wollte.«

»Weswegen noch?«

»Um dich zum Fest einzuladen.« Sie berichtete, Nicola sei mit der Renovierung des Hauses fast fertig, was gefeiert werden solle, oben in Stabbi.

»Auch aus den anderen Dörfern kommen sie, es wird eine Art Generalprobe fürs Rainbow. Nächsten Samstagabend ab zehn, es muss dunkel sein, dann sehen die Feuer schön aus, und auch wer nicht kommt, kann sie von weitem sehen. Von Ca' del Bicchio, von Campetti … Jedenfalls erwarten Nicola und Helga dich. Vor allem du darfst nicht fehlen. Du musst kommen.«

Die Bitte klang seltsam. Die Begegnungen waren nicht unbedingt herzlich gewesen. Besonders mit Nicola, und doch …

Er dachte nicht mehr daran.

Sie frühstückten in aller Ruhe und machten sich dann auf den Weg.

Die Straße nach Stabbi war ihm inzwischen vertraut. Wie der Weg in den Garten, hatte sein Großvater immer gesagt. Mit dem Auto bis zu der Bucht, wo der Weg begann, und dann zu Fuß weiter. Einschließlich Rückkehr ging dabei der Vormittag drauf.

Er hatte nichts anderes zu tun.

Der Zwangsurlaub dauerte an.

Sie stiegen den Weg hinauf, Hand in Hand. Ab und zu ein Halt für einen flüchtigen Kuss.

Die Gedanken an Elena als mögliche Täterin waren mit ihrer Wärme und ihrer Ausstrahlung verflogen.

Marco fühlte sich immer noch richtig wohl.

Stabbi lag still und verlassen da.

Gherardini blieb am Rand des Dorfes stehen. Auch Elena hielt inne. Sie sah ihn an.

»Was ist?«, fragte sie.

»Diese Stille … Wo sind die alle?«

Elena brach in Lachen aus. »Du bist echt ein Bulle. Du verdächtigst alle und jeden«, sagte sie und reckte sich auf die Zehenspitzen, um ihm rasch einen Kuss zu geben. »Ich weiß noch nicht, ob ich mein Leben mit dir teilen möchte«, scherzte sie. »Alle arbeiten am Haus von Helga und Nicola, am anderen Ende des Dorfes.« Sie spitzte die Ohren. »Hörst du?«, fragte sie.

Nur fern, weil sie von der leichten Brise, die zu den Gipfeln hinaufwehte, fortgetragen wurden, drangen gedämpft Geräusche zu ihnen, Material wurde verlagert, irgendwas fiel auf den Boden, Kies wurde aus einem Schubkarren gekippt … Auch das eine oder andere Wort war zu hören, lauter gesprochen als andere.

»Ich muss auch hin«, sagte Elena.

Sie entfernte sich, streckte den rechten Arm hoch und winkte. »Wir erwarten dich heute Abend. Nicht vergessen!«, rief sie noch und verschwand.

Marco machte sich nicht gleich auf den Heimweg. Er setzte sich auf einen Felsbrocken am Wegrand und rauchte.

»Und jetzt?«, überlegte er. »Soll ich auch helfen?«

Er entschied sich dagegen. Er war kein Elbe, und es wirkte womöglich wie die Einmischung eines Bullen.

Sie hatten ihn für Samstagabend eingeladen, es war besser, die Elbenzeremonie zu respektieren.

Kompliziert, der Umgang mit den Leuten.

Er rauchte in Ruhe fertig und stand auf.

Nach ein paar Schritten hielt er inne und warf einen Blick zurück.

Alles still und einsam wie vorhin, als sie gekommen waren.

»Es wäre eine Gelegenheit«, murmelte er. »Deswegen lassen sie die Türen doch offen, oder? Damit jeder reinkann.« Er kehrte um.

Bei Josephs Haus fing er an, es war ein kurzer Besuch. Viel gab es nicht zu sehen. Wenige Möbel und nichts, um etwas zu verstecken … die Pistole zum Beispiel.

Wo kann Helga die gesehen haben? Und wo könnte sie sein, wenn er nicht zu Hause ist? Ich glaube nicht, dass er sie mitnimmt …

An einem Balken hing eine Maske aus Pappmaché, ähnlich wie die, die er bei Solitario gesehen hatte. Sie erinnerte ihn an eine bekannte Persönlichkeit, er kam aber nicht darauf, wer es war.

Auch in den Häusern von Elvio, Sottobosco und Verdiana fand er solche Masken.

Er ist gut im Geschäft, der kränkliche, blasse Junge. Wenn er so weitermacht, kehrt er als reicher Mann zu seinen Eltern zurück.

Gherardini überlegte, wo Solitario gewohnt hatte, nachdem Adùmas ihn in die Ca' Storta mitgeschleppt hatte. Um ihm zu entkommen, hatte er sich in Ca' del Bicchio verkrochen, aber das war zu weit weg für die Materialbeschaffung. Wegen seiner Produktion musste er oft nach Casedisopra.

Gherardini entdeckte Spuren von ihm in der Ruine neben Elenas Haus.

Es konnte keinen Zweifel geben: Zeitungspacken, Dosen mit Weißleim, Pinsel, Farben … und, in Stoff gewickelt, die Sandalen, die Giacomo hergestellt hatte. Das zweite Paar, das er in Ca' del Bicchio im Stall gesehen hatte.

Solitario wird mir dieses Rätsel erklären müssen. Und Giacomo auch, dachte er und nahm sich vor, in Borgo im Haus des alteingesessenen Elben ebenfalls auf einen Kontrollbesuch vorbeizuschauen.

Als er wieder draußen war, lockte es ihn, auch in Elenas Haus zu gehen. *Lieber nicht*, dachte er. *Was ist, wenn sie kommt, was soll ich ihr da sagen.*

Ein Glück, dass er verzichtet hatte.

»Bist du immer noch hier?«, fragte Elena, die in dem Moment zurückkam.

»Ich dachte, ich könnte vielleicht auch ein bisschen helfen. Natürlich nur, wenn das erwünscht ist.«

»Du kannst gleich mal mir ein bisschen helfen.« Sie hakte sich bei ihm unter und zog ihn mit ins Haus.

»Was ist denn das?«, fragte Marco.

Auf dem Tisch lag eine Maske aus Pappmaché.

»Das Gesicht einer Elbin aus Mittelerde«, erklärte sie. Das hatte er selbst erkannt. Es sah aus wie die Zeichnung in *Herr der Ringe*.

»Komm schon«, sagte sie.

Sie belud ihn mit Obstkörbchen, Focacce, einer Bastflasche Wasser, Ricotta …

»Jetzt gibt's Essen. Die warten schon.«

Alle werkelten an dem Gemäuer, das sich von einer Ruine in ein Wohnhaus verwandelt hatte. Im Rahmen der elbischen Möglichkeiten.

Auf dem Dach waren Joseph und Nicola dabei, mit alten Ziegeln aus Abbruchmaterial und Sandsteinplatten die Abdeckung fertigzustellen.

Giacomo erledigte Feinarbeiten an Türen und Fenstern, zusammen mit Helga, mit der er sich nett auf Deutsch unterhielt.

Auf Marco wirkte er glücklich. Er lachte.

Solitario hantierte mit einer Schaufel, die schätzungsweise mindestens so viel wog wie er. Er transportierte Schutt auf einem klapprigen Schubkarren und lud ihn kippelnd draußen vor dem Dorf ab.

Elvio, Sottobosco und Verdiana hatten einen provisorischen Tisch zusammengebastelt: ein paar Bretter auf zwei Böcken, als Tischdecke Zeitungspapier.

»Leute, wir haben einen Gast!«, rief Elena und begann das Essen aufzubauen.

»Es wird auch Zeit«, rief Nicola.

Er ließ die Arbeit Arbeit sein und verließ das Dach, indem er sich an einer Leiter herunterhangelte, an der ziemlich viele Sprossen fehlten. Er holte Helga ab, und die beiden waren die Ersten am Tisch.

Er hängte sich an eine Flasche Wasser und leerte sie halb. »Das hat es jetzt gebraucht. Die Sonne knallt ganz schön runter, da oben.« Und: »He, Bussard, endlich in Zivil. Gefällt mir besser«, sagte er. Ein Klaps auf die Schulter und eine förmliche Vorstellung mit Verbeugung: »Das ist das Mädchen, für das ich …« Er besann sich und deutete auf die anderen. »Für das wir das Haus hergerichtet haben.« Er nahm Helga in den Arm. »Wir werden als Elben hier leben, ja, meine Kleine?«

Helga nickte und sagte ein paar Worte auf Deutsch. Nicola sah zu Giacomo. »Entweder ich lerne Deutsch oder sie Italienisch.«

»Für das, was ihr machen wollt, braucht ihr weder Deutsch noch Italienisch«, versicherte ihm Giacomo.

»Ja, aber ich weiß nicht, was sie gesagt hat.«

»Sie hat gesagt, sie will da nicht alleine wohnen.«

Nicola nahm Helga wieder in den Arm. »Ich bin ja nur ein paar Tage weg, Helga, das hab ich geschworen, und jetzt schwöre ich noch mal, hier vor Zeugen. Übersetze, Giacomo.«

Das tat der Elbe.

Dann sagte er: »Aber eines sage ich dir und Helga gleich: Ich habe nicht vor, mit euch ins Bett zu steigen, um euren Verliebtenquatsch zu übersetzen.«

Sie fingen an zu essen.

Die ersten Tropfen fielen, sie ignorierten sie.

Dann ging ein wahrer Wolkenbruch nieder.

Sie beendeten das frugale Mahl drinnen, in der Küche des renovierten Hauses.

Zehn Minuten goss es in Strömen, dann spitzte die Sonne wieder hervor.

»Super!«, rief Nicola. »Das war der Test, ob das Dach hält. Kommt, wir schauen nach.«

Alle folgten ihm bei seinem Gang auf den Dachboden.

Am Ende der Visite verkündete Nicola der versammelten Gemeinde: »Kein Tropfen ist reingekommen.«

Applaus.

Um auf dem Rückweg nicht bis auf die Haut nass zu werden, wartete Gherardini, bis die letzten Tropfen vom Laub gefallen waren, und verabschiedete sich dann von den Elben, die ihre Arbeit wieder aufgenommen hatten.

Als er und Elena sich entfernten, rief Nicola vom Dach hinter ihm her: »He, Bussard, du kommst doch, ja?«

Bussard gab ihm ein Zeichen, er könne ganz beruhigt sein.

»Was ist da los?«, fragte er Elena. »Bin ich für die Elben jetzt auch schon Bussard?«

»Man braucht halt eine Weile, bis man seine Mitmenschen versteht, meinst du nicht?«

»Finde ich nicht. Wir beide haben uns auf Anhieb verstanden.«

Am Eingang zu dem schmalen Weg umarmte Elena ihn und murmelte, den Kopf an seine Brust gelehnt: »Warum bleibst du nicht bis Samstag?«

»Ich habe als Forstpolizist noch ein bisschen was zu tun.«

Sie nickte. »Ich würde dich in meinem Haus verstecken. Da ist Platz genug. Helga schläft bestimmt bei Nicola im neuen Haus.« Nach kurzem Zögern fügte sie hinzu: »Zumindest heute Nacht. Dann ist Nicola unterwegs, und bis er zurückkommt, wohnt sie wieder bei mir.«

»Hochzeitsnacht und dann weg. Das ist nicht nett von Nicola.«

»Er hat Probleme mit der Familie. Ich bin sicher, dass er bald zurückkommt. Er hat sich echt reingehängt mit dem Haus …«

Der Platzregen hatte den Weg glitschig werden lassen, und von den Bäumen tropfte es immer noch. Gherardini wäre mehrmals fast ausgerutscht.

»Die möchte ich hier mal sehen, mit ihren Sandalen von

Giacomo«, meinte er, während er sich an überhängenden Ästen festhielt, um nicht zu stürzen.

Giacomo, ja. Er hatte sich vorgenommen, bei ihm vorbeizuschauen. Warum nicht jetzt gleich?

Borgo war nicht weit. Und Giacomo war in Stabbi.

Besser ging es nicht …

Er war schon in Giacomos Haus gewesen, aber der Besuch war kurz und alles andere als gründlich gewesen. Zu der Zeit war Giacomo noch nicht verdächtig gewesen.

Wieder der Geruch nach gegerbtem Leder, das Werkzeug und der Schustertisch … darauf ein Paar eben erst angefangene Sandalen und zwei Masken aus Pappmaché.

Schon wieder!

Er betrachtete die Masken und wollte schon weitergehen.

»Das ist doch … Streicher«, murmelte er dann. »Und das hier … Den kenne ich doch.« Gherardini nahm die Masken und trat an den Spiegel am Waschbecken. Er hielt sich das Gesicht aus Pappmaché neben sein Gesicht und sagte: »Ja, das bin tatsächlich ich.«

Schönes Paar: Streicher und Bussard.

Einer tot. Und der andere?

Lebendig, zumindest im Augenblick.

Er trat ans Fenster, um sich die Masken genauer anzusehen.

Im Grotesken dieser Masken lag etwas Tragisches. Wie in dem Verbrechen, aus dem heraus sie entstanden waren.

In Streichers Gesicht hatte Solitario die Trauer über einen angekündigten, nahen Tod eingearbeitet. Davon erzählten die schwarze Höhle des weit aufgerissenen Mundes mit den heruntergezogenen Mundwinkeln und der Augenschnitt.

Die gleichen Details, anders modelliert, verliehen Bussards Gesicht eine zynische Boshaftigkeit, die er, wie er fand, wirklich nicht verdient hatte.

»Ein begabter Junge«, murmelte Gherardini. »Er hat ein paar Stunden mein Gesicht gesehen, bei der Vernehmung, und das genommen, was er hinter meinen Augen zu sehen glaubte.« Er brachte die Masken an ihren Platz zurück und versuchte, sie genau so hinzulegen, wie er sie vorgefunden hatte. »Mörder haben wirklich Talent. Ein böses Talent, aber sie haben es und nutzen es, um sich hinter ungesühnten Verbrechen zu verstecken.«

So bildete sich Marco Gherardini ein, seinen Mörder gefunden zu haben.

Er musste es nur noch beweisen.

Er hatte genug gesehen und ging.

Auf der Straße nach Casedisopra kamen ihm Gruppen von jungen Männern und Frauen entgegen, die zu den verschiedenen Elbendörfern hinaufgingen. Die bunten Klamotten und dann die spleenigen Sachen, die sie dabeihatten, Musikinstrumente, farbenfrohe Schals, Kappen in merkwürdigen Formen, Stofftaschen …

Er sah sogar eine Tasche aus geflochtenem Ginster.

Der Anblick dieser bunten Palette sichtlich fröhlicher Menschen machte auch Gherardini froh.

Er fuhr langsamer, um sie besser betrachten zu können.

Die Welt, dachte er, *ist nicht nur grau.*

Er ließ eine Kurve hinter sich und sah am Ende der folgenden geraden Strecke die Silhouette einer Elbin. Sie kam ihm bekannt vor: eine anmutige Erscheinung in weitem Jeansrock und Blüschen mit Blumenmuster. Die junge Frau ging neben einem Elben und redete auf ihn ein.

Gherardini hielt an, bevor er auf der Höhe der beiden war, und als sie näher kamen, hörte er Gesprächsfetzen durch das offene Fenster. Sie sprach laut mit ihrem ausgeprägten Piemonteser Einschlag, und der Elbe antwortete ihr in einer Sprache, die für Marco Holländisch klang.

Die beiden rangen um eine sprachliche Verständigung, die eigentlich nicht zu schaffen war.

Gherardini hatte sich nicht geirrt. Er kannte sie, und als die beiden am Auto vorbeigingen, anscheinend ohne ihn gesehen zu haben, steckte er den Kopf aus dem Fenster und grüßte sie: »Hallo, Armonia, wo geht ihr hin?«

»Oh, Inspektor!«, sagte Armonia, und beide blieben stehen. »Ich habe einen Freund in Casedisopra am Bahnhof abgeholt, und jetzt gehen wir zu uns rauf, nach Ca' del Bicchio. Das ist Geurt, aus Holland.«

»Grüß dich, Geurt«, sagte Marco und stieg aus. »Ca' del Bicchio … Da habt ihr noch ein ganzes Stück vor euch. Ich kann euch rauffahren, bis es mit dem Auto nicht mehr weitergeht …«

»Das käme uns sehr gelegen«, sagte Armonia und versuchte, Geurt den Vorschlag zu erklären, aber vergebens.

Er lächelte und verstand nichts.

Gherardini löste das Problem. Er öffnete die hintere Tür und bedeutete ihm, er solle einsteigen.

Armonia setzte sich auf den Beifahrersitz.

Auf der Fahrt erzählte sie von sich und Geurt. Sie hatten sich vergangenes Jahr kennengelernt, beim Rainbow-Festival in Spanien, und sich damals für das in Collina di Casedisopra verabredet …

»… und da sind wir jetzt.«

»Wie verständigt ihr euch bei zwei Sprachen, die sich himmelweit voneinander unterscheiden?«

»Das Problem ist, dass wir noch nicht entschieden haben, wer die Sprache des anderen lernen muss.«

»Es gäbe eine Lösung.«

»Nämlich?«

»Du lernst Holländisch, und er lernt Italienisch.«

»Gute Idee.«

»Wie ihr euch trefft, wie ihr versucht, euch zu verstehen, wie ihr alles zusammen macht ... So kann man anfangen, eine Welt zu schaffen, die nicht nur aus Banken besteht ...«, meinte er und ließ es dabei bewenden.

Er war nicht für Utopien geschaffen.

Armonia versuchte Geurt zu erklären, was sie und Gherardini geredet hatten, und das Ringen um jedes einzelne Wort ging von neuem los.

Der Mischmasch aus Italienisch und Holländisch und die komische Art, in einer Sprache zu sprechen, die es nicht gab, erinnerten Gherardini an einen Ausspruch von Adùmas: »Das Thema verdient es, vertieft zu werden.«

Am Anfang des Weges, wo es mit dem Auto nicht mehr weiterging, hielt er an und verabschiedete sich hastig von den beiden, er stieg nicht mal aus.

33

Eine aufregende Nacht

Er fuhr mit hohem Tempo in Vinacce vor und bremste vor der Haustür, wobei Kiesel spritzten und Staub aufwirbelte.

»Wir sind doch hier nicht in Monza!«, rief Adùmas.

Er saß vor dem Haus und genoss den Schatten eines Maulbeerbaums, darunter ein vom Wetter ramponierter Tisch mit einer kleinen Bastflasche Rotwein, einem Glas, einem Teller und Besteck.

»Hast du gegessen?«, fragte er Marco. »Ich bin gerade fertig, aber in der Küche ist noch was …«

Der Forstinspektor antwortete nicht und setzte sich auf den zweiten Stuhl, der genauso mitgenommen aussah wie der Tisch.

»Hält der mich?«

»Wenn er es bis jetzt geschafft hat …«

»Du bist ja fertig mit essen«, sagte der Inspektor und bot Adùmas eine Zigarette an. »Außer du …«

Sie steckten sich die Zigaretten an.

»Außer was?«, nahm Adùmas den Faden auf.

»Erinnerst du dich, dass du mir erzählt hast, du würdest einen Elben kennen, der Italienisch und Deutsch spricht?«

»Ich erinnere mich an alles, Bussard. Ich erinnere mich, dass ich gesagt habe, ich hätte ihn gesehen, nicht dass ich ihn kenne.«

»Das kommt aufs Gleiche raus …«

Adùmas fiel ihm ins Wort. Er verlor die Geduld. »Das ist ein himmelweiter Unterschied. Wenn ich ihn kennen würde, würde ich dir sagen, wer das war. Ich habe ihn gesehen und kann nur sagen, dass es der von dem Telefongespräch war …«

Jetzt unterbrach Bussard ihn. »Jetzt erzähl mal. Wo du ihn gesehen hast, wann und wie …«

»Das ist schnell erzählt. Er saß am Weg und hat telefoniert … Ich fand das seltsam wegen dem Handy, das hab ich dir ja schon gesagt.«

»Details, Adùmas«, sagte der Inspektor, und als Adùmas keine Anstalten machte: »Es ist wichtig.«

Adùmas seufzte resigniert.

Er hatte sich in Borgo umgehört, ob jemand den krankhaft blassen, blonden jungen Mann gesehen hatte. Nämlich Solitario. Er war überzeugt, dass er und der Streicher sein Gewehr gestohlen hatten.

Und was dann alles der Diebstahl nach sich gezogen hatte.

Als er in Borgo durch war, wanderte er nach Stabbi hinauf, um dort weiterzusuchen.

Auf halbem Weg hörte er, wie jemand etwas oberhalb von ihm redete.

Das konnten die Forstpolizisten sein, die ihn suchten, und er setzte seinen Weg im Schutz des Gebüschs zu beiden Seiten des Pfades fort. An einer breiteren Stelle saß ein Elbe am Rand auf einem Felsen und telefonierte.

Zwei Dinge waren ihm komisch vorgekommen: ein Elbe mit Handy und dass er sich zum Telefonieren diesen Platz in der prallen Sonne ausgesucht hatte.

Das Gespräch dauerte mehrere Minuten. Alles auf Deutsch.

Nachdem er *»Auf Wiedersehen«* gesagt hatte, beendete der Elbe das Gespräch und wartete ein paar Minuten, bevor er ein anderes Gespräch begann. Diesmal auf Italienisch, in dieser bizarren, nicht existierenden Sprache, in der man mit Ausländern redet.

Adùmas wurde immer neugieriger, er pirschte sich näher und schnappte die letzten Wortfetzen noch auf.

»Ich komme bald zurück, ja, bald. Ich zu-rück-kom-men, verstehst du? Ich musste etwas Wichtiges erledigen … Wichtig!« Er lauschte in den Hörer. »Hast du verstanden?« Er lauschte wieder und sagte dann: »Du weißt doch, ich spreche nicht Deutsch! *Auf Wiedersehen!*«

Er beendete das Gespräch und steckte sich mit einem erleichterten Seufzer eine Zigarette an.

Für Adùmas gab es damit drei merkwürdige Dinge.

Er drehte um und ging zur letzten Kurve zurück, trat auf den Pfad hinaus und ging bergauf weiter, als komme er gerade des Weges.

Im Näherkommen fragte er: »He, bist du von hier?«

»Mehr oder weniger …«

»Ich suche so einen wie dich.«

»Meinst du einen Elben?«

»So was. Er ist vielleicht sechzehn oder ein bisschen älter, eher blond, Italiener, dünn und blass, als ob er krank wäre …«

»Nie gesehen.«

Adùmas holte die Feldflasche aus dem Rucksack und bot dem Elben an. »Wasser und Wein. Hervorragend zum Durstlöschen.«

Anschließend trank auch Adùmas. Er sah sich um und sagte: »Schöne Stelle zum Telefonieren.«

»Die einzige mit Empfang«, erwiderte der Elbe und bot ihm eine Zigarette an.

»Ich hab gesagt, dass ich nicht rauche, habe ihn seinen Telefongesprächen überlassen, vielleicht hatte er ja noch welche zu erledigen, und bin weitergegangen, Solitario suchen.«

»Weißt du, wer das war? Hast du ihn in Casedisopra oder hier in der Gegend schon mal gesehen?«

»Nein, noch nie. Du weißt ja, dass ich gewisse Leute meide. Die sind doch alle gleich.«

»Blond – dunkel, groß – klein, dick – dünn, jung – alt … Würdest du ihn denn wiedererkennen?«

»Mensch, Bussard, ich bin noch nicht verblödet. Bring ihn mir, dann sage ich dir, ob er es ist oder nicht.«

»Ich hab eine bessere Idee: Ich nehme dich auf ein Fest mit.«

»Keine Lust …«

»Dann sieh zu, dass du Lust bekommst, ich hole dich am Samstagabend ab. Halt ihn dir frei.«

»Gut, dass du es sagst, ich gehe ja samstags immer aus und haue auf den Putz.«

Der Stabsgefreite öffnete ihm. »Ist der Maresciallo da?« Gaggioli nickte. »Danke«, sagte Gherardini und ging direkt in Barnabas Büro.

Er trat ein, ohne anzuklopfen. »Neuigkeiten, Maresciallo«, sagte er und ließ ihm nicht mal Zeit zu protestieren.

»Worüber?«

»Über unseren Mörder.«

Barnaba seufzte und schüttelte den Kopf. »Du bist besessen, Gherardini. Erstens gibt es keinen Mörder und zweitens schon gar nicht ›unseren‹. Also entspann dich und genieß deinen Urlaub.«

»Ich bin superentspannt, und der Urlaub ist vorbei. Also …« Er holte seine Zigaretten hervor und bot auch Barnaba eine an. »Wir rauchen jetzt in aller Ruhe eine, und ich erklär dir derweil ein paar Sachen.«

Sie rauchten mehr als eine und nicht in aller Ruhe.

Der Inspektor legte dem Maresciallo seine Vermutungen zu Streichers Fall dar. Zu den Tatverdächtigen, wie er auf sie gekommen war, wie und warum er sie ins Auge gefasst hatte.

»Ich brauche jetzt noch bis Samstagabend, dann bringe ich dir den Mörder. Denn egal, was du denkst, mein lieber Barnaba, er wurde getötet, und zwar vorsätzlich. Und vor allem war es nicht Paolino aus Campetti.« Er drückte den Stummel der letzten Zigarette aus und stand auf. »Halte dir den Samstagabend frei, Maresciallo.«

Adùmas erschien um sieben.

»Ist es nicht ein bisschen früh?«, fragte Gherardini.

»Kommt drauf an, wo wir hinmüssen und wie wir hinkommen.«

»Nach Stabbi, mit dem Geländewagen so weit wir kommen. Den Rest zu Fuß, aber wenn du jetzt schon da bist, können wir uns Zeit lassen.« Gherardini ging ins Schlafzimmer, um sich fertig zu machen.

Als er wieder herunterkam, legte er seine Dienstwaffe auf den Tisch.

»Was willst du mit der?«, fragte Adùmas.

»Vorsichtsmaßnahme«, aber Adùmas besorgte Frage machte ihn nachdenklich. »Du hast recht«, meinte er, trug die Pistole ins Schlafzimmer zurück und verstaute sie wieder in der Schublade des Nachtkästchens.

Er kehrte in die Küche zurück.

Adùmas war an die Tür gegangen und hatte sich seine Zigarre angezündet. »Wäre nett, wenn du mir sagen würdest, was eigentlich los ist und warum ich hier bin«, sagte er.

»Weil du den Leuten, die wir nachher sehen, nur ins Gesicht zu sehen brauchst, um mir zu sagen ›Bussard, der ist es‹. Dann nehme ich ihn sofort fest. Apropos …«, sagte Gherardini und nahm die Handschellen von der Garderobe neben der Tür, die dort unter ein paar Jacken hingen. »Die nehme ich aber mit«, sagte er und hängte sie sich an den Gürtel. »Könnte sein, dass ich sie brauche.«

Sie ließen sich Zeit.

Ein Espresso bei Benito, noch eine Weile auf der Piazza bleiben und das bunte Bild der Neuankömmlinge beobachten, tanken …

Gegen halb zehn erreichten sie den Weg.

»Wer ist denn das?«, fragte sich Gherardini.

Die Bucht, auf der er sonst den Wagen parkte, war von einem grauen Jeep Renegade belegt.

Er parkte etwas unterhalb, so dass der Jeep bei Bedarf wegfahren konnte, testete die Taschenlampe, stieg aus und ging zu dem Jeep. Er umrundete das Auto: neues Kennzeichen, Tür nicht abgeschlossen …

»Mal sehen, wer da so gedankenlos ist.«

Er setzte sich auf den Fahrersitz und kramte im Handschuhfach. Kein Fahrzeugschein.

»Er wird ihn mitgenommen haben. Du kennst das doch, bei einem neuen Auto …«, dachte Adùmas laut.

»Da nimmt einer den Fahrzeugschein mit, schließt aber die Tür nicht ab?« Und, als er mit dem Handschuhfach fertig war: »Und lässt auch noch den Schlüssel da zum Anlassen.«

»Mann, Bussard, bezahlt man dich dafür, dass du dich mit Autos beschäftigst oder dass du Forstpolizist bist?«

»Das weiß ich langsam selber nicht mehr. Vielleicht für beides.«

Lang bevor sie Stabbi erreichten, war der hellrote Widerschein der Lagerfeuer zu sehen. Der Himmel leuchtete.

Vor dem Dorf blieben sie stehen.

Viele waren da, Gherardini und Adùmas sahen, wie sich ihre Silhouetten vor den Flammen bewegten. Es war, als ob sie tanzten.

»Was machen wir jetzt?«, fragte Adùmas.

»Wir mischen uns unter die Elben, und du zeigst mir den richtigen.«

»Das ist eine schwierige Aufgabe, Bussard«, brummte Adùmas, als sie nur noch ein paar Schritte von den Feiernden entfernt waren.

In der Tat trugen viele Elben, die meisten, eine Maske vor dem Gesicht.

»Na toll«, brummte auch Bussard. »Solitario treibt es zu bunt.«

»Und jetzt?«

»Wir warten eben, bis sie sie abnehmen. Sie werden ja nicht mit den Masken vor dem Mund essen, und da unten« – er deutete auf das hinterste Lagerfeuer – »da unten grillen sie.«

In dem Durcheinander fand er Elena dank des Klangs ihrer Gitarre. Sie war umringt von Elben, die einem traurigen Lied lauschten, das gar nicht zur abendlichen Partystimmung passte.

Die beiden drängelten sich bis in die erste Reihe vor.

Sie trug die Elbenmaske, die Gherardini in ihrem Haus gesehen hatte.

Er hob die Hand, und sie erwiderte den Gruß mit einem Kopfnicken, ohne ihr klagendes Lied zu unterbrechen.

Die beiden setzten ihre Suche nach Elben ohne Maske fort. Gherardini machte Adùmas auf jeden Elben mit unbedecktem Gesicht aufmerksam, dem er begegnete. Adùmas sah rasch hin und schüttelte den Kopf. Irgendwann brummte er frustriert: »Woher soll man denn wissen, was drunter ist?«

»Unter was?«

»Unter der Maske.«

Familie Fhüller war nicht maskiert: der riesige Barthold, seine Frau Colomba und die beiden Kinder, Sole und Delfina. Bei ihnen wäre eine Maske umsonst gewesen. Er wäre trotz Maske sofort zu erkennen gewesen wegen seiner Größe und seiner Haltung, sie wegen des langen blonden Zopfes, der ihr bis zum Gürtel reichte.

Neben einem Lagerfeuer hatte die Familie mit allen möglichen Kindern zwei Arbeitsgruppen gebildet. In einer saßen die kleinen Elben im Kreis um Colomba und flochten mit ihr zusammen kleine Käfige und Körbchen aus Weidenruten.

In dem zweiten Kreis erklärte Barthold in holprigem Italienisch, wie man Holz bearbeitete: »Und nicht verletzen mit Messer, gut aufpassen!«

Bussard und Adùmas blieben stehen und sahen eine Weile zu, dann setzten sie ihren Weg fort.

An einem anderen Lagerfeuer war ein Elbe mit Maske damit beschäftigt, Fleisch zu grillen.

»Wie geht's, Giacomo?«, erkundigte sich Bussard und tippte ihm auf die Schulter.

Giacomo, in sein Tun vertieft, fuhr hoch, drehte sich abrupt um und schwang dabei einen spitzen Eisenstecken, mit dem er gerade in der Glut gestochert hatte.

Er sah Bussard, hielt inne und ließ das Eisen sinken. »Wie hast du mich erkannt?«

»Wäre sonst jemand so geschmacklos, Streichers Maske aufzusetzen? Du machst vor gar nichts Halt, Hauptsache, anders als die Gruppe.« Zu Adùmas: »Das ist Giacomo, der wird dir früher oder später sein Gesicht zeigen müssen.«

Streichers Gesicht wandte sich wieder seinem Grillfleisch zu. »Du bist echt gut, Inspektor. Du hast recht. Eigentlich hat Solitario die Maske gemacht, um sie dir zu schenken. Ich habe ihn gebeten, sie mir zu geben, und das hat er getan. Ich wollte derjenige sein, der sie dir schenkt.«

»Danke. Gib sie mir jetzt gleich, dann fühle ich mich wie einer von euch.«

»Das geht nicht. Die Masken nehmen wir Punkt Mitternacht ab, wenn der Mond genau über dem Wipfel dieses Baumes steht«, erklärte Giacomo und deutete auf eine Tanne, die sich um viele Meter über die anderen erhob.

»Dann warte ich eben. Vielmehr wir warten.«

Streichers Gesicht wendete ein paar Fleischstücke und fuhr fort: »Für mich hatte er eine andere gemacht …«

»… ich wette, mit meinem Gesicht.«

Durch die Löcher schienen die Augen von Streichers Gesicht böse zu werden. »Du bist wirklich gut, Bussard. Ich wette, dass du früher oder später dahinterkommst.«

Wortlos gingen Gherardini und Adùmas weiter.

»He, Bussard!«, rief Giacomo hinter ihm her. Die beiden wandten sich um. »Die Masken haben mich ein Paar Sandalen gekostet!«

»Dann weiß ich jetzt auch, wie Solitario zu einem zweiten Paar kommt«, brummte Bussard.

»Was heißt das?«, fragte Adùmas.

»Das ist eine lange, komplizierte Geschichte.«

»Natürlich.«

Sie begegneten anderen Elben ohne Maske, und Adùmas schüttelte jedes Mal den Kopf.

»Wir müssen Mitternacht abwarten«, meinte Gherardini. »Wenn sie sie abnehmen.«

Dazu kam es nicht.

Der Vollmond strahlte über Stabbi, beleuchtete das Fest mit den Gesängen und Klängen und Feuern und Lichtern und Tänzen und näherte sich ganz langsam dem Wipfel der gigantischen Tanne.

34

Runter mit der Maske!

Plötzlich war das Fest verändert. Als Gherardini später darüber nachdachte, erinnerte er sich, einen Schrei gehört zu haben, teilweise vermischt mit unzähligen anderen Klängen und Geräuschen, die die Luft füllten, den aber die Leute, die sich nah am Wald befanden, dort wo der Weg begann, deutlich gehört und verstanden hatten.

Von dort, getragen vom Wind, hatte der Schrei alles Tun und Reden in der Nähe gelähmt, und die Spannung und die Stille hatten sich im ganzen Dorf ausgebreitet.

Einen Augenblick später rannten alle hin, einige mit ihren Lampen.

Mit dabei Gherardini und Adùmas.

Sie fanden Joseph bewusstlos auf dem Boden liegend. Die Ersten, die bei ihm waren, versuchten ihn aufzurichten, und ihre Hände färbten sich rot vom Blut.

Die Lampen beleuchteten die Wunde an der Stirn, und Gherardini legte ihn auf die Seite und rief sofort nach Handtüchern, um das Blut zu stillen.

Helga brachte welche und kümmerte sich um den Verletzten. Sie redete auf Deutsch auf ihn ein, und Joseph öffnete die Augen. Auf die Fragen antwortete er, indem er sich an den Kopf und an den Hals fasste und nickte, wie um sie zu beruhigen.

»Es geht«, sagte sie in ihrem holprigen Italienisch zu Gherardini, der ihr behilflich war. »Er sagt, dicker Kopf. Ich bin eine Krankenschwester …«

»Sie war in Düsseldorf Krankenschwester«, erklärte Elena.

Joseph gab Gherardini ein Zeichen, und er beugte sich zu ihm. »Er haut ab … ich wusste es … ich erklär's dir später …«

»Ganz ruhig jetzt, ich bringe dich in die Notaufnahme.«

»Du bringst mich nirgendwo hin. Du musst ihn jetzt erwischen, sonst kriegst du ihn nie. Ich hatte ihn im Auge behalten, er kam mit einer großen Tasche. Da war mir alles klar, und ich bin ihm gefolgt. Er hat auf mich gewartet und mich überrascht. Lauf, wenn du ihn kriegen willst …«

Gherardini sagte zu Adùmas: »Du rührst dich hier nicht von der Stelle. Der Irre kommt vielleicht auch zurück.« Er deutete auf Joseph. »Pass auf ihn auf.« Er nickte seinem deutschen Kollegen beruhigend zu und lief los.

»He, Bussard!«, stoppte Joseph ihn. »Lass dich nicht täuschen: Er trägt deine Maske.« Er lächelte. Vielleicht wegen der Ironie der Situation, vielleicht um ihn über seinen Zustand zu beruhigen.

»Meine Maske? Die hatte Giacomo. Dann ist er dieser Scheißdreckskerl!«, rief Marco und rannte los, ohne darauf zu achten, was Joseph noch sagte.

Die Taschenlampe beleuchtete den Weg.

»Ich komme mit!«, rief Elena und lief hinter ihm her.

»Das ist zu gefährlich. Bleib bei Adùmas. Er ist alt, aber zäh …«

»Bleib doch du bei dem zähen Alten!«

Kurz vor der Bucht, wo die beiden Autos standen, blieb Gherardini stehen, schaltete die Taschenlampe aus und machte Elena auf einen hellen Schein zwischen den Bäumen aufmerksam. Er kam vom Licht im Inneren des Jeeps.

»Bleib hier«, flüsterte Gherardini und drückte ihr die Taschenlampe in die Hand. Auf ihren neuerlichen Protestversuch hin legte er ihr entschieden und fest die Hand auf die Schulter.

Sie gab nach. »Pass auf…«, sagte sie.

Gherardini näherte sich dem Wagen.

Im Innenraum des Jeeps bewegte sich jemand. Schob Sachen hin und her, hob die Fußmatten auf, fluchte…

Gherardini stand daneben.

»Suchst du den hier?«

Der Mann zuckte zusammen und fuhr herum.

Er trug noch die groteske Bussard-Maske, und Marco sah nur die Augen, die böse wurden. Wie vorhin am Grill.

Darauf folgte für ein paar Sekunden das Schillern des Jeepschlüssels, eine Handbreit vor seinem Gesicht.

Er nickte und streckte die Linke nach dem Schlüssel aus.

Gherardini wich zurück.

Der maskierte Bussard stieg aus dem Auto. »Soll ich ihn mir mit Gewalt holen?«

»Versuch's.«

»Das haben wir gleich«, sagte er und hob die Rechte. Er hatte die Pistole in der Hand.

»Willst du mich töten, so wie du es mit Streicher gemacht hast? Trägst du deswegen meine Maske? Zwei Masken, zwei Leichen…«

»Wäre es dir lieber gewesen, Streicher hätte mich getötet? Dieser blöde Dickschädel. Sagen wir, es war ein Unfall. Er balancierte an der Wegkante, er hatte den Boden unter den Füßen verloren und mir die Hand hingestreckt, um nicht runterzufallen. Ich habe sie nicht genommen. Ich habe ihn sogar geschubst… ganz wenig nur. Er wäre sowieso abgestürzt, und ich womöglich mit ihm.«

»Wie kommst du zu Josephs Walther?«

»Frag ihn. Jetzt, wo du alles weißt, gib mir den Schlüssel, geh aus dem Weg und lass mich fahren.« Der Inspektor rührte sich nicht von der Stelle. »Hau ab!«, schrie der Maskierte. Und zielte auf Gherardinis Stirn.

Elena sah es, rannte zu der Bucht und schrie: »Marco, lass ihn durch! Der bringt dich um!«

Die bewaffnete Hand zitterte kurz, und die Schusslinie verlagerte sich augenblicklich von Gherardinis Stirn hin zu Elena.

Der Inspektor nutzte die Chance. Er stürzte sich auf den Maskenbussard.

Sie kämpften. Erst im Stehen, dann auf der Erde.

Gherardini bekam den Arm mit der Pistole zu packen und presste ihn auf den Boden. Mit der freien Hand schlug er ihm in die Seite und in die Lebergegend.

Ein Schuss löste sich.

Er verlor sich in der Luft.

Sie rangen miteinander, bis die größere physische Kraft des Inspektors die Oberhand gewann. Er riss dem Maskierten die Pistole aus der Hand und stieß ihm den Lauf in den Magen.

»Ich bring dich um, du Aas!«

Der Mann hielt inne und hob die Arme.

Langsam erhob sich Gherardini, die Waffe immer noch im Anschlag.

»Keine Bewegung.«

Er keuchte.

Er löste die Handschellen vom Gürtel.

»So ein Zufall. Die hab ich für dich dabei«, sagte er und gab ihm mit der Pistole einen Wink, sich auf den Bauch zu legen. Der Mann rührte sich nicht. »Soll ich dich mit einem Fußtritt zwingen?«, fragte Gherardini und hob den Fuß.

Der Mann gehorchte, und Marco fixierte seine Hände hinter dem Rücken.

»Los, steh auf, wir schauen jetzt mal, wie es Joseph geht.«

Er packte ihn an den Handschellen und riss ihn hoch, der Mann stöhnte vor Schmerz.

Als er stand, versetzte Gherardini ihm einen Stoß, dass er taumelte. »Nimm mir die Maske ab, ich kann so nicht laufen.«

Die Maske hatte sich bei dem Kampf quer über sein Gesicht geschoben.

Gherardini richtete sie ihm hin, so dass er sehen konnte, wo er seine Füße hinsetzte.

Mit einem kräftigen Schubs stieß er ihn vorwärts.

»Nimm mir die Maske ab!«

»Ich denke gar nicht dran. Du behältst sie auf. Die Elben sollen dein Gesicht unter meinem sehen.«

Sie schlugen den Pfad ein, der Bussard mit der Maske voraus, dahinter der echte Bussard, Pistole in der rechten Hand, die locker an der Seite herunterhing.

Elena, angespannt und beunruhigt, folgte ihnen.

Die Party in Stabbi war vorbei, es herrschte kaum verhohlene Nervosität.

In den Häusern leuchteten die Lampen.

Die Tür von Josephs Haus stand offen, davor mehrere Elben.

Solitario bemerkte als Erster die Ankunft der drei. Er ging ihnen entgegen und hielt sie auf. Beunruhigt blickte er in die Augen, die durch die Löcher in der Maske zu sehen waren.

»Die hast du geklaut«, sagte er. »Die Maske war nicht für dich.« Er wandte sich von ihm ab. »Sie gehört dir«, erklärte er Gherardini. »Aber ich mache dir eine neue«, versprach er.

»Danke, Guido Bonfanti aus Cortona«, antwortete Marco und lächelte den jungen Mann an.

»Woher weißt du das?«

»Deine Eltern haben dich als vermisst gemeldet. Du musst morgen zum Maresciallo. Er erwartet dich.« Gherardini schubste den Maskierten weiter.

Im Haus hatte Helga Josephs Wunde versorgt, so gut es ging. Sie drückte ihm ein feuchtes Tuch auf die Stirn.

»Hier ist er«, sagte Gherardini und schob den Mann in Handschellen hinein. Erschrocken stellte er fest, wie blass Joseph war. »Wie geht's dir?«

»Er geht gut«, antwortete Helga für ihn.

Beruhigt sagte Gherardini: »Er ist dir entwischt.«

»Von wegen entwischt. Er hat mich überrascht und mich am Kopf getroffen. Aber ein paar andere Elben sind gleich hinter ihm her. Erwischt hast du ihn dann, und ich danke dir sehr, aber der Dank gilt auch der deutsch-italienischen Zusammenarbeit.«

»Warte noch mit deinem Dank. Jetzt haben wir erst mal ein Problem. Soll ich ihn dir überlassen, oder soll er in ein hiesiges Gefängnis?«

»Als Erstes sollten wir ihm mal ins Gesicht sehen, oder?«

»Hast recht«, sagte Gherardini und packte die Maske am unteren Rand. Bevor er daran zog, sagte er zu Adùmas: »Schau ihn dir gut an.«

Er riss ihm die Maske herunter.

Adùmas genügte ein kurzer Blick. Er nickte. »Das ist er«, sagte er, »das ist der von dem Telefongespräch auf Deutsch, der kein Deutsch konnte.«

Erstaunt murmelte Gherardini: »Du bist nicht Giacomo.«

Auch Helga sah ihn an. Sie trat zu ihm. »Warum hast du das uns getan?«

35

Ein langer Tag in der Kaserne

Ein seltsames Grüppchen landete an diesem Morgen vor der Carabinieri-Kaserne. Dem Geländewagen der Forstpolizei entstiegen ein Inspektor, der nur noch wenige Monate Inspektor war; ein deutscher Polizeibeamter, dessen Kopf, so gut es ging, mit einem Handtuch verbunden war; Elena und Helga, Elben aus Stabbi; ein mutmaßlicher Mörder in Handschellen.

Adùmas fehlte.

»Ich hab eure Probleme satt«, hatte er zu Bussard gesagt. »Setz mich in Vinacce ab.«

Den Gefallen hatte Bussard ihm getan, bevor er zu Maresciallo Barnaba gefahren war, der von seinem Büro aus beobachtete, wie alle ausstiegen und zum Eingang gingen. Er ließ alles stehen und liegen und öffnete höchstpersönlich die Tür, noch bevor es klingelte.

Er wünschte keinen guten Tag. Er wusste, dass es nichts helfen würde.

Die fünf sagten auch nichts. Sie erwarteten ebenfalls keinen guten Tag.

Der Maresciallo wies auf die Handschellen und fragte Gherardini: »Was soll das?« Bevor Marco antworten konnte, setzte er hinzu: »Kommt rein, wir wollen kein Aufsehen erregen.«

Es war eng im Büro des Maresciallo, und der Stabsgefreite brachte zwei Stühle.

»Bald weiß ganz Casedisopra von deinem Affentheater«, sagte der Maresciallo.

»Für dich ist es vielleicht ein Affentheater. Für mich ist es die Festnahme eines Mörders.«

Barnaba tat, als habe er den harten Ton in Gherardinis Stimme nicht wahrgenommen. »Na, dann lass mal hören«, sagte er.

»Fang damit an.« Der Inspektor ließ die Reisetasche des Tatverdächtigen neben dem Maresciallo fallen, der hinter dem Schreibtisch stand.

Barnaba ignorierte ihn. »Und die?«, fragte er und zeigte auf die Bande, die er vor sich hatte. »Wer ist das, und was haben die mit der Angelegenheit zu tun«, und das war keine Frage.

»Alles zu seiner Zeit«, erwiderte Gherardini. Und da Barnaba seine Aufforderung ignoriert hatte, hob er die Tasche auf, stellte sie auf den Schreibtisch und wiederholte: »Fang damit an.«

Der Maresciallo öffnete sie und entnahm ihr eine Geldbörse, noch eine Geldbörse, einen Pass, noch einen Pass, Kleidungsstücke, eine Pistole ...

»Wem gehört die?«

»Mir«, sagte Joseph. »Und ich möchte sie auch wiederhaben.« Er trat vor und streckte seine rechte Hand aus.

Barnaba legte die Pistole in die Tasche zurück. »Bevor wir anfangen, gibt es noch etwas zu klären«, sagte er. Er ging an die Tür und rief: »Stabsgefreiter!«

»Zu Befehl, Signor Maresciallo.«

»Bring die Herrschaften in den Warteraum. Außer den da.« Er hob das Kinn zu Joseph hin.

»Störe ich, wenn ich auch bleibe?«, fragte Gherardini.

»Du musst mir natürlich assistieren.«

»Natürlich. Ich bin gern dein Assistent.«

Barnaba überging weiterhin Gherardinis Spott. »Als Erstes klären wir, wer der da ist.«

»Der da, wie du ihn nennst, ist ein Beamter der deutschen Polizei. Sein Name ist Joseph Müller, Deutschitaliener. Wenn es nach ihm gegangen wäre, hätte ich Streichers Mörder nicht verhaften dürfen. Die Pistole gehört ihm, der Tatverdächtige hat sie ihm abgenommen, nachdem er ihn verletzt hat … wo, siehst du ja selber.«

Es folgte ein detaillierter Bericht über Joseph, über die Gründe seines Aufenthalts bei den Elben und der Ermittlungen, die er bis zur vergangenen Nacht durchgeführt hatte.

Anschließend prüfte der Maresciallo die Pässe. Einer lautete auf Peter Probst, dreiundzwanzig Jahre alt, aus Düsseldorf. Er kontrollierte, ob das Foto mit dem Foto von der Obduktion übereinstimmte. Abgesehen vom Zustand des Leichnams war die Ähnlichkeit vorhanden.

Der zweite Pass lautete auf einen gewissen Nikolaus Schulz.

Der Maresciallo erkannte auf dem Foto den Mann in Handschellen, den ihm der Forstinspektor in die Kaserne gebracht hatte.

Er ließ die weitere Bestandsaufnahme des Tascheninhalts bleiben. »Ich geb's auf«, brummte er. »Wenn du nicht ganz vorn anfängst, gebe ich auf.«

»Die Geschichte ist lang und kompliziert, aber es lohnt sich.«

Inspektor Gherardini berichtete, wie es zur Festnahme von Nikolaus Schulz gekommen war. Abschließend sagte er: »Eine Geldbörse und ein Pass gehören Peter Probst, unserem Streicher, und die Tatsache, dass wir beides in der Tasche des Tatverdächtigen gefunden haben …«

»Des vorläufig Festgenommenen, Gherardini. Bisher ist er nur vorläufig festgenommen, die weiteren Ermittlungen stehen noch aus.«

»Nenn ihn, wie du willst, Tatsache ist, dass wir Geldbörse und Pass des Ermordeten …«

»Im Augenblick gilt, dass er beim Wandern durch einen verhängnisvollen Unfall zu Tode gekommen ist«, betonte der Maresciallo.

Der Inspektor überging die Spitzfindigkeit. »Die Tatsache, dass wir Streichers Geldbörse und Pass in der Tasche des Mannes, der wahrscheinlich – sagen wir mutmaßlich – sein Mörder ist, müsste dir zu denken geben. Die andere Geldbörse und der andere Pass gehören dem Festgenommenen. Der gehört dir, und du kannst gern auch die Lorbeeren für die Festnahme ernten.«

»Jetzt, wo alles geklärt ist«, mischte Joseph sich ein, »hätte ich gern meine Pistole zurück.«

Der Maresciallo überlegte kurz und nahm das Magazin aus der Waffe. »Ich glaube, das kann ich machen. Sie ist weder Beweismittel, noch steht sie mit dem Verbrechen in Zusammenhang. Mir genügt ein Ausweis, Signor Müller.«

Joseph reichte dem Maresciallo seinen Polizeiausweis. Dann sagte er mit einem Lächeln zu Gherardini: »So geht das, Inspektor.«

Barnaba prüfte das Dokument und gab dem Eigentümer Pistole und Magazin zurück.

»Jetzt würde ich gern mit …« Er ging an die Tür und rief wieder den Stabsgefreiten. »Hol den Festgenommenen.« Und zu Joseph: »Sie können natürlich gehen.«

»Ich würde gern bleiben«, sagte der Deutsche und rückte sich auf dem Stuhl bequem.

»Ist das Ihrer?«, fragte Barnaba den Festgenommenen und zeigte ihm den Pass. Der nickte nur, ohne einen Blick darauf zu werfen. »Sie heißen Schulz, Nikolaus?« Ein weiteres Nicken.

Gherardini mischte sich ein: »Erklär mal dem Maresciallo, warum du dich allen, einschließlich mir, als Nicolas Benelli vorgestellt hast.«

Zum ersten Mal, seit er Handschellen trug, ließ der junge Mann seine Stimme vernehmen: »Ich habe auch die italienische Staatsangehörigkeit und heiße lieber Nicola Benelli, das ist der Nachname meiner Mutter.«

»Weil du«, warf Joseph ein, »das lieber magst oder weil auf den Namen Nikolaus Schulz ein internationaler Haftbefehl ausgestellt ist?«

Barnaba legte die Sachen in die Tasche zurück, machte sie zu und stellte sie auf ein Regal.

»Stabsgefreiter, bring Nikolaus Schulz in die Arrestzelle und nimm ihm die Handschellen ab.« Er streckte Gherardini die rechte Hand hin, und der legte die Schlüssel hinein.

»Die will ich wieder. Zusammen mit den Handschellen.«

»Du hast mich schön in die Bredouille gebracht, Inspektor«, brummte Barnaba. »Du weißt doch, dass dieser Schulz nicht hätte verhaftet werden dürfen. Wie erkläre ich das jetzt meinen Vorgesetzten?«

»Ganz ehrlich, Maresciallo: Das interessiert mich null. Ich weiß, dass ich meine Pflicht getan habe.«

Mit der Antwort hatte Barnaba nicht gerechnet. Er dachte darüber nach, bot den beiden anderen Zigaretten an und gab sich und ihnen Feuer. »So ist es schon besser, Maresciallo«, sagte Gherardini nach ein paar Zügen. »Wenn wir zusammenarbeiten wollen – ich bin bereit dazu, und als Erstes rate ich dir zuzuhören, was Elena zu erzählen hat …«

»Deine Geliebte«, unterbrach ihn Barnaba.

»Tratsch macht schnell die Runde, Informationen weniger. Sie sind eigentlich kaum zu kriegen. Nenn sie, wie du willst, aber hör sie dir an. Und Helga auch.«

Der Maresciallo rief sie persönlich herein.

»Bitte kommen Sie in mein Büro, Elena.«

Die junge Frau warf Helga einen raschen Blick zu, vielleicht um sie zu beruhigen, und folgte dem Maresciallo.

»Ich habe ein paar Fragen an Sie. Nehmen Sie Platz.« Er wartete, bis sie sich hingesetzt hatte. »Zigarette?«

Sie nickte nach einem raschen Blick zu Gherardini und Joseph, die schweigend etwas abseits saßen.

Barnaba gab ihr Feuer und wartete, bis sie ihren ersten Zug getan hatte. »Wussten Sie, dass Nicola Benelli ohne jede Kenntnis der deutschen Sprache, wie seine Elbenfreunde glaubten, und nicht nur sie« – verstohlener Seitenblick auf Gherardini – »wussten Sie, dass Nicola Benelli in Wahrheit ausgezeichnet Deutsch spricht?«

Bevor sie etwas sagte, sah Elena wieder zu Marco; er beruhigte sie lächelnd: »Keine Sorge, die Wahrheit hat noch nie geschadet …«

»Da bin ich mir nicht so sicher, Bussard«, warf sie dazwischen. »Bisher hat es immer nur Probleme gegeben. Aber jetzt bin ich schon mal da und …«

»Und …?«, fragte Barnaba.

»… und da mache ich das für dich«, antwortete sie, aber nicht dem Maresciallo. Sondern Bussard.

Elena sammelte ihre Gedanken und fing an: »Nein, das wusste ich nicht, genauso wenig wie die anderen Freunde. Es gab sogar noch eine Bestätigung dafür, dass er kein Deutsch spricht, das war an dem Tag, als Bussard in die Berge ging. Ich bin morgens nach Casedisopra runter …«

Elena war morgens nach Casedisopra hinuntergelaufen. Die Zeitungen hatten das Rainbow-Festival angekündigt, und sie hoffte, dass auch andere Leute, Sommerurlauber und Touristen, nach Casedisopra kamen. Und sei es aus reiner Neugier, ein kurioses Ereignis zu erleben, wie es zumindest in dieser Gegend bestimmt auf Jahre nicht noch mal stattfand.

Sie verbrachte den Vormittag und den frühen Nachmittag mit Singen und Gitarrespielen.

Schon jetzt kamen dauernd Leute an. Fast alles Elben. Sie schlenderten durch die Gassen und erkundigten sich nach dem Weg nach Stabbi, nach Borgo … Eben nach den Orten, wo sie, wie sie wussten, Leute mit ähnlichen Lebensentwürfen und Ideen treffen würden.

Von den Elben war kein müder Euro zu erwarten.

Urlauber gab es wenige.

Touristen noch weniger.

Am Nachmittag gab sie bald auf, ein paar Stunden vor Sonnenuntergang war sie zurück in Stabbi.

Sie fand Helga weinend vor.

»Was ist denn los?«

»Nicola geht weg … Warum, ich verstehe nicht, er telefoniert und dann gesagt, er geht weg …« Und die Tränen rannen.

»Telefoniert? Wie denn?«

Helga fasste sich in die Hosentasche und zeigte Elena ein Handy. »Er mir geben …«

»Davon hast du mir nichts erzählt.«

»Nicola gesagt, nicht darüber sprechen … Und jetzt er geht weg …«

»Einfach so, von jetzt auf gleich? Was hat er denn gesagt? Warum geht er weg? Und wohin?«

»Er sagt, zum Festival wieder da … Aber ich weiß, er kommt nicht zurück. Wollen zusammenwohnen, und jetzt geht er …«

»Soll ich mit ihm reden? Vielleicht hast du was falsch verstanden, er kann kein Deutsch und du kaum Italienisch …«

»Kann ich jetzt gehen?«, fragte Elena. Sie fand, sie habe die Frage des Maresciallo zur Genüge beantwortet.

»Ich sage, wann, Signorina. Haben Sie dann mit dem vorläufig Festgenommenen gesprochen?«

Elena nickte.

»Und?«

»Er hat mir bestätigt, dass er abreisen musste.«

»Haben Sie Italienisch gesprochen?«

Elena gab keine Antwort.

Der bürokratische und förmliche Ton des Maresciallo nervte Gherardini: »Ich glaube nicht, dass sie dir weiter noch was zu sagen hat.«

»Ich habe dir weiter nichts zu sagen, Maresciallo«, bestätigte Elena. Und stand auf.

»Auch das bestimme ich.«

Die Stimmung heizte sich wieder auf.

»Ich zähle schon auch noch, Maresciallo«, erklärte der Forstinspektor, »und ich habe auch eine Frage an Elena.«

Mit einer Handbewegung wies Barnaba auf Elena und forderte Gherardini auf, sich auf ihren Stuhl zu setzen.

»Wusste von den Elben wirklich niemand, dass Nicola Benelli … Nikolaus Schulz Deutschitaliener ist und beide Sprachen spricht?«

»Ich kann nur für Helga und mich sprechen. Wir wussten es nicht«, sagte Elena, wandte sich verärgert ab und verließ das Büro.

»Empfindlich, deine Freundin, Inspektor«, sagte Barnaba.

»Ich auch.«

Der Maresciallo ließ Helga holen und bat Joseph vor der Befragung, als Dolmetscher zu fungieren. Er wollte keine Missverständnisse aufgrund der Verständigung.

Die Deutsche sagte aus, sie kenne Nicola Benelli, seit sie

ihn in Stabbi getroffen habe, wo sie in Elenas Haus eingezogen sei; sie hätten die Absicht gehabt zusammenzuziehen; mit ihr habe Nicola nie Deutsch gesprochen, und sie verständigten sich mit dem bisschen Italienisch, das sie gelernt habe, seit sie in Italien sei.

Mit Helgas Befragung war für Barnaba die Zeugeneinvernahme abgeschlossen. Zumindest im Moment. Er würde seinen Vorgesetzten Bericht erstatten.

»Sie können gehen«, sagte er zu Helga und Joseph.

Gherardini bedeutete er, noch zu bleiben.

»Hast du mir noch was zu sagen?«, fragte er.

»Wenn du noch eine Frage hast, tu dir keinen Zwang an.«

»Du wirst mir auf jeden Fall den Bericht für die Frassinori zukommen lassen, aber …« Er sprach nicht weiter.

»Sag schon«, forderte ihn der Inspektor auf. »Mich überrascht nichts mehr.«

»Die beiden Zeugen …«

»Was ist mit ihnen?«

»Ich persönlich halte sie nicht für glaubwürdig. Hältst du es für möglich, dass keiner der Elben gemerkt hat, dass Nikolaus Schulz, besser bekannt als Nicola Benelli, Deutsch kann? Glaubst du ihrer Version?«

»Ich habe keinen Grund, daran zu zweifeln«, erwiderte der Inspektor und verließ ebenfalls das Büro.

36

Vermutlich hat sich alles so abgespielt

Vor der Kaserne hatten sich mehrere Elben versammelt. Die Nachricht von der Festnahme eines der ihren hatte sich wie ein Lauffeuer im Dorf verbreitet. Vielleicht hatte jemand die seltsame Truppe kommen sehen, vielleicht hatte die Nachricht auch Verdiana aus Stabbi verbreitet, die zumindest den ersten Teil der unvorhergesehenen Ereignisse selbst miterlebt hatte und nicht wusste, wie es ausgegangen war.

Sie war in der Tat unter den Anwesenden, die auf Neuigkeiten warteten.

Sie trat zu Elena und Helga. »Warum ist Nicola nicht mit euch rausgekommen? Haben sie ihn verhaftet?« Wer weiß, was sie noch alles gefragt hätte, wenn Gherardini die beiden jungen Frauen nicht gebeten hätte, in den Wagen zu steigen.

Er beantwortete Verdianas Frage für sie. »Frag den Maresciallo.«

»Wo fahren wir jetzt hin?«, fragte Joseph, als der Wagen anfuhr.

»Zu mir. Ich finde, für heute reicht es«, sagte er und setzte leise hinzu: »Fast.«

Als er vor seiner Haustür anhielt, sagte er zu Helga und Elena: »Ihr könnt aussteigen«, und zu Joseph, der ebenfalls aussteigen wollte: »Du nicht.«

Der deutsche Polizist sah ihn überrascht an. »Was soll denn das jetzt?«

Marco antwortete nicht. Er wandte sich wieder den beiden jungen Frauen zu: »Wartet hier auf uns. Wir haben alle ein richtig gutes Abendessen verdient. Wir holen euch nachher ab. Einverstanden mit Benito?«

Er erwartete keine Zustimmung, in Sachen Restaurants gab es nicht viel Auswahl in Casedisopra.

Die beiden fuhren los.

»Wo fahren wir hin?«, wollte Joseph wissen.

»In die Notaufnahme.«

»Du spinnst. Bring mich nach Stabbi, ich muss auch weg …«

»Keine Sorge, du kommst schon noch weg. Erst die Notaufnahme und dann das Abendessen. Das haben wir uns verdient.«

Der Deutsche öffnete die Tür. »Bussard! Bleib stehen, oder ich steige aus!«

Gherardini hielt an, sah seinen Beifahrer an, legte ihm die Hand um den Kopf und drückte leicht.

Joseph schrie auf.

»Siehst du? Das tut weh, du darfst die Sache nicht auf die leichte Schulter nehmen. Kopf ist Kopf. Du beruhigst dich jetzt mal und tust, was ich dir sage. Eine Vorsichtsmaßnahme, vielleicht überflüssig, aber sie schadet auch nicht.«

Sie tasteten ihn ab, machten Röntgenaufnahmen, verabreichten ihm Medikamente, verbanden Stirn und Hinterkopf, verordneten ihm Ruhe, er unterschrieb die Entlassung und wurde nach Casedisopra zurückgeschickt.

Sie lachten und scherzten, inzwischen war es sieben Uhr abends, und angesichts der Tatsache, dass Bussard seit sieben Uhr des vorigen Abends auf den Beinen war, hätte er allen Grund gehabt, es sich zu Hause gemütlich zu machen.

Aber nein …

»Macht euch fertig, wir gehen zu Benito«, sagte er zu Helga und Elena.

Die beiden sahen sich an.

»Wie fertig machen? Wir sind schon fertig«, sagte Elena.

»Das sagt man nur so«, beruhigte er sie. »Ihr seid völlig in Ordnung, so wie ihr seid.«

Um halb acht kamen sie bei Benito an.

Genau die richtige Uhrzeit.

Verärgert musterte Benito das Elbentrio – Helga, Elena und Joseph –, das Marco vorgeschickt hatte, und wollte es schon aus seiner Trattoria werfen.

Bussard kam ihm zuvor. »Wir sind zu viert, Benito«, sagte er, als er eintrat. »Meine Elbenfreunde und ich. Behandle uns gut, wie immer.«

Die Miene des Wirts änderte sich sofort. »Ihr habt ihn also festgenommen?«

»Keine Ahnung. Frag den Maresciallo.«

Nur Helga aß wenig und lustlos. Sie saß traurig und gedankenverloren da und beteiligte sich nicht an den Gesprächen. Sie schien nur aufzuwachen, wenn Joseph sie auf Deutsch ansprach und ihr übersetzte, was am Tisch geredet wurde.

Beim Essen klärten sich die Dinge. Vor allem Joseph klärte sie. Er wusste mehr als die anderen.

Er erzählte, wie er sich von Nikolaus hatte überrumpeln lassen …

Jetzt, da alle Bescheid wussten, nannte er ihn bei seinem deutschen Namen.

»Ich habe mit Nikolaus an seinem Haus gearbeitet, und vorgestern Nachmittag haben wir früher aufgehört, weil er mit jemandem verabredet war, wie er sagte. Ich dachte, das sei der Kontakt, den auch ich erwartete, und folgte ihm. Unten auf der Straße bin ich einem Mann begegnet. Der war schon mal da gewesen, mit einem grauen Jeep Renegade.«

»Das ist der, der auf dem Weg nach Stabbi stand«, sagte Gherardini.

Als der Mann Nicola kommen sah, stieg er aus dem Renegade, die beiden begrüßten und umarmten sich wie alte Freunde und setzten sich im Schatten einer Eiche auf einen Felsblock.

Joseph schlich sich von hinten an die beiden heran, geschützt vom Brombeergestrüpp am Wegrand. Er hörte fast das ganze Gespräch mit. Den Anfang hatte er verpasst, aber den wichtigen Teil merkte er sich.

Er wartete, bis die beiden sich wieder trennten, und kehrte nach Stabbi zurück.

Die Sonne war längst untergegangen, und er blieb bei Familie Pietra in Campetti.

Das Familienoberhaupt, seine Frau Crepuscolo und Söhnchen Narwain saßen beim Essen, und er aß mit. So kam er erst spät nach Stabbi, wo er Nicola vorfand.

Nicola hatte schon auf ihn gewartet und fragte: »Wo warst du?«

»Wo zum Teufel warst du? Ich hab die Firstpfette allein gesetzt. Du bist ewig nicht gekommen, und ich bin dann zu den Pietras zum Essen. Wenn ich auf dich gewartet hätte, würde der Balken immer noch draußen liegen.«

»Du hast recht, aber ich hatte zu tun …«

»Ja klar. Bei uns hier kommt man nie zur Ruhe. Immer unterwegs, immer was zu tun …«

»Das ist nicht witzig. Ich musste nach Casedisopra, um meine Eltern anzurufen … Meine Mutter ist krank, ich werde sie besuchen. Sie fragt nach mir …«

»So hat er sich rausgeredet. Jetzt habe ich die Informationen, die ich brauche. Ich weiß, wo ich suchen muss und wen«, sagte Joseph. »Ich habe alle Anhaltspunkte, um meinen Auftrag abzuschließen. Du kannst deinen Tatverdächtigen behalten, wir brauchen ihn nicht mehr.«

»Das hättest du dem Maresciallo sagen müssen. Du hättest ihm ein Riesenproblem mit seinen Vorgesetzten abgenommen.«

»Das wollte ich eben nicht«, sagte Joseph und leerte sein Glas. »Zum Fest gestern Abend kam Nikolaus mit der Reisetasche, die du beschlagnahmt hast, da war mir klar, dass er wegwill. Ich habe ihn im Auge behalten und bin ihm gefolgt, als er das Fest verließ. Er hat etwas geahnt und am Anfang des Weges auf mich gewartet. ›Entschuldige‹, sagt er. ›Wofür?‹, frage ich. ›Dafür‹, und zack, streckt er mich mit einem Schlag nieder, und da lag ich dann, keine Ahnung wie lang. Bis Helga kam. Ich habe viel Blut verloren.«

»Trink von dem hier«, sagte Benito, der eben den Wein brachte und den letzten Satz gehört hatte. »Rotwein macht Blut und Wangen rot«, sagte er und füllte die Gläser.

»Den braucht es jetzt«, sagte Joseph. »Ich habe ein bisschen zu viel geredet, Bussard, meine Kehle und meine Zunge brauchen was Flüssiges.«

Er hob das Glas und lud die anderen ein, mit ihm anzustoßen.

Helga machte nicht mit.

Die anderen sahen sie an und warteten.

Schließlich schien die Traurigkeit von ihr abzufallen. Sie deutete ein schwermütiges Lächeln an und hob ebenfalls das Glas in Richtung Joseph. »Tut mir leid, dass du verletzt.« Und zu den anderen: »Ich denken an Nicola, jetzt viele Probleme, und ich weiß nicht, was machen.«

Keiner mochte sie trösten.

Als sie Benitos Trattoria verließen, war es kurz vor Mitternacht.

»Vielleicht ein bisschen spät, um noch nach Stabbi zu gehen«, sagte Gherardini. »Ihr könnt bei mir schlafen, müsst euch halt arrangieren.«

Sie arrangierten sich: Helga und Elena in dem Zimmer im ersten Stock. Joseph und Marco im Erdgeschoss in dem Raum neben der Küche, auf zwei Sesseln, die zum Schlafen denkbar ungeeignet waren.

So ungeeignet, dass sie den ganzen oder fast den ganzen Rest der Nacht mit Gesprächen über die Ereignisse verbrachten, in die sie verwickelt waren. Sie kamen zu einer überzeugenden These darüber, wie sich die Tragödie des einsamen Streichers abgespielt haben könnte.

»Ich hab dir das nie gesagt, Bussard, aber am Tag des berühmten Streits auf Deutsch hat Nikolaus Peter, den Streicher, angeschrien: ›Wenn ich dich hier in der Gegend noch mal sehe, sorge ich dafür, dass du wie deine Schwester endest!‹«

»Deswegen also hatte er Adùmas' Gewehr, als er zurückkam. Zu seinem Schutz.«

»Ja, aber zu seinem Pech war er es dann, der Federn gelassen hat. Nikolaus ist kräftiger und war besser ausgerüstet, er hat ihn den Abhang runtergestoßen und ist dann hinterher, um zu schauen, ob er tot ist.«

»Dann hat er also den Leichnam verlagert. Er hat die Taschen durchsucht und ihm Pass und Geldbörse abgenommen«, stellte Gherardini fest.

»Er musste die Sachen mitnehmen. Wenn du erfahren hättest, dass der Tote Peter Probst hieß und woher er kam, wärst du leicht erst auf den Drogentod der Schwester gekommen und dann auf den Namen des Gesuchten, Nikolaus Schulz, der auch den Düsseldorfer Drogenhandel verantwortet.«

»Scheißkerl«, brummte Gherardini.

»Ja, Nikolaus ist echt ein Scheißkerl …«

»Nein, du. Ich reiß mir hier den Arsch auf, und du hast alles gewusst!«

»Ich konnte dir nichts sagen, mein Freund. Ich konnte dir auch nicht sagen, dass an dem Tag der berühmten zwei Schüsse Nikolaus nicht mit mir zusammen auf seiner Baustelle gearbeitet hat. Er ist erst spät gekommen, am Abend. Er hatte Kratzer im Gesicht und an den Händen. ›Was hast du denn gemacht?‹, fragte ich ihn. ›Ich bin an einem Abhang abgerutscht.‹«

»Dann geht es hier um vorsätzliche Tötung. Zwanzig Jahre, wenn er Glück hat.«

Elena weckte sie mit einem Kaffee und einem »Na, noch gemütlich im Bett, ihr faulen Säcke?«.

»Wie spät ist es?«, brummte Gherardini verschlafen.

»Neun Uhr durch.«

»Neun!«, rief Joseph. »Ich muss nach Stabbi und dann sofort nach …« Er unterbrach sich.

Niemand wollte mehr etwas hören.

»Das Frühstück ist fertig.«

»Ich hab keine Zeit, ich muss sofort los!«

Hastig tranken sie den Kaffee.

Gherardini fuhr Helga, Elena und den deutschen Polizisten bis an die Stelle, die mit dem Geländewagen noch zu erreichen war.

Der Jeep Renegade stand immer noch da.

»Den Schlüssel«, bat Joseph. »Ich nehme den Jeep, mir wird dann schon eine Ausrede einfallen …«

Bussard gab ihn ihm.

»Ich komme wieder mal vorbei!«, rief Joseph noch, als er sich auf dem Weg schnell entfernte.

Die beiden jungen Frauen und Marco ließen sich mehr Zeit, um sich voneinander zu verabschieden.

»Ich komme morgen runter ins Dorf«, sagte Elena.

»Dann sehen wir uns«, sagte Gherardini. Und zu Helga: »Wir sehen uns auch, ja? Und bitte vergiss Nikolaus.«

»Das ist schwierig«, sagte Helga auf Deutsch.

Bevor er antwortete, bastelte Marco sich einen Satz im Stillen zurecht. Dann äußerte er ihn mit der gebotenen Langsamkeit.

»Ist es aber nicht, wenn du denkst, dass er dich nicht verdient hat. Der war nichts für dich.«

»Was habt ihr gesagt?«, fragte Elena gespielt spitzzüngig.

»Dass ich euch alle beide liebe«, antwortete er durch das Seitenfenster, während er wendete, um nach Casedisopra zurückzufahren.

Er hatte mit dem Maresciallo noch etwas zu klären.

Etwas, das er nicht in der Schwebe lassen wollte.

37

Ein glaubwürdiger Zeuge

Stabsgefreiter Gaggioli öffnete. »Maresciallo Barnaba versucht Sie seit heute Morgen um acht zu erreichen …«

»Hier bin ich«, sagte er, als er bei Barnaba im Büro erschien.

»Ich habe den ganzen Vormittag …«, fuhr der ihn an.

»Ich weiß schon«, sagte Gherardini und wiederholte: »Hier bin ich.«

»Damit du es gleich weißt, die Staatsanwältin ist in vielerlei Hinsicht skeptisch bezüglich deiner Zeugenaussagen. Mit der einen Elbin, sagt sie, hast du eine Affäre, und eine andere ist sogar die Freundin des Tatverdächtigen … Jedenfalls sind die Zeugenaussagen, wie ich dir auch schon gesagt habe, wenig glaubwürdig und daher mit besonderer Sorgfalt zu überprüfen …«

»Ich brauche zehn Minuten, vielleicht eine halbe Stunde«, fiel Gherardini ihm ins Wort. »Deswegen bin ich ja da«, sagte er noch und lief hinaus zum Auto, ohne eine Antwort abzuwarten.

Er fuhr schnellstens nach Vinacce.

»Adùmas, es gibt noch was, was du für mich tun kannst. Der Maresciallo behauptet …«

»Der Maresciallo interessiert mich nicht. Wann lasst ihr mich endlich in Ruhe, Bussard?«

»Das ist der letzte Gefallen, um den ich dich bitte. Danach siehst und hörst du mindestens einen Monat lang nichts von mir.«

»Wer's glaubt, wird selig, hat meine Mutter immer gesagt, wenn sie wusste, dass ich ihr ein Märchen auftische. Aber egal, dann wollen wir mal«, sagte er und ging an die Tür.

»Ich habe einen mehr als glaubwürdigen Zeugen. Zeig ihm Nikolaus Schulz beziehungsweise Nicola Benelli, und deine Skepsis und die der Staatsanwältin ...«

»Augenblick mal, Gherardini. Du hast wirkliche eine seltsame Auffassung von Recht und Gesetz. Du gehst los, nimmst einen Mann fest, bringst ihn mir, rennst zurück in den Wald und tauchst mit einem anderen Zeugen wieder auf... Es gilt, einen Amtsweg einzuhalten! Was glaubst du denn, wozu die Staatsanwaltschaft gut ist?«

»Das hab ich mich auch schon gefragt, Barnaba. Zeigst du ihr den Festgenommenen jetzt oder nicht?«

»Zuerst will ich was sehen. Zum Beispiel deinen mehr als glaubwürdigen Zeugen.«

Gherardini, der in der Tür zum Büro stehen geblieben war, trat beiseite und lud den Maresciallo mit einer theatralischen Geste seiner Rechten ein, sich ein eigenes Bild zu machen. Er fügte ein »Bitte, treten Sie vor« hinzu, das vor Spott triefte.

»Adùmas«, sagte Barnaba leise, als er ihn sah. »Das hätte ich mir denken können.«

»Was meinst du, Bussard, heißt das, dass er meiner Wenigkeit nicht traut?«, erkundigte sich Adùmas, der die Unterhaltung der beiden durch die offene Bürotür von A bis Z verfolgt hatte.

»Was sagst du dazu?«

Der Maresciallo überging die Provokation. Er bedeutete Adùmas, ins Büro zu kommen, und ging selbst auch hinein.

»Nun, was hast du uns zu sagen, Adùmas?«

Adùmas sah zu Gherardini: »Was meinst du, Bussard, was der Herr Maresciallo von mir erwartet?«

»Dass du ihm von dem besagten Telefongespräch auf Deutsch erzählst, bei dem jemand kein Deutsch konnte.«

»Das geht schnell: Ich habe einen Elben lange am Handy telefonieren gehört, mit wem weiß ich nicht...«

Gherardini unterbrach ihn: »Das kann man auf seinem Handy nachverfolgen. Weiter, Adùmas.«

»... mit wem weiß ich nicht, und dann habe ich gehört, wie er mit jemandem anderen Italienisch geredet hat, da hat er gesagt, dass er kein Deutsch kann...«

»Hat die Person etwas mit dem vorläufig Festgenommenen zu tun?«, fragte Barnaba.

»Das werden wir wissen, sobald Adùmas sein Gesicht gesehen hat.«

»Auch das werden wir machen, Gherardini. Lässt du dann für alle Zeiten die Finger von dem Fall?«

Der Inspektor hob die Rechte: »Ich schwöre es, Herr Präsident.«

Barnaba ließ sich von Gaggioli die Schlüssel geben und öffnete, gefolgt von den beiden alles andere als willkommenen Gästen, die Tür der Arrestzelle.

Nikolaus Schulz saß auf der Pritsche. Er stand nicht auf, sah die drei nur an, mit denen der Raum praktisch voll war.

»Stehen Sie auf, Signor Schulz, und stellen Sie sich unter das Licht«, befahl der Maresciallo.

»Ist schon gut«, sagte Adùmas. »Hab ihn schon gesehen.« Er trat näher. »Erinnerst du dich an mich?«

Nikolaus warf ihm einen zerstreuten Blick zu und sagte: »Ich hab dich noch nie gesehen.«

»Aber ich dich...«

»Das reicht, Adùmas. Wir gehen«, befahl Barnaba wieder und fragte, kaum zurück im Büro: »Wie ist es ausgegangen?«

»Ich hab ciao gesagt und bin dann weiter.«

»Wer war der Mann? Ich kann es mir vorstellen, frage dich aber der Ordnung halber trotzdem.«

»Der Mann war der Mann, den ich gerade in der Zelle gesehen habe.«

»Erkennst du in Nikolaus Schulz ohne jeglichen Zweifel den Mann, der erst Deutsch und anschließend Italienisch gesprochen und behauptet hat, er könne kein Deutsch?«

Adùmas sah Bussard an. Der sagte: »Der Ordnung halber, Adùmas. Der Amtsweg hat seine Regeln.«

»Ich erkenne in dem Typen, den ich in der Zelle gesehen habe, den Mann, der erst Deutsch und anschließend Italienisch gesprochen und behauptet hat, er könne kein Deutsch«, bestätigte Adùmas.

»Ohne den Schatten eines Zweifels?«

»Ohne den Schatten eines Zweifels«, gab Adùmas zurück und zog grummelnd und Gott und die Welt verfluchend ab.

Gherardini traf ihn später bei Benito. Er saß hinter einem der vier Kartenspieler und verfolgte schweigend das Abwerfen und Aufnehmen der Karten.

Der Inspektor gab ihm ein Zeichen mitzukommen und setzte sich etwas abseits an einen Tisch.

»Darf ich dich auf einen Espresso einladen?«

»Ich hatte schon einen, aber danke.«

»Du hast mir geholfen, Adùmas.«

»Das kann ich mir vorstellen, Bussard. Ich kann mir auch vorstellen, dass ich jetzt monatelang Scherereien habe, bevor der Prozess anfängt.«

»Das glaube ich nicht«, sagte Bussard. Er trank seinen Espresso, dann stellte er das Tässchen ab und erhob sich und legte dabei seine Version dar: »Wenn du meine Meinung hören willst … Für den Mord an Peter Probst, dem Streicher, dreiundzwanzig Jahre alt, blond, Jeansweste, Jeanshose und geflochtene Ledersandalen … Für ihn wird es nie einen Prozess geben.«

»Schön zu hören. Und warum nicht?«

»Weil den deutschen und den italienischen Behörden der Tod eines Elben ziemlich egal ist. Sie werden einen drohenden Prozess wegen vorsätzlicher Tötung als Tauschobjekt benutzen, um an Namen, Orte, Daten und alles andere im Drogenhandel zwischen Italien und Deutschland zu kommen.«

Adùmas dachte einen Augenblick nach, stand dann auf und fragte: »Warum hast du dich dann dermaßen ins Zeug gelegt, um den Täter zu finden? Und vor allem: Warum musstest du mir damit so auf den Sack gehen? Hat der ganze Aufstand irgendeinen Sinn gehabt?«

Gherardini dachte ebenfalls nach und stand auf, bevor er antwortete. »Ich weiß es nicht, Adùmas«, sagte er leise.

Beide verließen Benitos Bar. Schweigend.

Sie hatten sich alles gesagt.

38

Ende der einen und Anfang einer anderen Geschichte?

Die Nachricht des leitenden Forstdirektors und Chefs des Provinzkommandos der Forstpolizei erreichte ihn zwei Tage später auf dem Smartphone.

Er las sie, als er in der Morgendämmerung aufstand, obwohl er beschlossen hatte, nicht aufs Revier zu gehen.

In der Nachricht stand: »Ich habe eben von Frassinori erfahren, dass du den Fall glänzend abgeschlossen hast. Glückwunsch. Du bist und bleibst mein bester Mann. Auch wenn wir Carabinieri werden.«

Gegen zwei Dinge hätte er etwas einzuwenden gehabt: gegen den glänzenden Abschluss seiner ganz und gar privaten, unverlangten Ermittlungen und die Zukunft als Carabiniere.

Er beantwortete die Nachricht nicht.

Das würde er später machen, in Ruhe.

Er klappte das Handy zu und legte es auf den Tisch, wo, wie er wusste, kein Netz war.

Niemand würde ihm auf den Wecker gehen. Zumindest nicht beim Frühstück.

Die einzige Stelle im Haus mit Empfang war die rechte Ecke der Spüle. Er hatte keine Lust zu antworten, weder per SMS noch mündlich.

Marco stellte die Espressokanne auf den Herd und machte das Feuer an.

Er dachte daran, dass man nicht auf die Kanne starren

soll in der Hoffnung, dass das Wasser schnell kocht, sondern gleichgültig tun und sich ablenken soll.

Er entfernte sich ein paar Schritte, sah woanders hin und pfiff vor sich hin.

Als es an der Tür klopfte, ging er hin, immer noch pfeifend. Elena kam herein und gab ihm einen flüchtigen Kuss.

»Du bist ja früh auf«, sagte er.

»Ich wollte dich unbedingt sehen.«

»Warum?«

Elena machte eine Geste, die »Ich sag's dir nachher« meinte. »Ich hab das Gefühl, du bist gut drauf.«

»Gut drauf? Ich bin deprimiert, traurig, unglücklich, schlecht gelaunt …«

»Was ist das denn? Hast du ein Synonymwörterbuch geschenkt bekommen und gleich nach dem Aufstehen gemampft?«

Marco reagierte nicht. »Der Kaffee kommt hoch«, sagte er. Er lief an den Herd, drehte die Flamme kleiner und machte sie dann ganz aus. »Magst du einen?«

»Danke, deswegen bin ich ja gekommen, aber …« Sie holte zwei Tässchen, einen kleinen Löffel und die Zuckerdose. »Erklärst du mir mal, was diese miese Laune soll? Du hast den Fall gelöst, trotz aller Steine, die man dir in den Weg gelegt hat. Außerdem …« Sie hielt inne. »Außerdem hast du endgültig mein Herz erobert, und das ist keine Kleinigkeit, würde ich sagen. Wie viel Zucker?«

»Zweieinhalb, danke. Aber nicht umrühren, ich mag ihn bitter.«

»Sarkastisch bist du auch noch.«

Er gab keine Antwort.

Sie tranken ihren Kaffee, Marco stellte die Tasse ab und steckte sich eine Zigarette an.

»O entschuldige, magst du auch eine?«

»Ja, bitte. Jetzt komm, raus mit der Sprache. Bist du sauer auf mich? Was hab ich dir getan?«

Mit einer nervösen Geste drückte Gherardini die Zigarette aus.

Er stand auf, ging ein paar Schritte, steckte sich noch eine an und setzte sich wieder. Er sah Elena an.

»Es ist nur ...« Er schwieg.

»Was denn?«

»Es gibt ein paar Sachen. Erstens habe ich keine große Lust, zu den Carabinieri zu gehen. Bei allem Respekt, aber ich bin Forstpolizist, das hab ich dir ja schon gesagt, und ich würde gern bei der Polizei bleiben. Ich bin Inspektor, ich habe keine Lust, Maresciallo genannt zu werden und Barnabas' Kollege zu sein, ebenfalls bei allem Respekt. Die Uniform zählt schon was, und mir ist die Uniform der Forstpolizei lieber als die der Carabinieri, auch wenn es aufs Gleiche rauskommt, gleiche Arbeit, aber eben ...«

»Und zweitens?«

»Zweitens hat es mich gewurmt, wie sie mich ausgebootet haben, bevor der Fall abgeschlossen war, einfach so, Knall auf Fall und nachdem ich mir die Hacken abgelaufen hatte. Dann habe ich es plötzlich mit einem deutschen Kollegen, einer internationalen Geschichte zu tun, und was machen die? Danke schön, geh ein bisschen an die frische Luft, nimm ein paar Tage Urlaub und ciao. Ich habe schon noch Selbstachtung.«

»Aber gelöst hast den Fall du.«

»Ja und nein, denn deine Hilfe war entscheidend.«

»Du hättest es auch ohne mich geschafft.« Wieder machte sie eine Pause. »Ich möchte auch was sagen. Kann ich dir zwei Fragen stellen?«

»Klar.«

»Erstens: Wenn du keine Lust auf die Neuregelung hast, kannst du bei der Forstpolizei doch kündigen, oder?«

»Schon, aber was mache ich dann? Wovon soll ich leben?«

»Von der Pension.«

»Jaja, von der Pension! Man merkt, dass du von der Welt nichts mitkriegst. Ich habe zu wenige Dienstjahre, da gibt's noch keine Pension. Die liegt in weiter Ferne. Außerdem bin ich noch nicht so alt, dass ich schon von Pension reden will. Und die zweite Frage?«

»Die zweite… Es fällt mir nicht so leicht, dich das zu fragen, es ist, als würde ich mich selbst verleugnen, meine Prinzipien, ähnlich wie es dir mit dem Wechsel zu den Carabinieri geht.« Wieder hielt sie inne. »Hast du noch eine Zigarette?«

»Und die Frage?«

Elena steckte sich die Zigarette an und nahm einen Zug. »Blödmann. Die Frage lautet: Was bedeute ich dir?«

Gherardini stützte die Ellenbogen auf dem Tisch auf, stützte das Kinn auf die geschlossenen Fäuste und sah Elena an.

»Da hab ich viel drüber nachgedacht. Ich muss sagen, dass du mir viel bedeutest, wirklich sehr viel.«

»Dann kündige und zieh zu mir.« Sie sah Marco in die Augen und atmete ein paarmal, bevor sie weitersprach. »Helga geht nach dem Rainbow weg, dann ist Platz für dich in meinem Haus.«

»Tja, dann leben wir zusammen. Und wovon leben wir?«

»Als Elben. Ich bin Elbin, du hast die Elben kennengelernt. Wovon lebe ich, wovon leben sie? Mit ein bisschen Mut schaffen wir das.«

Gherardini dachte nach. »Klar, mit ein paar Tieren und

einem Stückchen Land zum Anbauen. Zurück zu einem Leben im Einklang mit der Natur, die Idee hat mir immer schon gefallen. Deswegen wollte ich ja zur Forstpolizei. Aber zu den Elben? Nein. Ein bisschen Komfort brauche ich schon, elektrisches Licht zum Beispiel. Außerdem ...«

Er verstummte, überlegte und sagte dann: »Ich hab eine Idee. Komm mal mit.«

Er nahm sie an der Hand, und sie traten vors Haus.

»Wo willst du hin?«

»Ich will dir ... Nein, warte, du wirst schon sehen.«

Er hielt kurz vor der letzten Kurve.

»Steig aus«, sagte er.

Wieder nahm er sie bei der Hand, und sie gingen ein paar Schritte um die Kurve des Feldwegs. Dann blieben sie stehen, und Bussard sagte: »Die Ca' Storta«, und deutete in die Richtung. Er wartete, bis Elena eine Weile hingeschaut hatte. »Was meinst du dazu?«

»Bist du sicher, dass sie nicht beim ersten Sturm zusammenfällt?«

»Die und zusammenfallen? Das Haus steht seit ein paar Hundert Jahren da, es hat schon mehr überstanden als Stürme und hat keinen Riss. Ich verbürge mich dafür.«

»Das war ein Witz. Ich bin Schlimmeres gewöhnt. Du hast doch gesehen, wo ich wohne, oder?« Sie sah immer noch auf die Ca' Storta.

»Was ist, hast du Lust?«

»Gehört das Haus dir?«

»Nein, aber die Eigentümerin wird nicht zurückkommen. Sie heißt Francesca, sie ist nicht der Typ für ein Elbenleben. Ich mochte die Ca' Storta schon immer, schon als Kind. Vielleicht weil sie nicht wie andere Häuser ist.« Er redete und begeisterte sich immer mehr. »Es ist nicht zu weit vom Dorf, und du kannst hier weiter dein Elbenleben führen, und ich werde halb Elbe, halb Normalmensch sein … Manche Sachen brauche ich einfach, Strom, Gas, heißes Wasser zum Duschen, dann müssen wir uns nicht am Bach waschen, vor allem im Winter …«

»Und wenn ich es am Bach aber schön finde?«

Gherardini sah sie an. »Ich würde dir nicht verbieten, ihn zu benutzen. Kurz oberhalb ist einer. Aber dass mir kein anderer Forstpolizist kommt, wenn du nackt badest.«

»Wohl kaum, du hast doch gerade gesagt, dass es keine Forstpolizisten mehr geben wird.«

»Dann eben ein Carabiniere, noch schlimmer.« Marco wurde ungeduldig. »Willst du nun bei mir bleiben oder nicht?«

Endlich sah Elena Marco wieder an. »Ist dir klar, was du da sagst? Das ist schließlich eine wichtige Entscheidung, du würdest dein ganzes Leben ändern … Ich meine, jetzt so auf die Schnelle, praktisch ohne darüber nachzudenken. Bist du sicher, dass du das willst?«

»Ja … nein … keine Ahnung … Aber Bauchentscheidungen sind richtig, sie sind die besten Entscheidungen. Was meinst du denn? Willst du das Haus von innen sehen, bevor du dich entscheidest?«

»Das braucht es nicht, ich vertraue dir«, sagte Elena und stellte sich auf die Zehenspitzen, um ihn zu küssen.

Die Wissenschaft behauptet, der Vormittag eigne sich ganz besonders gut für die Liebe.

Dank

Die Autoren danken der Forstpolizei, Patrizia und Giuseppe (genannt Peppone) Cecchini aus Case Mignani, Signora Gerti Kasal und den Elben, denen sie begegnet sind, bevor, während und nachdem sie den Roman geschrieben haben.

Melanie Raabe

Die Falle

Thriller

352 Seiten, btb 71417

Sie kennt den Mörder ihrer Schwester.
Dieses Buch ist für ihn.

Die berühmte Bestsellerautorin Linda Conrads lebt sehr zurückgezogen. Seit elf Jahren hat sie ihr Haus nicht mehr verlassen. Als sie im Fernsehen den Mann zu erkennen glaubt, der vor Jahren ihre Schwester umgebracht hat, versucht sie, ihm eine Falle zu stellen – Köder ist sie selbst.

»Liebe, Spannung, Tiefgang und ein Hauch von Stephen King: Von all dem steckt etwas in dieser großartigen Geschichte.«

Stephan Bartels, Brigitte

Haruki Murakami

Von Männern, die keine Frauen haben

Roman

256 Seiten, btb 71425
Aus dem Japanischen von Ursula Gräfe

Von Männern, die keine Frauen haben versammelt sieben neue Erzählungen Murakamis – »long short stories«, die wohl zum Zartesten und Anrührendsten zählen, das je von ihm zu lesen war.

»Murakamis Geschichten sind Orte, an denen Neues beginnt, Knotenpunkte, wo sich das Gewöhnliche und das Unerhörte begegnen, wo man von der Routine ins Abenteuer umsteigen kann.«
Die Welt

btb